을 유 세 계 문 학 전 집·7 2

# 변신 · 선고 외

을유세계문학전집 · 72

# 변신 · 선고 외

DIE VERWANDLUNG · DAS URTEIL

프란츠 카프카 지음 · 김태환 옮김

을유문화사

옮긴이 김태환

1967년 소사에서 태어났다. 서울대학교 사법학과를 졸업하고 같은 학교 대학원 독어독문학과에서 박사 학위를, 오스트리아 클라겐푸르트 대학에서 비교문학 박사 학위를 받았다. 현재 서울대학교 독어독문학과 교수로 재직 중이다.
지은 책으로 『푸른 장미를 찾아서 — 혼돈의 미학』, 『문학의 질서 — 현대 문학이론의 문제들』, 『미로의 구조 — 카프카 소설에서의 자아와 타자』 등이, 옮긴 책으로 페터 V. 지마의 『모던/포스트모던』, 한병철의 『피로사회』 등이 있다.

을유세계문학전집 72
변신·선고 외

발행일·2015년 1월 15일 초판 1쇄 | 2023년 10월 15일 초판 6쇄
지은이·프란츠 카프카 | 옮긴이·김태환
펴낸이·정무영, 정상준 | 펴낸곳·(주)을유문화사
창립일·1945년 12월 1일 | 주소·서울시 마포구 서교동 469-48
전화·02-733-8153 | FAX·02-732-9154 | 홈페이지·www.eulyoo.co.kr
ISBN 978-89-324-0434-9 04850 978-89-324-0330-4(세트)

• 값은 뒤표지에 표시되어 있습니다.
• 옮긴이와의 협의하에 인지를 붙이지 않습니다.

**차례**

선고 • 7
변신 • 25
유형지에서 • 104
신임 변호사 • 147
시골 의사 • 149
관람석에서 • 159
낡은 책장 • 161
법 앞에서 • 165
자칼과 아랍인 • 168
광산의 방문 • 175
이웃 마을 • 180
황제의 전갈 • 181
가장의 근심 • 183
열한 명의 아들 • 186
형제 살해 • 194
어떤 꿈 • 198
학술원 보고 • 202
최초의 고뇌 • 218
단식술사 • 223

**주** • 239
**해설** 합리성 너머의 세계에 대한 탐색 • 241
**판본 소개** • 259
**카프카 연보** • 261

# 선고

펠리체 B. 양에게

매우 화창한 어느 봄날 일요일 오전이었다. 젊은 상인 게오르크 벤데만은 강을 따라 거의 높이와 색깔만 조금씩 달리하며 길게 일렬로 늘어선 낮고 가벼운 집들 중 한 채의 2층 독방에 앉아 있었다. 그는 외국에 있는 어릴 적 친구에게 편지를 막 다 쓰고 장난하듯 천천히 봉투를 봉한 뒤 책상에 팔꿈치를 괴고 창밖으로 강과 다리, 연초록빛을 띤 강 건너 언덕들을 내다보았다.

그는 이 친구가 고향에서의 일이 잘 풀리지 않는 데 불만을 느끼고 벌써 수년 전에 그야말로 도망치듯 러시아로 떠나 버린 것에 대해 곰곰이 생각했다. 지금 그는 페테르부르크에서 회사를 하나 운영하고 있는데, 그의 사업은 처음에는 아주 유망해 보였지만, 그나마 점점 뜸해져 가는 고향 방문 때마다 한탄하는 것을 보면, 벌써 오래전부터 일이 잘 돌아가지 않게 된 듯했다. 그렇게 그는 이국땅에서 허망하게 기력을 탕진하고 있었다. 낯설게 느껴지는 수염은 어린 시절부터 친숙했던 얼굴을 그저 어설프게 가릴 뿐이었고, 누렇게 뜬 피부는 발병의 조짐처럼 보였다. 그의 얘기를 들어보면 그는 그곳의 교민 사회와 이렇다 할 교류도 없었고 알고 지내는 현지인 가족들도 거의 없다시피 했으므로 끝내 총각 신세를 면치 못하고 살아갈 판이었다.

그는 분명 길을 잘못 들었고, 그래서 안쓰럽기는 하지만, 그 누구도 그를 도와줄 수는 없는 형편이니, 과연 그런 사람에게 무슨 얘기를 써야 할까? 혹시 그에게 다시 고국으로 돌아오라고, 이곳으로 삶의 터전을 옮기고 모든 옛날 친구 관계를 다시 복원하며 — 거기에 장애가 될 것은 전혀 없었다 — 더 나아가서 친구들의 도움에 의지하라고 충고해야 하는 것일까? 하지만 그것은 그에게 지금까지의 모든 노력이 실패했으며 이젠 정말 그만두어야 할 때라고, 돌아와야 한다고, 영구 귀국자로서 모두가 눈을 휘둥그레 뜨고 쳐다보는 것을 감수해야 한다고, 친구들만은 약간 이해심을 보일 것이니 늙은 아이로 고향에 남아 성공한 친구들을 따르기만 하면 된다고 말하는 것이나 마찬가지였고, 그런 말은 조심스럽게 할수록 그만큼 더 큰 상처를 줄 것이었다. 게다가 그런 말로 그에게 그 모든 고통을 안겨 준다면 거기서 뭔가 얻는 거라도 있어야 할 터인데 과연 그럴 것인가? 아마도 그를 일단 고향으로 불러들이는 것부터 쉽지 않을 것이다. — 그 자신도 고향의 상황을 더 이상 이해할 수 없게 됐다고 말하곤 했던 것이다. — 그러니 아무리 해 봤자 그는 오히려 그런 충고 때문에 더 큰 울분을 품고, 친구들과 한층 더 멀어진 채로, 그냥 이국땅에 머무를 것이다. 또 그가 정말로 충고를 따라 여기에 와서 — 물론 누구의 의도 때문이라기보다 실제 사정 때문에 — 기가 꺾이고, 친구들 사이에서도 잘 지내지 못하고 그들 없이도 잘 지내지 못하며, 결국 수치심에 시달리다 이젠 고향도 친구도 더 이상 없는 신세가 되고 말 거라면, 그러느니 차라리 지금처럼 이국땅에 그냥 남는 것이 훨씬 더 낫지 않겠는가? 그런 상황에서 그가 여기서 실제로 더 나은 삶을 꾸려 가리라고 생각할 수 있을까?

이런 까닭에 그와 편지 왕래나마 끊기지 않고 계속하고자 한다면 정작 진짜 소식은 전할 수가 없었다. 아주 먼 지인에게 아무렇지 않게 할 수 있을 정도의 얘기조차도 할 수 없었다. 그 친구가 고향에 오지 않은 지도 벌써 3년이 넘었는데, 그는 러시아의 불안정한 정치 상황 때문에 오지 못하는 거라고 아주 군색한 변명을 했다. 그 말이 맞는다면 대단치 않은 사업가가 잠깐이라도 자리를 비울 수 없을 정도로 상황이 불안하다는 얘기가 되는 셈이지만, 실은 수십만의 러시아 인들이 태평하게 온 세계를 돌아다니고 있는 것이다. 그런데 그가 오지 않은 바로 이 3년의 시간 동안 게오르크에게는 많은 변화가 일어났다. 게오르크의 어머니가 돌아가신 것은 2년쯤 전이고 그때부터 게오르크는 늙은 아버지와 한 집에서 살아왔는데, 당시만 해도 친구에게까지 부음이 전해졌던지 그도 한번 편지를 보내 대단히 건조한 어조로 조의를 표한 적이 있었다. 그것은 아마도 이국땅에 떨어져 있다 보면 그런 사건에 대한 슬픔을 전혀 실감할 수 없기 때문이라고밖에는 달리 이해할 수 없는 일이었다. 어쨌든 게오르크는 그때부터 다른 모든 일과 마찬가지로 사업에 대해서도 더 단호한 태도로 임하기 시작했다.

아마도 아버지가 어머니 살아생전에는 사업에서 늘 자기주장만을 고집하면서 게오르크가 정말 자기 자신의 일을 하는 것을 가로막고 있었지만 어머니의 죽음 이후로는 여전히 회사에서 계속 일을 하기는 해도 예전보다 더 소극적으로 되었기 때문인지, 또는 몇 가지 행운이 훨씬 더 결정적인 요인으로 작용했기 때문인지 몰라도 — 사실은 후자의 가능성이 매우 높을 것이다 — 이 2년의 세월 동안 회사는 정말 기대 밖의 성장을 이룩했다. 직원은 두 배로 늘려야 했고, 매출은 다섯 배 증가했으며, 성장세는 의심의 여지 없이 앞으로도 계속될 것이었다.

그러나 친구는 이러한 변화에 대해 아무것도 모르고 있었다. 그는 예전에, 마지막으로는 아마 어머니의 죽음에 대한 조의 편지에서였을 텐데, 게오르크에게 러시아 이민을 권유하면서, 바로 게오르크 회사와 동종 분야의 사업이 페테르부르크에서 어떤 전망을 가지고 있는지 장황하게 설명하기도 했다. 하지만 그가 얘기한 수치는 게오르크의 회사가 지금 도달한 규모에 비하면 아주 미미한 것이었다. 하지만 게오르크는 당시에 사업의 성공에 대해 이야기할 마음이 전혀 없어서 잠자코 있었는데, 이제 와서 그 얘기를 한다면 정말 기이한 인상을 줄 게 분명했다.

그래서 게오르크는 친구에게 보내는 편지에 언제나 조용한 일요일에 생각에 빠져 있으면 무질서하게 기억을 떠도는 그런 대수롭지 않은 일들 이상은 쓰지 않았다. 게오르크의 생각은 다만 친구가 오랜 시간이 지나는 사이에 고향 도시에 대해 스스로 그럭저럭 받아들일 만한 관념을 만들어 냈다면 그걸 건드리지 않는 게 좋겠다는 것뿐이었다. 그러다 보니 게오르크는 친구에게 아무 상관도 없는 어떤 사람이 마찬가지로 아무 상관도 없는 어떤 처녀와 약혼했다는 소식을 상당히 띄엄띄엄 쓴 세 통의 편지에서 거듭 알리는 바람에 급기야 친구도 게오르크의 의도와는 정반대로 이 특이한 일에 관심을 갖게 된 적도 있었다.

하지만 게오르크는 자신이 한 달 전에 프리다 브란덴펠트라는 유복한 가정의 처녀와 약혼한 소식을 전하느니 차라리 그런 사소한 이야기나 쓰고 있는 편이 훨씬 더 좋았다. 그는 종종 이 친구에 대해, 그리고 그와의 별난 편지 왕래에 대해 약혼녀와 이야기를 나누곤 했다. "그러니까 친구는 우리 결혼식에 오지도 않겠네요." 그녀가 말했다. "하지만 난 당신의 친구들을 만날 권리가 있어요." "나는 친구를 불편하게 하고 싶지 않아." 게오르크가 대답했다. "내 마음을 헤아려 줘. 아마 오라면 오겠지. 적어도 난 그럴 거라고 믿어. 하지만 와 보면 친구는 억지로 불려 와서는 상처만 입었다고 느낄 거야. 아마도 나를 부러워할 테고, 분명 불만을 품겠지만 이 불만을 어떻게 해소할 힘도 없을 테지. 그리고 혼자서 돌아갈 거고. 혼자서……. 그게 어떤 의미인지 모르겠어?" "알겠어요. 하지만 우리의 결혼 소식을 다른 경로로 알게 될 수도 있잖아요?" "물론 그건 나도 막을 수 없는 일이지만, 지금 친구가 살아가는 형편으로 보아선 그런 일은 일어나지 않을 거야." "게오르크, 그런 친구를 두었다면 당신은 아예 약혼 같은 건 하지도 않았어야 해요." "그렇지. 그건 우리 둘의 죄야. 하지만 이제 와서 상황을 바꾸고 싶은 마음은 없어." 그러나 그녀가 그의 키스 세례 속에서 가쁜 숨을 쉬면서도 "그래도 마음이 정말 괴로워요" 하고 말했을 때, 그는 친구에게 있는 일을 다 쓰더라도 정말 괜찮을 거라는 생각이 들었다. '나는 이런 사람이고 그 친구도 이런 나를 그대로 받아들여야 해.' 그는 속으로 생각했다. '나의 어떤 부분을 도려내서 나 자신보다 친구 관계에 더 적합한 인간을 만들어 낼 수는 없는 노릇이야.'

그러고서 정말로 그는 오늘 일요일 오전에 쓴 긴 편지에서 친구에게 약혼 사실을 다음과 같이 알렸다. "최고의 소식은 마지막까지 아껴 두었어. 나는 유복한 집안의 처녀인 프리다 브란덴펠트 양과 약혼을 했네. 약혼녀의 가족은 자네가 떠나고 나서 한참 뒤에야 이곳에 이주해 왔기 때문에 아마 자네는 잘 모를 거야. 내 신부에 대해서는 차차 더 자세히 이야기할 기회가 있을 걸세. 오늘은 내가 꽤나 행복하며, 우리 서로의 관계도 자네가 그저 평범한 친구가 아니라 행복한 친구를 두게 되었다는 사실 외에는 바뀌는 것이 없다는 점만을 말해 두겠네. 게다가 내 약혼녀는—자네한테 따뜻한 안부 인사를 전하네. 그리고 곧 자네에게 직접 편지를 할 걸세—자네의 진실한 친구가 되어 줄 거고, 그건 자네 같은 총각한테도 전혀 무의미한 일은 아닐 거야. 여러 가지 일 때문에 자네가 고향을 방문하기 어렵다는 건 알지만, 내 결혼이야말로 모든 어려움을 훌훌 털어 버릴 수 있는 진짜 기회가 되지 않겠나? 하지만 사정이 어떻든, 아무것도 신경 쓰지 말고 그저 자네가 좋다고 여기는 대로 결정하게."

게오르크는 이 편지를 손에 들고 창밖으로 얼굴을 돌린 채 오랫동안 책상에 앉아 있었다. 그는 아는 사람이 골목을 지나가면서 인사했을 때 건성으로 미소 지으며 답례하는 것조차 하는 둥 마는 둥 했다.

마침내 그는 편지를 주머니에 넣고 자기 방에서 나와 작은 복도를 지나서 아버지의 방으로 건너갔다. 아버지의 방은 벌써 몇 달째 들여다보지 않았는데, 어차피 그럴 필요도 없었던 것이, 그는 아버지와 늘 회사에서 만났고 점심도 같은 시간에 한 식당에서 먹었으며, 저녁은 두 사람이 각자 알아서 해결했지만 그다음에는 게오르크가 친구들과 모임이 있거나 — 그런 날이 제일 많았다 — 요즘처럼 약혼녀를 만나러 가지 않는 날이면 공동의 거실에서 각자 신문을 들고 한동안 앉아 있곤 했기 때문이다. 아버지의 방이 화창한 오전에조차 어찌나 어두운지 게오르크는 놀라지 않을 수 없었다. 좁은 마당 건너편의 높은 벽이 짙은 그림자를 드리우고 있었던 것이다. 아버지는 돌아가신 어머니의 추억이 담긴 여러 가지 물건으로 꾸며진 한쪽 구석 창가에 앉아서, 약한 시력을 만회하느라 신문을 눈앞에서 약간 옆쪽으로 비켜 든 채로 읽고 있었다. 탁자에는 아버지가 아침 식사를 하고 남긴 음식이 놓여 있었는데 그다지 많이 먹은 것 같지는 않았다.

"아, 게오르크야!" 아버지는 이렇게 말하고 곧 그에게 다가왔다. 걷는 동안 무거운 잠옷이 풀어 헤쳐지며 허리띠 양 끝이 아버지 주위에서 너풀거렸다. '아버지는 여전히 거인이구나.' 게오르크는 속으로 생각했다.

그러고 나서 그는 이렇게 말했다. "여긴 어두워서 견디기 어려울 지경이네요." "그래, 어둡긴 하지." 아버지가 대답했다.

"창문도 닫으셨어요?"

"난 닫는 게 좋아."

"밖이 아주 따뜻해요." 게오르크는 마치 앞서 한 말에 덧붙이듯이 그렇게 말하고 자리에 앉았다.

아버지는 아침 식사 그릇을 치워서 함에 넣었다.

"제가 아버지께 온 것은 다만," 게오르크는 완전히 멍한 눈으로 노인의 움직임을 따라가면서 말을 이었다. "그래도 페테르부르크에 제 약혼 소식을 전했다는 말씀을 드리려고요." 그는 편지를 주머니에서 약간 빼다가 다시 주머니 속으로 떨어뜨렸다.

"페테르부르크는 왜?" 아버지가 물었다.

"제 친구한테요." 게오르크는 이렇게 말하고 아버지의 눈을 살폈다. '회사에 계실 때는 전혀 다른데.' 그는 생각했다. '여기 떡하니 앉아서 가슴 위로 팔짱을 끼고 있는 모습이라니.'

"응, 네 친구한테." 아버지가 힘을 주어 말했다.

"아버지도 아시잖아요. 제가 처음에 약혼 사실을 말하지 않으려 한 걸요. 무슨 다른 이유가 아니라 그 친구를 배려해서 그런 거지만요. 아버지도 아시다시피 걔가 까다로운 성격이라서요. 그 친구가 지금 고독하게 살아가고 있어서 거의 그럴 리는 없겠지만 다른 경로를 통해 약혼 소식을 들을지도 모르고 제가 그걸 막을 수는 없더라도 어쨌든 저한테서 그 소식을 접하게 하지는 않겠다는 게 제 생각이었어요."

"그런데 이제 생각을 달리한 게냐?" 아버지는 이렇게 물은 뒤에 커다란 신문을 창틀에 내려놓고 신문 위에 다시 안경을 놓으면서 손으로 안경을 덮었다.

"네, 이제 생각을 바꿨어요. 좋은 친구라면 제가 행복하게 약혼한 것을 자신의 행복으로 느낄 거라고 생각했어요. 그래서 이 소식을 알리는 데 더 이상 주저할 것이 없었죠. 편지를 우체통에 넣기 전에 아버지에게 이 말씀을 드리고 싶었어요."

"게오르크야," 아버지가 말을 하면서 이 빠진 입을 가로로 길게 찢었다. "좀 들어 보렴! 네가 이 일 때문에 나와 상의하러 왔는데, 그건 의심의 여지 없이 훌륭한 일이다. 하지만 네가 완전한 진실을 이야기하지 않는 한 그런 건 아무것도 아니야. 아니, 아무것도 아닌 것만도 못해. 나는 이 일과 상관없는 문제를 들추어 낼 생각은 없다. 우리 소중한 어머니가 세상을 뜬 뒤로 뭔가 아름답지 못한 일들이 일어났지. 어쩌면 이제 그런 일이 올 때가 된 것일 수도 있고 또는 그때가 우리가 생각한 것보다 더 빨리 온 건지도 모르겠다. 회사에서 내가 모르고 넘어가는 일이 꽤 있지. 아마 누가 숨겨서 그리 된 건 아닐 거야. — 난 이제 누가 숨기고 있다는 생각은 하고 싶지도 않다. — 난 더 이상 기력도 충분하지 않고 기억력도 감퇴하고 있어서 그 모든 일을 파악할 수 있는 시야를 잃어버린 거야. 그건 일단은 자연적인 과정이지만, 또 한 가지 이유는 우리 엄마의 죽음이 너보다는 내게 훨씬 더 큰 타격을 주었기 때문일 게다. — 하지만 우리가 바로 이 문제, 이 편지를 앞에 두고 있으니까 부탁하는 건데, 게오르크야, 날 속이지 말아다오. 그건 사소한 일이야. 터럭만큼의 가치도 없어. 그러니까 속이지 마라. 페테르부르크에 정말 이런 친구가 있냐?"

게오르크는 당혹해하며 일어섰다. "제 친구 얘기는 그만해요. 천 명의 친구를 준다 해도 아버지와 바꿀 순 없어요. 제가 무슨 생각을 하는지 아세요? 아버진 몸을 잘 안 돌보고 계세요. 하지만 나이가 들면 그만큼 신경을 써야 해요. 아버지는 회사에서 제게 꼭 필요한 분이세요. 아버지도 잘 아시잖아요. 하지만 회사 일 때문에 아버지의 건강이 악화된다면 내일이라도 당장 회사를 닫을 거예요. 그건 있을 수 없는 일이에요. 우리는 아버지한테 맞는 다른 생활 방식을 택해야 해요. 네, 아주 근본적으로 다른 생활 방식 말이에요. 아버지는 왜 이 어두운 데 앉아 계세요. 거실에 가면 환한 빛이 있는데요. 아침 식사는 조금밖에 안 드시네요. 제대로 드시고 기운을 차리셔야죠. 창은 왜 꼭 닫아 두고 계세요. 바깥 공기가 몸에 좋을 텐데요. 안 돼요, 아버지! 의사를 부를게요. 우리 의사 지시대로 따르기로 해요. 방을 바꿔요. 아버지가 앞방으로 가시고 제가 이리로 올게요. 아버지에게 아무런 변화도 없을 거예요. 모든 걸 다 그대로 옮길 테니까요. 하지만 그런 일은 모두 시간이 필요해요. 그러니 지금 일단은 좀 침대에 누우세요. 아버지는 꼭 안정을 취하셔야 해요. 자, 제가 옷을 벗겨 드릴게요. 두고 보세요. 전 할 수 있어요. 아니 혹시 아버지가 지금 바로 앞방으로 가고 싶으시면 가서 임시로 제 침대에 누우세요. 아닌 게 아니라 그 편이 훨씬 더 현명한 선택이겠네요."

게오르크는 어지럽게 흐트러진 백발 머리를 가슴에 떨구고 있는 아버지 곁에 바싹 다가섰다.

"게오르크야." 아버지가 꼼짝하지 않고 나직하게 말했다.

게오르크는 즉시 아버지 옆에 무릎을 꿇었다. 그는 아버지의 피로한 얼굴에서 거대한 동공이 자기를 향해 눈가로 돌아가 있는 것을 보았다.

"넌 페테르부르크에 아무 친구도 없어. 넌 언제나 실없는 소리를 잘했고, 내 앞에서도 조심할 줄 몰랐어. 네가 대체 거기에 무슨 친구가 있다는 거냐! 난 도무지 믿을 수가 없다."

"아버지, 다시 한 번만 잘 좀 생각해 보세요." 게오르크는 이렇게 말하고 아버지를 의자에서 일으킨 다음 아버지가 힘없이 서 있는 동안 잠옷을 벗겨 주었다. "제 친구가 우리 집에 온 지가 이제 곧 3년이 돼요. 아버지가 개를 별로 탐탁지 않아 하시던 게 아직도 기억이 나는데요. 친구가 제 방에 와서 앉아 있는데도 제가 아버지한테 아니라고 한 적이 적어도 두 번은 돼요. 전 아버지가 싫어하시는 걸 아주 충분히 이해할 수 있었어요. 좀 별난 데가 있는 녀석이니까요. 그러다가도 아버지는 그 친구와 아주 사이좋게 이야기를 나누셨어요. 전 당시에 아버지가 친구 얘기에 귀 기울이시고 고개를 끄덕이며 질문을 던지실 때 무척 자랑스러웠죠. 잘 생각해 보시면 기억이 날 거예요. 그때 러시아 혁명에 관한 믿기 어려운 이야기들을 들으셨잖아요. 예를 들면 친구가 키예프에 출장 갔다가 소요의 와중에 어떤 성직자가 발코니에 나와서 칼로 손바닥에 큼지막한 피의 십자가를 그리고는 그 손을 들어 보이며 군중을 향해 소리치는 장면을 보았다고 했죠. 아버지도 그 이야기를 여기저기 옮기셨고요."

그러는 사이 게오르크는 아버지를 다시 앉히고 아마포 속바지 위에 입은 메리야스 바지와 양말을 조심스럽게 벗겨내는 데 성공했다. 그는 그다지 깨끗하지 않은 속옷을 보며 아버지를 잘 돌봐 드리지 않은 자기 자신을 책망했다. 아버지가 속옷을 잘 갈아입는지 살피는 것도 분명 그의 의무일 터였다. 그는 약혼녀와 앞으로 아버지의 삶이 어떻게 될 것인지에 대해 본격적으로 이야기를 나눈 적이 없었다. 그들은 그저 암묵적으로 아버지가 혼자 이 집에 남게 될 거라고 생각하고 있을 뿐이었다. 그러나 이제 그는 아주 단호하게 아버지를 새로 들어갈 신혼집에서 모시리라 결심했다. 아버지를 더 자세히 살펴볼수록, 거기서 아버지를 모시며 돌보아 드린다고 해도 때는 너무 늦은 것일 수도 있겠다는 생각마저 들 정도였다.

그는 아버지를 팔에 안아서 침대로 옮겼다. 침대로 몇 걸음 가는 동안에 아버지는 게오르크의 가슴께에 드리워진 시곗줄을 가지고 놀았는데 그걸 알아차린 순간 게오르크는 섬뜩한 느낌이 들었다. 아버지를 침대에 누이는 것도 쉽지 않았으니 그가 시곗줄을 너무나 꼭 붙들고서 놓으려 하지 않았기 때문이다.

하지만 아버지는 일단 침대에 눕자 금세 아무런 문제도 없는 것처럼 보였다. 그는 스스로 이불을 덮었고 특히 어깨 위까지 충분히 덮이도록 이불을 끌어 올렸다. 그는 그런 대로 다정한 표정으로 게오르크를 쳐다보았다.

"그렇죠? 이젠 그 친구가 생각나시죠?" 게오르크는 이렇게 물으며 기분을 북돋으려는 듯이 아버지를 향해 고개를 끄덕였다.

"이제 잘 덮였니?" 아버지는 마치 발이 충분히 덮였는지 스스로 확인할 수 없다는 듯이 이렇게 물었다.

게오르크는 "침대에 눕기만 해도 좋으신가 봐요" 하고 말하면서 이불을 좀 더 잘 덮어 주었다.

"잘 덮였니?" 아버지는 다시 한 번 물었고, 어떤 대답이 나올지 특히 주의 깊게 기다리고 있는 것처럼 보였다.

"가만히 계세요. 잘 덮여 있어요."

"아니야!" 아버지는 대답이 질문을 쳐 낼 정도로 세게 소리를 질렀다. 그러면서 이불을 내팽개쳤는데, 그 힘이 얼마나 셌던지, 이불은 한순간 동안 활짝 펼쳐진 채 날아갔다. 아버지는 단지 한 손만 가볍게 천장에 댄 채로 침대 위에 똑바로 섰다. "너는 나를 덮으려고 했지. 난 다 알아. 조그만 내 새끼야. 하지만 난 아직 덮이지 않았어. 마지막 힘이지만, 너를 상대하기엔 충분해. 아니, 그러고도 한참 넘치지. 물론 난 네 친구를 알아. 내 마음속으로는 아들이나 다름없어. 그래서 너는 그 긴 세월 동안 내내 그 애를 속인 거지. 아니면 왜 그런단 말이냐? 넌 내가 그 애를 생각하며 울지 않았을 거라고 생각하니? 그래서 넌 네 사무실 문을 잠그고 들어앉아 있는 거야. 아무도 들어오면 안 되지. 사장님은 바쁘시니까. 고작 러시아로 보내는 그 거짓말 편지를 쓰느라고 말이야. 하지만 다행히도 아버지는 누가 가르치지 않아도 아들을 꿰뚫어 볼 수 있단다. 너는 네 친구를 굴복시켰다고 생각했지? 완전히 굴복시켜서 이제 네 엉덩이로 깔고 앉아도 꼼짝 못할 거라고 믿었고, 그렇게 되니까 우리 아드님께서는 결혼을 결심하신 거야!"

게오르크는 아버지의 끔찍한 모습을 올려다보았다. 아버지가 갑자기 그토록 잘 알게 된 페테르부르크의 친구가 그 어느 때보다도 더 그의 마음에 사무쳐 왔다. 넓은 러시아 땅에서 망해 버린 친구의 모습이 보였다. 텅 빈, 완전히 약탈당한 상점의 문에 서 있는 그의 모습이. 그는 산산이 부서져 쌓여 있는 진열대들, 갈가리 찢긴 물건들, 쓰러져 가는 가스등 사이에 간신히 서 있었다. 무얼 하자고 그리 멀리 떠나야 했단 말인가! "하지만 나를 봐라!" 아버지가 소리를 질렀다. 게오르크는 거의 정신이 나간 상태로 침대로 달려가서 모든 걸 붙잡으려 했다. 그러나 도중에 멈칫거렸다.

"그년이 치마를 들어 올렸기 때문에," 아버지가 간드러진 목소리로 말하기 시작했다. "그년, 그 더러운 년이 치마를 들어 올렸기 때문에," 아버지는 그 광경을 묘사하기 위해 속옷을 추켜올렸다. 아버지의 위 허벅지에 전쟁 시절의 상처가 드러났다. "그년이 치마를 이렇게 추켜올렸기 때문에, 네가 그년한테 가서 거침없이 정욕을 채울 수 있었던 거지. 그리고 넌 어머니를 욕되게 하고, 친구를 배반하고, 네 아버지를 움직이지 못하게 침대 속에 처박았지. 하지만 아버지가 움직일 수 있는지 없는지 봐라."

그리고 아버지는 완전히 자유롭게 서서 다리를 내질렀다. 그의 모습은 통찰로 빛났다.

게오르크는 한쪽 구석에, 아버지에게서 최대한 멀리 떨어져 서 있었다. 한참 전에 그는 모든 것을 완전히 정확하게 관찰하기로 결심했었다. 어떤 우회로를 통해, 또는 뒤편에서, 또는 위로부터 기습을 당하지 않도록 말이다. 이제 그는 잊은 지 오래된 결심을 상기해 냈으나, 곧 다시 잊어버렸다. 마치 짧은 실을 바늘귀에 꿸 때처럼. "하지만 결국 친구는 속지 않았어." 아버지는 외쳤다. 그리고 집게손가락을 까딱까딱하면서 자기 말의 진실성을 강조했다. "나는 여기서 그 친구의 대리인이었다." "코미디언이로군!" 게오르크는 참지 못하고 이렇게 소리쳤으나 그 말이 가져올 화를 곧 알아차리고서 — 눈은 굳어진 채 — 혀를 깨물었다. 하지만 때는 이미 늦었고, 혀를 깨문 아픔에 무릎이 꺾였다.

"그래, 물론 나는 코미디를 한 거야! 코미디를! 좋은 단어로구나! 홀아비가 된 늙은 애비에게 또 무슨 낙이 있겠니? 말해 봐. 대답하는 순간만큼은 내 살아 있는 아들로서 말해 보라고. 나한테 뭐가 남아 있겠니? 뒷방에 앉아서, 간신배 같은 직원들의 감시를 받으며, 뼛속까지 늙어 버린 내게. 그리고 내 아들은 환호성을 지르며 세계를 돌아다니고 내가 준비해 놓은 사업 계약을 체결하고는 기뻐서 고꾸라질 지경이었지. 아버지 앞에서는 속을 드러내지 않는 신사의 표정을 하고 자리를 떠 버렸지. 내가 너를 사랑하지 않았다고 생각하느냐? 네가 나한테서 나왔는데?"

'이제 아버지가 몸을 앞으로 숙일 거야' 하고 게오르크는 생각했다. 떨어져서 산산조각이 나 버렸으면! 이 말이 쉭쉭 소리를 내며 그의 머리를 지나갔다.

아버지는 몸을 앞으로 숙였지만 떨어지지는 않았다. 게오르크가 그의 예상과는 달리 다가오지 않자, 그는 다시 몸을 일으켜 세웠다. "거기 그대로 있어라. 난 네가 필요 없으니까! 넌 이리로 올 힘이 있는데도 네 의지대로 몸을 움직이지 않고 있는 거라고 생각하지? 착각하지 마라! 아직은 내가 월등한 강자란다. 내가 혼자였다면 물러나야 했을지도 모르지만, 네 어머니가 자기 힘을 내게 주었고, 네 친구와 나는 훌륭한 동맹을 맺었지. 네 고객 명단이 여기 내 주머니 속에 들어 있다!"

'속옷에 주머니가 있다니!' 게오르크는 속으로 이렇게 말했고, 이 말로 아버지가 온 세상에 고개를 못 들고 다닐 정도로 창피를 줄 수 있다고 생각했다. 그런 생각도 단 한순간뿐이었다. 그는 모든 걸 바로바로 잊어버렸기 때문이다.

"네 색시한테 매달려서 나한테 오기만 해 봐라! 고것을 네 옆에서 치워 버릴 테니. 어떻게 하는지 두고 봐!" 게오르크는 마치 그 말을 믿지 않는다는 듯이 얼굴을 찡그렸다. 아버지는 자기가 한 말이 맞는다고 강변하기 위해 게오르크가 있는 구석을 향해 고개를 끄덕여 보였다.

"오늘 네가 와서 친구에게 약혼에 관한 편지를 쓸 것인지 물어봤을 때 난 얼마나 재미있었는지 몰라. 네 친구는 다 알아. 바보 같은 녀석아. 다 알고 있다고! 내가 편지를 썼거든. 네가 잊어버리고 필기도구를 압수해 두지 않았기 때문이야. 그래서 벌써 수년째 네 친구가 오지 않게 된 거야. 그 애가 모든 일을 너 자신보다도 백 배는 더 잘 알고 있어. 네 편지는 읽지도 않고 왼손으로 구겨 버리고 오른손에는 내 편지를 읽으려고 들고 있지!"

아버지는 감격해서 팔을 머리 위로 흔들어 댔다. "그 애는 모든 걸 천 배는 더 잘 알고 있어!" 하고 그는 소리쳤다.

"만 배는 더 잘 알 테죠!" 게오르크는 아버지를 조롱하기 위해 이렇게 말했지만 입속에서 그 말은 극히 심각한 톤으로 바뀌고 말았다.

"나는 벌써 몇 년째 네가 이 질문을 가지고 오기를 기다리고 있었어! 내가 무슨 다른 일에 관심이라도 있을 줄 아니? 내가 신문을 읽고 있는 줄 아니? 봐라!" 그러고서 그는 어떻게 된 셈인지 침대 속으로 딸려 들어온 신문지 한 장을 게오르크에게 던졌다. 게오르크는 전혀 이름도 알지 못하는 옛날 신문이었다.

"성숙해지기 전까지 넌 얼마나 머뭇거렸냐! 어머니는 기쁜 날을 누리지도 못하고 죽어야 했고, 친구는 그놈의 러시아에서 몰락해 가고, 그 애는 벌써 3년 전에 이미 누렇게 떠서 끝장나기 직전이었어. 또 나는, 너도 내가 어떤 상태인지 알지. 눈은 달고 있으니까!"

"그러니까 저를 염탐하고 계셨군요!" 게오르크가 말했다.

아버지는 안됐다는 듯 지나가는 말로 덧붙였다. "그 말은 좀 전에 하려고 했던 거겠지. 하지만 지금은 전혀 맥락에 맞지 않는 말이야."

그리고 더 큰 소리로 말했다. "이제는 네 바깥에 뭐가 있었는지 알겠지. 지금까진 오직 너 자신밖에 몰랐었는데 말이야. 너는 원래 순진한 아이였지만 더 근본적으로는 악마 같은 인간이었어! 그러니까 이제 알아라, 나는 네게 익사형을 선고하노라!"

게오르크는 방에서 내몰린 느낌이었다. 그의 등 뒤에서 아버지가 침대 위로 넘어졌는데 그때 들린 쿵 소리가 밖으로 나오는 중에도 귀에 계속 울렸다. 그는 마치 경사면을 달려가듯이 계단을 뛰어 내려가다 아침 청소를 하러 방으로 올라가려던 하녀와 맞닥뜨려 그녀를 깜짝 놀라게 했다. 그녀는 "에구머니나!" 하고 외치며 앞치마로 얼굴을 가렸지만 이미 그는 지나가 버린 뒤였다. 대문을 뛰어넘은 그는 찻길 너머 강을 향해 내몰려 갔다. 그는 어느새 마치 배고픈 자가 음식을 움켜쥐듯이 난간을 꼭 잡았다. 그러고는 소년 시절 부모님을 자랑스럽게 한 뛰어난 체조 실력으로 공중에서 몸을 돌렸다. 손에서 점점 힘이 빠져나갔지만 아직은 난간에 단단히 붙어서 철창 사이로 버스를 엿보았다. 그 버스는 게오르크가 떨어지는 소리를 가볍게 지워 버릴 것이었다. 그는 나직하게 외쳤다. "사랑하는 부모님, 그래도 나는 항상 부모님을 사랑했어요." 그러고는 몸을 아래로 떨어뜨렸다.

이 순간 다리 위로 정말 끝도 없을 것만 같은 차들의 행렬이 지나가고 있었다.

# 변신

## I

어느 날 아침 그레고르 잠자는 불안한 꿈을 꾸다가 깨어나 보니 침대 속에서 흉측한 갑충으로 변해 있었다. 그는 철갑처럼 단단한 등을 바닥에 대고 누워 있었고, 머리를 약간 쳐들자 활 모양의 각질로 칸칸이 나뉜 둥그런 갈색 배가 보였다. 이불은 그 둥그런 배 위에서 금방이라도 주르륵 미끄러져 내릴 듯이 가까스로 덮여 있었다. 몸뚱이에 비해 형편없이 가는 수많은 다리들이 속수무책으로 버둥거리며 그의 눈앞에서 어른거렸다.

'이게 무슨 일이지?' 그는 생각했다. 꿈은 아니었다. 다소 작기는 해도 사람의 방으로서 모자랄 것이 없는 그의 방은 낯익은 네 벽에 둘러싸인 채 아무 일도 없는 듯 평온하기만 했다. 테이블에는 짐에서 풀어 놓은 옷감 견본 모음이 펼쳐져 있고 — 잠자는 외판원이었다 — 테이블 위쪽으로는 그가 얼마 전 한 화보 잡지에서 오려 내 예쁜 금빛 액자에 끼워 넣은 그림이 걸려 있었다. 그것은 한 여인의 그림이었는데, 그녀는 모피 모자를 쓰고 모피 목도리를 두른 채 똑바로 앉아서, 보는 사람을 향해 두툼한 모피 토시로 완전히 감싸인 아래팔을 들어 보이고 있었다.

그다음으로 그레고르의 시선은 창을 향했다. 음침한 날씨 때문에 — 빗방울이 창의 함석판을 때리는 소리가 들렸다 — 그의 기분은 아주 울적해졌다. '좀 더 잠을 자서 이 모든 터무니없는 일들을 잊어버리는 게 좋지 않을까.' 그는 이렇게 생각했으나, 그것은 절대로 실행 불가능한 계획이었다. 왜냐하면 그는 오른쪽으로 돌아누워 자는 버릇이 있었는데, 그런 자세는 지금의 상태에서는 도저히 취할 수 있는 것이 아니었기 때문이다. 그가 아무리 힘을 들여 오른쪽으로 돌려 보아도 그의 몸은 번번이 요동하면서 다시 제자리로 돌아오고야 마는 것이었다. 그는 아마 그렇게 백 번쯤은 시도해 보았을 것이다. 버둥거리는 다리들을 보는 게 싫어서 두 눈은 감고서. 그러다가 옆구리에서 이제까지 한 번도 느껴보지 못한 가볍고 먹먹한 통증을 느끼고 나서야 그 일을 그만두었다.

'아, 세상에.' 그는 생각했다. '나는 어쩌면 이렇게 고달픈 직업을 택했을까. 날이면 날마다 여행을 다녀야 하는 신세. 업무로 인한 스트레스는 회사 사무실에서 업무를 보는 경우보다 훨씬 더 큰데, 거기다 고단한 여행의 짐까지 더 지고 있으니 말이야. 연결 기차편을 놓칠까 늘 걱정이고, 식사는 불규칙한 데다 형편없고, 상대가 계속 바뀌니 지속적이고 따뜻한 인간관계는 생각할 수도 없어. 악마라도 나와서 이 모든 걸 쓸어가 버렸으면!' 이때 배 위가 살짝

가려워졌다. 그는 머리를 좀 더 잘 쳐들기 위해 누운 채로 몸을 밀어 천천히 침대 기둥 쪽으로 다가갔다. 그러자 가려운 자리가 보였는데, 그 자리는 그레고르로서는 뭐라고 판단해야 할지 알 수 없는 조그만 흰 점들로 가득했다. 그는 한 다리로 가려운 자리를 더듬어 보려 하다가 당장 포기하고 말았다. 그곳을 건드리는 순간 싸늘한 전율이 몸을 휘감아 왔기 때문이다.

그는 원래 자리로 다시 미끄러져 돌아왔다. '이렇게 아침 일찍 일어나다 보면,' 그는 생각했다. '완전히 멍청해지지. 인간은 잠만큼은 제대로 자야 한다고. 다른 외판원들은 마치 하렘의 여인들처럼 살고 있잖아. 예를 들어 내가 주문받은 것을 장부에 기입하러 오전 중에 숙소로 돌아와 보면 이 양반들은 이제 겨우 아침 식사를 하러 나와 앉아 있어. 내가 우리 사장 밑에서 그렇게 해 볼까? 그랬다가는 당장에 쫓겨나고 말 거야. 그런데 따지고 보면 그 편이 나한테 훨씬 더 좋은 일이었을지 누가 알겠어. 내가 부모님을 생각해서 참지만 않았더라면, 진작 사표를 냈을 거고, 사장한테 가서 마음 깊은 곳에 있는 생각을 다 말해 버렸을 거야. 그랬으면 사장은 틀림없이 책상에서 굴러떨어졌을 거야! 책상 위에 걸터앉아 위에서 내려다보며 직원과 이야기하다니, 그것도 참 별난 버릇이지. 정작 직원은 귀가 어두운 사장에게 아주 바싹 다가서야 하는데 말이야. 그래도 아직 희망을 완전히 버린 것은 아니야. 내가 언젠가 부모님이 사장에게 진 빚을 갚을 만큼 돈을 모으게 되면 — 그때까지 5, 6년은 더 걸리겠지만 — 꼭 끝장을 볼 테야. 그다음에 완전히 새로운 출발을 하는 거야. 하지만 지금은 일단 일어나야지.

기차가 다섯 시에 떠나니까.'

그러고 나서 그는 건너편 문갑 위에서 째깍거리고 있는 자명종 쪽으로 눈을 돌렸다. '하느님 맙소사!' 그는 속으로 이렇게 외쳤다. 여섯 시 반이었다. 그리고 시곗바늘은 태평하게 전진하고 있었다. 아니, 여섯 시 반도 이미 지났고 시간은 사십오 분에 가까워지고 있었다. 자명종이 울리지 않은 것일까? 침대에서 보아도 시계는 네 시에 제대로 맞추어져 있었다. 자명종은 틀림없이 울렸을 것이다. 그렇다면 가구를 뒤흔들 정도의 종소리에도 계속 편안하게 잠을 잔다는 것이 과연 가능한 일이었을까? 물론 그리 편안하게 잤다고는 할 수 없지만, 아마도 그런 만큼 더 깊이 잠들어 있었던 것 같다. 그건 그렇고, 이제 어쩌면 좋단 말인가? 다음 기차는 일곱 시에 있다. 그걸 잡으려 해도 미친 듯이 서두르지 않으면 안 될 것이다. 견본 모음은 아직 싸 놓지도 않았고, 몸이 특별히 팔팔하거나 기민하게 움직일 수 있는 상태라고 느껴지는 것도 아니었다. 설사 그렇게 해서 기차를 잡아탄다고 하더라도 사장의 불호령은 피할 길이 없을 터였다. 사환이 다섯 시에 출발하는 기차 앞에서 기다리고 있었으니 그레고르가 나타나지 않았다는 보고도 진작 올라갔을 것이기 때문이다. 사환은 줏대도 이해심도 없는, 사장의 끄나풀이었다. 병이 났다고 하면 어떨까? 그런 말은 극도로 난감하고 수상쩍은 변명이 될 것이다. 그레고르는 지난 5년간 근무하면서 단 한 번도 아픈 적이 없었던 것이다. 분명 사장은 의료보험 소속 의사와 함께 찾아와서는 부모님에게 게으른 아들을 비난하고, 의사의 진단을 근거로 삼아 그 어떤 반론도 받아들이려 하지 않을 것이다. 의료보험 소속 의사에게는 완전히 건강하지 않은 사람은 이 세상에 없고, 다만 일하기 싫은 사람만이 있을 뿐이다. 그런데 의사의 그런 판단이 지금의 경우에는 그리 잘못된 것이 아닐지도 모른다. 실제로 그레고르는 오래 잤음에도 불구하고 정말 불필요하게 졸음이 오는 것 외에는 아픈 데라곤 전혀 없었으며 심지어 특별히 강한 허기까지 느낄 정도였다.

그가 침대에서 나올 결심은 하지 못한 채 아주 급하게 이 모든 것에 관해 생각해 보고 있을 때 — 방금 시계가 여섯 시 사십오 분을 알렸다 — 그의 침대 머리 쪽으로 나 있는 문을 조심스레 두드리는 소리가 들렸다. "그레고르야," 그를 부르는 소리 — 어머니였다. "여섯 시 사십오 분이야. 나간다고 하지 않았니?" 부드러운 저 목소리! 그레고르는 대답하는 자신의 목소리를 듣고 경악했다. 그것은 틀림없이 예전 목소리 그대로였지만 그 사이로 찍찍거리는 소리가, 마치 아래에서부터 올라오는 듯이 억누르려 해도 억눌리지 않는 고통스러운 소리가 섞여 들었다. 그 결과 말은 단지 처음 순간에만 분명한 형태를 유지할 뿐 뒷부분에 가서는 아주 허물어져 버려서, 그 말을 듣는 사람은 자기가 제대로 들은 것인지 잘 알 수가 없을 정도였다. 그레고르는 상세하게 대답하고 모든 사정을 설명하고 싶었지만, 이런 상황 때문에 그저 다음과 같이 말하고 말았다. "네, 네, 어머니, 곧 일어나요." 나무 문 덕택에 밖에서는 그레고르의 목소리에 일어난 변화를 알아챌 수 없는 모양이었다. 어머니는 이런 설명에 마음을 놓고 발을 끌며 물러간 것이다. 하지만 이 짧은 대화 때문에 다른 식구들도 그레고르가 뜻밖에 아직 집에 있다는 사실을 알게 되었다. 벌써 한쪽 쪽문으로 아버지가 와서 약하게, 하지만 주먹으로 문을 두드렸다. "그레고르야, 그레고르야." 그가 불렀다. "대체 무슨 일이냐?" 그러고는 잠깐 사이를 두었다가 좀 더 낮은 목소리로 경고를 보냈다. "그레고르! 그레고르!" 다른 편 쪽문에서는 누이동생이 작은 소리로 울먹이듯 말을 건넸다. "오빠? 어디 아파? 뭐 갖다 줄까?" 그레고르는 양쪽을 향해 대답했다. "이제 다 됐어요." 이때 그는 발음을 극히 조심스럽게 하고 단어와 단어 사이를 길게 띄워서 목소리가 특이하게 들리지 않도록 애썼다. 아버지는 아침 식사를 계속하러 돌아갔지만, 누이동생은 문 앞에서 이렇게 속삭였다. "오빠, 문 열어. 제발 부탁이야." 그러나 그레고르는 문을 열 생각이 전혀 없었으며, 오히려 외지를 다니면서 생긴 조심성 때문에 집에서도 밤에 모든 방문을 걸어 잠가 둔 것을 천만다행으로 여겼다.

그는 우선 방해받지 않고 조용히 일어나서 옷을 챙겨 입고 무엇보다 아침을 먹은 뒤에 비로소 그다음 일을 곰곰이 생각해 볼 심산이었다. 왜냐하면 그가 보기에도 침대 속에서는 생각을 해 봤자 어떤 이성적 결말에도 이르지 못할 것이 뻔했기 때문이다. 그는 그 전에도 침대에서 아마 잘못 누운 데서 비롯된 듯한 가벼운 고통을 느꼈다가, 일어난 뒤에 그것이 아무 근거 없는 환상이었음을 깨달은 적이 종종 있었는데, 이제 그 일이 기억에 떠오르자 그러면 오늘의 상상은 또 어떻게 서서히 사라져 버릴지가 자못 궁금해졌다. 목소리의 변화야 외판원의 직업병이라 할 수 있는 심한 감기의 전조일 것이다. 그는 그 점을 조금도 의심하지 않았다.

이불을 떨쳐 내는 것은 아주 간단했다. 몸을 약간 부풀리자 이불은 저절로 흘러내렸다. 그러나 그다음부터는 쉽지 않았다. 특히 그의 몸이 엄청나게 옆으로 퍼져 버렸기 때문이다. 팔과 손이 있었다면 일어날 수 있을지 모르지만, 그가 가진 것이라고는 끊임없이 제각각 움직이는, 게다가 뜻대로 조종할 수도 없는, 수많은 작은 다리들뿐이었다. 그가 한 다리를 한번 구부리려 했을 때 그것은 대뜸 쭉 펴졌다. 어찌어찌해서 겨우 이 다리를 뜻대로 움직이는 데 성공하기는 했지만 그사이에 나머지 다리는 마치 자유롭게 풀려나기라도 한 것처럼 모두 극도의 고통스러운 흥분 속에서 버둥거렸다. '쓸데없이 침대에 그냥 있어서는 안 돼.' 그는 속으로 말했다.

그는 우선 몸의 아랫부분으로 침대에서 빠져나오려고 했다. 그런데 몸의 아랫부분은 아직 본 적도 없고 어떤 모습일지 제대로 상상도 할 수 없었거니와, 이제 보니 움직이기가 쉽지 않았다. 나아가는 것이 너무 더뎠다. 결국 그는 거의 격분해서 이것저것 따질 것 없이 있는 힘을 다해 몸을 내던졌는데, 방향을 잘못 잡는 바람에 그만 침대 기둥 아래쪽에 세게 부딪혔다. 그는 화끈거리는 고통을 느끼며 지금으로서는 몸의 아래쪽이야말로 어쩌면 가장 민감한 부분일 수도 있음을 깨달았다.

따라서 그는 우선 상체를 침대 밖으로 내보내기로 하고, 조심스럽게 머리를 침대 가장자리 쪽으로 돌렸다. 그건 또 쉽게 되었다. 비대하고 육중한 몸뚱이도 결국은 머리가 돌아가는 대로 천천히 따라왔다. 하지만 마침내 머리가 침대 밖으로 나와 허공에 떠 있게 되었을 때 그는 계속 이런 식으로 앞으로 나아가기가 두려워졌다. 그렇게 하면 결국 침대 아래로 떨어질 터인데, 이때 무슨 기적이라도 일어나지 않는 한, 머리에 부상을 입을 게 분명했기 때문이다. 하지만 지금만큼은 어떤 일이 있더라도 의식을 잃어서는 안 되었다. 그는 차라리 침대에 가만히 있기로 했다.

그러나 똑같은 수고 끝에 처음과 같은 상태로 누워 한숨을 쉬고 있자니, 조그만 다리들이 — 아마도 전보다 더 심하게 — 서로 아웅다웅하고 있는 것이 보였고, 이런 제멋대로의 상황을 진정시키고 질서를 되찾을 방법은 머리에 떠오르지 않았다. 그래서 그는 다시 침대에 가만히 있을 수 없다고, 모든 것을 희생하는 한이 있더라도 침대에서 빠져나올 희망이 아주 조금이나마 있다면 그렇게 하는 것이 가장 현명한 선택이라고 생각하게 되었다. 하지만 이와 동시에 그는 절망이 부른 결심보다 침착한, 극히 침착한 숙고가 훨씬 더 낫다는 것을 잊지 않고 중간중간 머리에 떠올렸다. 그런 순간이면 그는 시선을 가능한 한 집중해서 창문 쪽으로 던졌다. 그러나 아침 안개가 좁은 도로의 건너편조차 보이지 않게 가리고 있어서 그런 광경에서 낙관적 기대나 활기를 얻는 것은 거의 불가능했다. '벌써 일곱 시야.' 시계가 다시 울리자 그는 속으로 말했다. '벌써 일곱 시가 되었는데 아직도 이렇게 안개가 끼어 있다니.' 그러고서는 한동안 숨도 약하게 쉬며 조용히 누워 있었다. 어쩌면 완전한 고요가 당연한 현실적 상황을 되돌려 줄지도 모른다고 기대하는 듯이.

하지만 그러고 나서 그는 다음과 같이 속으로 말했다. '시계가 일곱 시 십오 분을 알리기 전까지는 무조건 침대에서 완전히 빠져나와야 한다. 게다가 그때까지는 회사에서 누가 날 찾으러 올 테지. 일곱 시 전에 영업을 시작하니까 말이야.' 그러고서 이제 그는 몸 전체를 좌우로 흔들어 침대 길이 방향과 완전히 평행을 이루며 밖으로 빠져나오려고 시도했다. 만일 이런 식으로 침대에서 떨어지면서 고개를 바짝 위로 들어 올린다면 머리 부상은 피할 수 있을 것이다. 등은 딱딱한 것 같으니 양탄자 위에 떨어진들 별 문제는 없으리라. 가장 큰 문제는 쿵 하고 커다란 소리가 날 수 있다는 점이었다. 그런 소리가 날 경우 문 밖의 식구들도 간이 떨어질 만큼 놀라진 않는다 해도 상당히 걱정할 것은 분명했다. 하지만 그 정도는 감수할 수밖에 없었다.

이렇게 벌써 반쯤 침대 밖으로 나왔을 때 — 새로운 방법은 힘겨운 노동이라기보다는 일종의 놀이 같았다. 그저 계속 밀듯이 몸을 흔들어 주기만 하면 되니까 — 그레고르에게는 누가 와서 도와준다면 모든 일이 얼마나 간단해질까 하는 생각이 떠올랐다. 힘센 사람 두 명만 있으면 — 그는 아버지와 하녀를 생각했다 — 충분하고도 남을 것이다. 그들은 불룩한 등 밑으로 손을 밀어 넣어 그를 침대에서 들어낸 뒤 몸을 아래로 굽히고 조심스럽게 기다리기만 하면 될 것이다. 그러면 그는 바닥으로 뛰어내릴 수 있을 것이고 그의 조그만 다리들도 어쩌면 제 기능을 발휘하게 될 것이다. 그러니 문이 모두 잠겨 있지만 않았다면, 정말 도와 달라고 식구들을 불렀어야 하는 것일까? 이 모든 곤경 속에서도 그는 이 생각에 슬며시 웃지 않을 수 없었다.

이제 그는 한 번만 비교적 강하게 몸을 흔들면 곧 균형을 잃을 정도까지 왔다. 그리고 최종적 결정을 내려야 할 순간이 코앞이었다. 오 분 뒤면 일곱 시 십오 분이 된다. 그때 현관 초인종이 울렸다. '회사에서 누가 왔다.' 그는 속으로 이렇게 말했다. 그는 놀라서 거의 얼어붙을 지경이었고, 그의 작은 다리들은 그럴수록 더 바쁘게 버둥거렸다. 한순간 완전히 조용해졌다. '문을 열진 않겠지.' 그레고르는 터무니없는 희망에 사로잡혀 이렇게 속으로 말했다. 하지만 이내 하녀가 여느 때와 마찬가지로 힘찬 발걸음으로 가서 문을 열었음은 물론이다. 그레고르는 방문객이 처음 건넨 인사말만 듣고도 당장 누구인지 알 수 있었다. 지배인이 직접 온 것이다! 대체 그레고르는 무슨 팔자로 극히 경미한 태만에도 즉시 가장 심각한 의심을 사게 되는 그런 회사에 다녀야 하는 것일까? 모든 직원들이 죄다 특별한 건달이란 말인가? 그들 중 한 명도 진심으로 충성스러운 사람, 이를테면 아침의 단 몇 시간을 업무에 바치지 못한 것만으로도 양심의 가책 때문에 정신이 나가서 정말 침대를 떠나지 못하고 있는 그런 사람은 없단 말인가? 수습사원을 보내어 알아보게 하는 것으로—굳이 이런 식으로 따져 물어야 한다면 말이다—진정 충분하지 않은가? 꼭 지배인이 직접 와야 했을까? 그래서 이 의심스러운 사안의 조사가 오직 지배인의 이해력으로만 감당할 수 있음을 죄 없는 온 식구한테 보여 주어야만 했단 말인가? 그레고르는 이런 생각을 하며 흥분했고, 제대로 결심해서라기보다는 그만 흥분한 나머지 있는 힘을 다해서 침대 밖으로 몸을 던졌다. 부딪히는 소리가 꽤 컸지만 진짜 큰 소음이었다고 할 수는 없었다. 떨어질 때의 충격이 양탄자 때문에 다소 완화된 데다, 등도 그레고르가 생각한 것보다는 더 탄력적이었던 것이다. 덕분에 그다지 표 나지 않는 둔탁한 소리가 났을 뿐이다. 다만 고개를 충분히 조심스럽게 가누지 못한 바람에 바닥에 머리를 찧고 말았다. 그는 분하기도 하고 아프기도 해서 머리를 돌려 양탄자에 비벼 댔다.

"저 안에서 뭐가 떨어졌어요." 지배인이 왼쪽 방에서 말했다. 그레고르는 오늘 자기한테 일어난 것과 비슷한 일이 언젠가는 지배인에게도 일어날 수 있지 않을까 상상해 보려고 했다. 그런 가능성이 없다고 할 수는 없을 것이다. 그런데 마치 이 물음에 거칠게 응답하기라도 하듯이 지배인은 옆방에서 결연히 몇 발짝을 옮기면서 에나멜가죽 구두를 탕탕 울려 댔다. 오른쪽 방에서는 누이동생이 그레고르에게 소식을 전하기 위해 속삭였다. "오빠, 지배인이 왔어." "알아." 그레고르는 혼자 중얼거렸다. 하지만 누이동생이 들을 수 있을 정도로 크게 목소리를 높일 엄두는 내지 못했다.

"그레고르야," 이제 왼쪽 방에서 아버지가 말을 걸었다. "지배인님이 오셔서 네가 왜 새벽 기차로 출발하지 않았는지 물으신다. 우린 뭐라 말씀드려야 할지 모르겠구나. 그뿐 아니라 지배인님은 너하고 개인적으로 말씀을 나누고 싶어 하셔. 그러니 문을 좀 열어 봐라. 방이 어지러운 건 너그럽게 이해해 주실 거야." "안녕하시오, 잠자 씨." 지배인이 친절하게 인사를 건네며 끼어들었다. "그 애가 몸이 좋지 않아요," 아버지가 계속 문에다 대고 말을 하는 사이에 어머니가 지배인에게 말했다. "그 애가 몸이 좋지 않아요.

정말이에요, 지배인님. 그렇지 않다면 그레고르가 어떻게 기차를 놓칠 수가 있겠어요! 그 아이는 도대체 회사 일밖에 모른답니다. 저녁 때 어디 한번 놀러 나가는 법도 없어서 제가 다 짜증이 날 지경이라니까요. 벌써 8일째 시내에 머물면서도 매일 저녁 집에만 있었어요. 그럴 때면 그 애는 우리하고 테이블에 앉아서 조용히 신문을 읽거나 열차 시간표를 들여다보죠. 심심풀이라고 해 봐야 격자 세공 일에 매달리는 정도예요. 이번엔 이틀인가 사흘 저녁 걸려서 작은 액자 하나를 만들었는데요, 얼마나 예쁜지 놀라실 거예요. 방에 걸려 있으니까 그레고르가 문을 열면 바로 보실 수 있답니다. 하여튼 지배인님이 오셔서 다행이에요. 우리만 있었으면 아무리 해도 문을 열어 주지 않았을 거예요. 고집이 웬만해야지요. 그리고 몸이 좋지 않은 게 틀림없어요. 아침에 괜찮다고 하긴 했지만." "금방 나가요." 그레고르는 천천히, 조심스럽게 말했다. 그러고는 바깥 대화를 한 마디도 놓치지 않으려고 가만히 있었다. "예, 저로서도 다르게는 생각되지 않는군요." 지배인이 말했다. "심각한 문제가 아니어야 할 텐데요. 그러기를 바라면서도 또 한편으로 말씀드리지 않을 수 없는 것은, 우리 사업하는 사람들은 ― 그걸 유감스럽다 해야 할지 행복하다 해야 할지는 생각하기 나름이겠지만 ― 몸이 조금 안 좋다고 해도 그런 것쯤은 일을 생각해서 그냥 견뎌 내야 할 때가 아주 많다는 겁니다." "그럼 이제 지배인님이 들어가실 수 있겠지?" 초조한 아버지가 이렇게 묻고 다시 문을 두드렸다. "아뇨." 그레고르가 이렇게 말하자 왼쪽 옆방에서는 난감한 침묵이 감돌았고, 오른쪽 옆방에서는 누이동생이 훌쩍이기 시작했다.

누이동생은 도대체 왜 다른 사람들한테 가지 않는 것일까? 아마도 이제야 막 침대에서 일어나 옷도 아직 갖춰 입지 않은 모양이다. 그럼 왜 우는 것일까? 그가 일어나지 않고 지배인을 못 들어오게 하기 때문에? 그래서 그가 직장을 잃을 위험에 처하고 그러면 사장이 옛날 빚을 갚으라고 부모님을 닦달할 것이기 때문에? 하지만 그런 건 지금으로서는 불필요한 걱정이었다. 그레고르는 아직 여기 있고 가족을 떠날 생각이 조금도 없었다. 당장은 이렇게 양탄자 위에 누워 있는 형편이라서, 누구라도 그의 상태를 안다면 설마 진심으로 지배인에게 문을 열어 주어야 한다고 요구하지는 못할 것이다. 하여튼 이처럼 사소한 결례쯤이야 나중에 적당한 구실을 대어 변명할 수 있을 테고, 고작 그것 때문에 그레고르가 당장 내쫓길 리는 없을 것이다. 그래서 그레고르에게는 지금 울며 다그치며 그를 괴롭히기보다는 그냥 가만히 내버려 두는 것이 훨씬 더 현명한 처사로 보였다. 하지만 다른 사람들은 사정을 잘 알지 못하는 데서 오는 불안감이 마음을 짓누르고 있었고, 이를 감안하면 그들의 행동도 이해할 만한 것이었다.

"잠자 씨," 지배인이 이제 목소리를 높여 외쳤다. "대체 어찌 된 거요? 지금 방문을 걸어 잠그고 틀어박혀서는 대꾸라고는 그저 예, 아니오가 전부고, 이렇게 부모님한테 쓸데없이 깊은 심려만 끼치고 말이지. 이건 그저 지나가며 해두는 말이지만 — 직장의 의무를 이렇게 팽개치는 건 정말 듣도 보도 못한 일이에요. 내 여기서 당신 부모님과 사장님을 대신하여 말하는 건데, 즉시 분명한 해명을 내놓기를 엄중히 요구하는 바요. 놀라워요, 놀라워. 나는 잠자 씨가 침착하고 이성적인 사람인 줄만 알았는데, 이제 와서 갑자기 괴상한 변덕을 뽐내려고 작정을 한 것 같으니 말이야. 사장님은 오늘 아침 일찍 나한테 넌지시 잠자 씨가 결근한 이유에 대해 짐작 가는 바를 말씀하셨지만 — 그건 얼마 전부터 당신한테 맡긴 수금과 관련이 있는데 — 나는 진심으로 내 명예를 걸고 그럴 리가 없다고 말씀드렸어요. 하지만 여기서 잠자 씨가 이해할 수 없는 고집을 부리고 있는 걸 보니 내가 나서서 변호해 주고 싶은 마음이 아주 깨끗이 사라지는걸. 그렇지 않아도 회사 안에서 당신의 위치는 절대로 안심할 수 있는 것이 아니에요. 나는 원래 이 모든 문제에 대해 당신하고 단둘이서만 이야기해 볼 생각이었지만, 잠자 씨가 이렇게 내 시간을 쓸데없이 빼앗고 있는 마당에, 나는 또 무엇 때문에 이 문제를 당신 부모님 모르게 쉬쉬하고 있어야 한단 말이오. 그러니까 최근 잠자 씨가 올린 실적은 아주 불만족스러운 것이었어요. 지금이 특별히 영업이 잘되는 계절이 아니라는 건 우리도 인정하지만, 영업이 전혀 안 되는 계절이라는 건 결코 있을 수 없지. 결코 있어서도 안 되는 거고."

"아니, 지배인님," 그레고르는 참지 못하고 소리쳤다. 흥분한 탓에 다른 모든 것은 잊어버렸다. "물론 바로 문을 열 겁니다. 지금 당장 연다고요. 몸이 약간 좋지 않아서, 현기증 때문에 일어날 수가 없었습니다. 전 아직 침대에 누워 있습니다만, 벌써 기운이 회복됐어요. 바로 침대에서 나올게요. 아주 잠깐만 참고 기다려 주세요! 아직 생각한 것만큼 그렇게 상태가 좋은 편은 못 되네요. 하지만 이 정도도 괜찮습니다. 어떻게 사람이 갑자기 이렇게 될까요! 어제저녁까지만 해도 전 몸이 아주 좋았어요, 제 부모님도 아십니다. 아니 더 정확히 말하면 약간 조짐이 있기는 했지요. 절 본 사람은 분명 눈치챘을 거예요. 직장에 알리기만 했더라도 좋았을 것을! 하지만 늘 사람들은 꼭 집에서 쉬지 않고도 병을 이겨 낼 수 있을 거라고 생각하지 않습니까. 지배인님! 제 부모님을 괴롭히지는 말아 주십시오! 지배인님이 지금 제게 하시는 모든 비난의 말씀은 전혀 근거가 없는 것입니다. 어느 누가 제게 그런 얘기를 한 적도 없고요. 제가 마지막으로 보내 드린 주문장들은 읽어 보지 못하셨나 봐요. 그건 그렇고, 여덟 시 기차를 타고 일을 나가겠습니다. 두세 시간 쉬었더니 다시 기운이 나네요. 여기 더 계시지는 마십시오. 지배인님. 저는 곧 회사에 갑니다. 부디 친절을 베푸셔서 그렇게 말씀을 전해 주시고, 사장님께 제가 좋은 직원이라고 이야기해 주십시오!"

그레고르는 한편으로 자기가 무슨 말을 하는지 거의 의식도 못한 채 이 모든 말을 다급하게 쏟아 내면서, 다른 한편으로는 침대에서의 연습을 통해 이미 숙달된 덕택이었던지 쉽게 서랍장 쪽으로 다가갔고, 이제 거기에 기대어 몸을 일으켜 세워 보려는 참이었다. 그는 실제로 방문을 열어 자기 모습을 보이고, 지배인과 이야기를 나눌 생각이었다. 다른 사람들이 지금은 그를 그렇게 보고 싶어 하지만 막상 그의 모습을 보고 나면 뭐라고 할지 알고 싶은 호기심이 강하게 일어났다. 그들이 질겁한다면 그레고르는 더 이상 책임질 일이 없는 셈이고, 편안해질 수 있을 것이다. 반대로 그들이 이 모든 일을 태연히 받아들인다면, 그레고르 역시 흥분할 이유가 전혀 없었다. 서두르기만 하면 정말 여덟 시에 역에 도착할 수도 있을 터였다. 서랍장이 반질반질해서 처음 몇 번은 미끄러졌지만, 마지막 기운을 다해 몸을 던져 마침내 똑바로 일어서는 데 성공했다. 아랫도리가 통증으로 아무리 화끈거려도 더 이상 신경 쓰지 않았다. 그는 가까이 있는 의자의 등 쪽으로 몸을 떨어뜨린 다음, 그 테두리를 다리로 붙들며 매달렸다. 그렇게 해서 몸을 가누는 것도 가능해졌다. 이제 그는 말을 멈추었다. 지배인의 목소리가 들려왔기 때문이다.

"한마디라도 알아들으셨나요?" 하고 지배인이 부모님에게 물었다. "설마 우리를 놀려 먹고 있는 건 아니겠죠?" "원 세상에, 그럴 리가요," 어머니는 울먹이면서 외쳤다. "아마도 중병이 든 것 같아요. 그런데 우리는 그 애를 못살게 굴고 있는 거예요. 그레테! 그레테!" "엄마?" 누이동생이 반대편에서 불렀다. 그들은 그레고르의 방을 통해 말을 주고받고 있었다. "당장 의사 선생님한테 가야 해. 그레고르가 아프다. 빨리 의사 선생님을 모셔 와. 그레고르가 지금 말하는 소리를 들었니?" "그건 짐승의 소리였어요" 하고 지배인이 어머니의 고함 소리에 비하면 두드러질 정도로 나직이 말했다. "안나! 안나!" 아버지가 현관 복도 건너편에 있는 부엌을 향해 외쳤다. "당장 열쇠공을 불러와!" 그러자 벌써 두 처녀가 치맛자락을 버석거리며 현관 복도를 지나가서는 — 누이동생은 대체 어떻게 그렇게 빨리 옷을 입은 걸까? — 현관문을 열어젖혔다. 문이 쾅 닫히는 소리는 들리지 않았다. 그들은 아마 문을 열어 둔 채로 나간 모양이었다. 큰 불행이 닥친 집에서 흔히 그러듯이.

그러나 그레고르는 훨씬 더 차분해졌다. 그레고르에게는 자신의 말이 뚜렷하게, 아마도 귀가 더 적응되어서인지 전보다 더 뚜렷하게 느껴졌음에도 불구하고, 사람들은 그의 말을 이해할 수 없게 된 것이다. 그렇게 되기는 했지만, 그들은 이제 그나마 그레고르가 완전히 정상이 아니라는 생각을 하기 시작했고, 그를 도우려 하고 있었다. 최초에 취해진 조치들은 의연하고 자신감 있는 태도의 소산이었으며, 그러한 사실이 그레고르에게 위안을 주었다. 다시 인간 세계의 품속에 받아들여진 느낌이었다. 그는 이제 두 사람, 의사와 열쇠공을 정확히 구분하지 않은 채 막연히 그들이 뭔가 놀랄 만한 대성과를 올릴 것이라는 기대를 품었다. 그는 다가오는 결정적인 면담의 순간에 가능한 한 또렷한 목소리를 낼 수 있도록 약간의 헛기침으로 목을 깨끗이 했다. 물론 그러면서도 소리를 최대한 죽이기 위해 노력했으니, 자신의 기침 소리도 인간의 기침과는 다르게 들릴 가능성이 있고, 이제는 그런 판단을 스스로 내릴 자신이 더 이상 없었던 것이다. 그러는 사이 옆방은 완전히 조용해졌다. 부모님과 지배인이 테이블에 앉아서 속삭이고 있는 듯했다. 어쩌면 모두 문에 기대어 귀 기울이고 있는지도 몰랐다.

그레고르는 천천히 의자를 밀며 문 가까이 온 뒤 의자를 버리고 문을 향해 몸을 던졌다. 그러고는 문에 붙어 똑바로 서서 — 가는 다리의 끝 부분에는 약간의 점액 성분이 있었다 — 잠시 힘겨운 노고 끝의 휴식을 취했다. 하지만 그다음에는 열쇠 구멍에 꽂혀 있는 열쇠를 입으로 돌리는 작업이 이어졌다. 유감스럽게도 입에 제대로 된 이빨은 없는 듯했는데 — 그럼 대체 무엇으로 열쇠를 붙잡는단 말인가? — 그 대신 턱은 물론 매우 튼튼했다. 그 강한 턱에 의존하여 그는 정말로 열쇠를 움직이는 데 성공했다. 갈색 액체가 입에서 나와 열쇠 위로 흘러서는 바닥에 뚝뚝 떨어지는 것으로 보아 열쇠를 돌리는 과정에서 무슨 상처를 입은 게 분명했지만 그런 것에는 신경 쓰지 않았다. "좀 들어 보세요." 옆방에서 지배인이 말했다. "열쇠를 돌리는군요." 이 말은 그레고르에게 큰 격려가 되었다. 하지만 모두가 함께, 아버지도 어머니도 응원을 해 주었으면 더 좋았을 것이다. '힘내라, 그레고르,' 이렇게 그들이 외친다면 좋을 텐데. '그래 그렇게, 단단히 붙어서 열쇠를 돌려라!' 그는 모두가 손에 땀을 쥔 채 자신의 시도를 지켜보고 있다는 상상을 하며 혼신의 힘을 다하여 정신없이 열쇠를 물고 늘어졌다. 열쇠가 점점 돌아감에 따라 그레고르도 열쇠 구멍 둘레를 춤추듯 돌았다. 그는 이제 입으로만 몸을 똑바로 지탱하고 있었으며, 경우에 따라 한 번은 열쇠에 매달렸다가 또 한 번은 온몸의 무게로 열쇠를 내리누르는 동작을 반복했다. 마침내 잠금 장치가 찰칵하고 열리는 맑은 소리에 그레고르는 정신이 번쩍 들었다. 그는 한숨을 내쉬면서 "그래. 열쇠공 없이 해냈어" 하고 중얼거리고, 문을 완전히 열기 위해 머리를 문손잡이 위에 갖다 댔다.

문을 이런 식으로 열어야 했기 때문에, 문 자체는 거의 활짝 열렸지만, 정작 그레고르는 아직 밖에서 보이지 않았다. 그는 천천히 한쪽 문짝을 돌아 나와야 했는데, 바로 방 입구에 와서 꼴사납게 나자빠지지 않으려면 매우 조심하지 않을 수 없었다. 한동안 다른 데 주의를 돌릴 여유도 없이 그 까다로운 동작에 온 정신을 쏟고 있었는데, 어느 순간 "앗" 하는 지배인의 커다란 외침 소리가 들려왔고 — 그것은 마치 윙윙대는 바람 소리 같았다 — 이제 그레고르도 그를 보았다. 문에 가장 가까이 서 있던 지배인은 벌어진 입을 손으로 누르면서 마치 일정하게 작용하는 보이지 않는 힘이 그를 몰아내기라도 하는 듯이 천천히 뒤로 물러나고 있었다. 어머니 — 그녀는 여기 지배인이 와 있는데도 간밤에 풀어져 위로 뻗친 머리를 그대로 하고 서 있었다 — 는 먼저 두 손을 깍지 낀 채 아버지를 바라보다가 그레고르 쪽으로 두 발짝 다가오더니 그 자리에서 무너져 버렸다. 치마는 어머니를 중심으로 활짝 펼쳐졌고, 얼굴은 전혀 보이지 않게 가슴 속에 파묻혔다. 아버지는 마치 그레고르를 방으로 다시 쫓아 보내려는 듯이 적대적인 표정을 지으며 주먹을 불끈 쥐었다가, 다음 순간 불안하게 거실을 두리번거렸고, 그러고 나서는 두 손으로 눈을 가리더니 그 건장한 가슴이 들썩일 정도로 울기 시작했다.

그레고르는 거실로는 한 발짝도 들이지 않았고, 단단히 고정되어 있는 문짝 안쪽에 기대었으므로, 거실 쪽에서는 그의 몸 절반과 그가 다른 사람들을 빼꼼히 내다보기 위해 옆으로 기울인 머리만이 보일 뿐이었다. 그사이 날은 훨씬 환해져 있었다. 길 저편에 창문이 전면을 뚫고 규칙적으로 튀어나와 있는 흑회색 건물 — 그것은 병원이었다 — 의 일부분이 이쪽을 마주 보고 뚜렷한 모습을 드러내고 있었다. 비는 아직 내리고 있었지만 단지 커다란 방울들 하나하나가 보일 정도의, 실제로도 땅에 낱낱의 방울로 떨어지는 그런 정도의 비였을 뿐이다. 아침 식탁에 그릇들이 꽤나 많이 놓여 있었는데, 그것은 아버지에게 아침이 하루 중 가장 중요한 식사 시간이기 때문이었다. 아버지는 이런저런 신문을 읽으면서 몇 시간씩 아침을 들곤 했다. 바로 맞은편 벽에는 그레고르의 군대 시절 사진이 걸려 있었는데, 사진 속의 그는 중위였으며, 손에는 군도를 들고 시름없는 미소를 지으며 자신의 자세와 제복에 대해 경의를 요구하고 있었다. 현관 복도로 나 있는 문과 함께 현관문까지 열려 있었기 때문에, 문 앞 층계참과 거기서부터 아래로 내려가는 계단의 윗부분이 내다보였다.

"이제," 그레고르는 자신이 평정을 잃지 않은 유일한 사람이라는 것을 의식하면서 이렇게 말했다. "곧바로 옷을 입고 견본 모음을 싸서 짐에 꾸려 넣은 다음 기차를 탈 거예요. 아버지, 어머니, 내가 가도록 내버려 두실 건가요? 자, 지배인님, 보셨죠? 전 고집불통도 아니고 일도 기꺼이 합니다. 출장은 고되지만 출장 없이는 살 수 없을 거예요. 아니, 어디로 가세요? 회사로요? 네? 모든 걸 진실 그대로 보고하실 건가요? 사람이 일시적으로 일할 수 없는 상태가 될 수도 있죠. 하지만 바로 그런 때야말로 과거에 이룩한 성과를 돌아보고, 장애를 극복한 뒤에는 그만큼 더 열심히 더 집중적으로 일하리라 다짐하기에 최적의 시점이 아닐까요? 제가 사장님께 갚아야 할 큰 은혜를 입고 있는 거야 지배인님도 잘 아실 겁니다. 또 한편으로 부모님과 누이동생도 걱정이고요. 저는 곤경에 빠져 있습니다. 하지만 다시 헤쳐 나올 겁니다. 지금도 이미 상황이 나쁜데 부디 지금보다 더 어렵게만 만들지 말아 주십시오. 회사에서 제 편을 들어 주세요! 다들 외판 사원을 좋아하지 않죠. 저도 압니다. 외판 사원은 거액의 돈을 챙겨 잘 산다고들 생각하죠. 또 사람들이 이런 편견에 대해 좀 더 깊이 반성해 볼 만한 특별한 계기가 있을 리도 없지요. 하지만 지배인님, 지배인님은 다른 사원보다 상황을 전체적으로 더 잘 파악하고 계시고, 정말 우리끼리니까 드리는 말씀이지만, 사장님보다도 더 잘 아시잖습니까. 사장님이야 경영하는 입장에서 직원에 불리한 쪽으로 오판하게 되기도 하니까요. 게다가 외판 사원은 일 년 내내 사무실에 있는 때가 없으니 온갖 뒷말과 우연한 사건, 근거 없는 비방에 쉽게 당한다는 것은 아주 잘 아실 겁니다. 그런데도 완전히 속수무책일 수밖에 없는 것이, 대부분은 그런 얘기들이 있었다는 것 자체를 알 수가 없고, 지쳐서 여행에서 집에 돌아온 뒤에 더 이상 그 원인을 꿰뚫어 볼 수 없는 나쁜 결과가 직접 몸에 느껴지면 그제야 뭔가 있었다는 걸 깨닫게 되니까요. 지배인님, 가지 마세요. 가시더라도 가기 전에 제 말 중 약간이라도 옳은 부분이 있다고 말씀해 주세요!"

그러나 지배인은 그레고르가 말을 시작했을 때 이미 돌아서 버렸다. 그는 입술을 추켜올린 채 움찔거리는 어깨 너머로 그레고르를 돌아보았을 뿐이다. 그레고르가 말하는 동안 그는 잠시도 가만있지 못하고 그레고르에게서 눈을 떼지 않으면서 문을 향해 나아갔는데, 하지만 아주 천천히 움직였기 때문에 마치 그에게 방을 떠나서는 안 된다는 비밀스러운 금계가 내려져 있는 듯이 보였다. 그는 어느덧 현관 복도에 들어섰다. 거실에서 마지막 발을 빼낸 동작이 얼마나 갑작스러웠던지 신발 바닥에 불이 난 게 아닌가 여겨질 정도였다. 복도에 이르자 그는 오른손을 멀리 계단 쪽으로 뻗었다. 마치 그곳에 어떤 천상의 구원이 기다리고 있다는 듯이.

그레고르는 지배인이 이런 기분으로 떠나게 내버려 두었다가는 회사에서의 자리가 극도로 위태로워질 수밖에 없다는 것을 깨달았다. 부모님은 이 모든 사정을 그다지 잘 이해하지 못했다. 수년의 세월이 흐르는 동안 그들은 그레고르가 이 회사에서 생계를 보장받았다고 확신하게 된 데다 지금은 당장의 걱정거리에 온통 정신이 쏠려 있어 앞을 내다볼 여력이 조금도 없었던 것이다. 그러나 그레고르는 앞을 내다보고 있었다. 지배인을 붙잡고 진정시키고 설득하여 결국 우리 편으로 만들어야 했다. 그레고르와 가족의 미래가 이 일에 달려 있는데! 누이동생이라도 지금 있었다면! 그녀는 영리했다. 그녀는 그레고르가 태평하게 누워 있을 때 벌써 울었던 것이다! 그리고 여자라면 사족을 못 쓰는 지배인은 틀림없이 그녀가 하자는 대로 했을 것이다. 그녀는 현관문을 닫고 현관 복도에서 그를 달래어 공포심에서 벗어나게 할 수 있었으리라. 하지만 그런 누이동생이 마침 집에 없었으니, 그레고르 스스로 행동하지 않으면 안 되었다. 그는 지금 자기가 얼마나 잘 움직일 수 있는지 아직 전혀 알지 못했지만 그런 것은 생각지도 않고, 또 자신의 말이 어쩌면 ― 아니, 거의 분명히 ― 이번에도 이해되지 못했을 거라는 생각도 하지 않은 채, 문짝에서 몸을 떼었다. 그는 몸을 문으로 밀어 넣으면서, 벌써 층계참 난간을 우스꽝스러운 자세로 부여잡고 있는 지배인에게로 갈 작정이었다. 하지만 곧 중심을 잃고 잡을 데를 찾아 허우적대다가 작게 비명을 지르면서 수많은 다리들을 아래로 한 채 바닥에 떨어지고 말았다. 그런데 그렇게 되자마자 그는 오늘 아침 처음으로 몸이 편안해졌다. 작은 다리들은 단단한 바닥 위에 자리를 잡았고, 흡족하게도 이제 완벽하게 원하는 대로 움직여지는 것이었다. 심지어 그가 어디든 가자고만 하면 그곳으로 실어다 줄 태세였다. 벌써 그레고르는 고통에서 완전히 회복될 순간이 코앞에 닥쳤다고 믿었다. 그러나 바로 그 순간, 그는 조심스럽게 움직이느라 흔들흔들하면서 멀지 않은 위치에서 어머니를 바로 마주 보고 바닥에 엎드려 있었는데, 이때 완전히 혼자 생각에만 빠져 있는 듯이 보였던 어머니가 별안간 펄쩍 뛰어오르더니 두 팔을 넓게 벌리고 손가락을 쫙 편 채 소리를 질렀다. "살려 주세요, 세상에, 살려 주세요!" 그녀는 그레고르를 더 잘 보려는 듯 고개를 숙이고 있었지만, 그와 반대로 발은 정신없이 뒷걸음질 쳐 달아났다. 자기 뒤에 차려 놓은 식탁이 있다는 것도 잊고, 식탁에 이르러서는 얼빠진 사람처럼 다급하게 그 위에 앉아버렸다. 옆에서 커다란 주전자가 쓰러져 커피가 양탄자 위로 콸콸 쏟아지고 있다는 것도 전혀 알아차리지 못하는 듯했다.

"어머니, 어머니." 그레고르는 나직한 소리로 어머니를 부르며 올려다보았다. 한순간 지배인은 까맣게 잊어버렸고, 반면 흘러내리는 커피를 보자 그만 참지 못하고 몇 번이나 허공이라도 물듯이 턱을 휘둘러 댔다. 그걸 보고 어머니는 다시 비명을 지르며 식탁에서 달아나 그녀를 향해 급히 달려온 아버지의 품 안에 쓰러졌다. 그렇지만 그레고르는 이제 부모에게 신경 쓸 겨를이 없었다. 지배인이 벌써 계단에 이르렀던 것이다. 그는 턱을 난간에 대고 마지막으로 뒤를 돌아보았다. 그레고르는 될 수 있는 대로 확실히 따라잡으려고 도움닫기까지 해 보았지만, 지배인도 무슨 예감을 했는지 한달음에 몇 계단을 뛰어 내려가더니 사라져 버렸다. 그러고서도 그는 "헉" 하고 소리쳤고 그 소리는 계단 전체에 울려 퍼졌다. 불행하게도 지배인마저 이렇게 도망가고 나자 지금까지 비교적 침착했던 아버지도 완전히 혼란에 빠진 듯했다. 직접 지배인을 뒤쫓아 가지는 못할망정 적어도 지배인을 뒤쫓는 그레고르를 방해라도 하지 않았어야 할 텐데, 그러기는커녕 그는 오른손으로는 지배인이 모자, 외투와 함께 안락의자 위에 놓아두고 간 지팡이를 움켜쥐고 왼손으로는 식탁에서 커다란 신문을 집어 들고는, 발을 구르고 지팡이와 신문을 휘둘러서 그레고르를 그의 방으로 다시 몰아넣으려 했던 것이다. 아무리 빌어도 소용이 없었다. 아무리 빌어도 그 뜻조차 전해지지 않았다. 그레고르가 아무리 겸허한 태도로 고개를 저어 보아도, 아버지는 그저 더 세게 발을 굴러 댈 뿐이었다. 저쪽에서는 어머니가 쌀쌀한 날씨에도 창을 활짝 열어젖히고는, 창밖으로 몸을 기대어 멀리 바깥으로 내민 얼굴을 두 손에 파묻었다. 그러자 바깥 골목길과 현관 앞 계단 사이에 맞바람이 일더니 창의 커튼이 젖혀지고 식탁 위 신문들이 바스락대다가 낱장으로 날아 바닥에 흩어졌다. 아버지는 무자비하게 밀어붙이며 미친 사람처럼 식식 소리를 내뱉었다. 하지만 그레고르도 뒤로 가는 연습은 해 본 적이 없었기 때문에 정말 아주 천천히밖에는 가지지 않았다. 몸을 돌릴 수만 있다면 벌써 방에 들어가 있었을 것이다. 그러나 몸을 돌리려면 시간이 많이 걸릴 텐데 그러다

보면 아버지가 인내심을 잃을지도 모른다는 걱정이 앞섰다. 아버지는 손에 들고 있는 지팡이로 언제라도 등이나 머리에 치명적인 일격을 가할 수 있었던 것이다. 하지만 끔찍하게도 그레고르는 뒤로 가면 방향조차 제대로 잡을 수 없다는 사실을 깨달았고, 결국 다른 선택의 여지가 없었다. 그래서 그는 아버지를 끊임없이 불안한 눈길로 힐끔힐끔 살피면서 가능한 한 빠르게, 그러나 실제로는 아주 천천히 몸을 돌리기 시작했다. 아마 아버지도 그의 선의를 눈치챘는지, 이제 그를 방해하지 않았을 뿐 아니라 심지어 멀찍이 서서 지팡이 끝으로 회전 방향을 이렇게 저렇게 지시해 주기까지 했다. 아버지가 내는 이 참을 수 없는 식식 소리만 아니면 괜찮을 텐데! 그레고르는 그 소리 때문에 거의 정신이 나갈 지경이었다. 거의 다 돌았을 때, 계속 식식 소리에 귀를 기울이다 심지어 착각을 해서 잠깐 반대로 돌기까지 했다. 그래도 다행히 머리를 문 앞으로 가져오는 데 결국 성공하긴 했는데, 그러고 보니 그의 몸이 문을 그냥 통과하기에는 너무 뚱뚱했다. 그렇다고 아버지가 지금 같은 심리 상태에서 이를테면 나머지 문짝을 연다든지 해서 그레고르에게 충분한 통로를 마련해 준다는 생각을 떠올릴 리는 만무했다. 아버지를 사로잡고 있는 것은 그저 그레고르가 최대한 빨리 방 안으로 들어가야 한다는 일념뿐이었다. 그레고르는 어쩌면 몸을 일으켜 세워서 그 상태로 문을 통과할 수도 있었을 텐데 그러자면 번거로운 과정을 거쳐야 했을 테고, 아버지는 그런 걸 결코 참을 수 없었을 것이다. 오히려 그는 이제 마치 어떤 장애도 없다는 듯이 별난 소음을 내며 그레고르를 앞으로 몰아댔다. 그것은 더 이상 그레고르 뒤에서 단 한 명의 아버지가 내는 목소리로 들리지 않았다. 이젠 장난이 아니었다. 그레고르는 — 될 대로 되라지 하는 심정으로 — 문 안으로 비집고 들어갔다. 그러다가 그의 몸은 한쪽으로 들리면서 문틀에 비스듬히 걸렸다. 겨드랑이 한쪽은 쓸려서 상처가 났고, 하얀 문에 흉한 얼룩이 남았다. 결국 그레고르는 문 사이에 단단히 끼어서 한쪽 다리들은 허공에 떠 바르르 떨고 다른 쪽 다리들은 바닥에 고통스럽게 짓눌린 채로 혼자서는 더 이상 꼼짝달싹할 수 없는 상태가 되고 말았다. 그때 아버지가 뒤에서 강한 일격을 가해 준 덕택에 — 그것은 지금으로서는 정말 구원의 일격이었다 — 그레고르는 심하게 피를 흘리며 방 안으로 멀리 날아 들어갔다. 마지막으로 지팡이가 문을 쾅 닫았고 마침내 고요가 찾아왔다.

## II

어둑어둑해질 무렵에야 그레고르는 실신에 가까운 무거운 잠에서 깨어났다. 그는 다른 방해가 없었더라도 어차피 한참 더 지나서 깨지는 않았을 것이다. 그만큼 푹 쉬고 푹 자고 난 기분이었던 것이다. 그래도 잠이 깬 것은 가벼운 발소리와, 거실로 통하는 문을 조심스럽게 닫는 소리 때문이었던 것처럼 느껴졌다. 전기 가로등의 불빛이 천장과 가구 윗부분을 군데군데 새하얗게 비추고 있었지만, 그레고르가 있는 아래쪽은 캄캄했다. 그는 천천히, 이제야 막 그 진가를 알아본 터라 더듬이를 아직은 서투르게 놀리면서, 문 쪽으로 움직여 무슨 일이 있었는지 알아보려 했다. 그의 왼쪽 옆구리 전체가 불쾌하게 땅기는 하나의 기다란 상처 같았다. 그래서 그는 두 줄의 다리를 꽤나 심하게 절뚝거려야 했다. 게다가 다리 하나는 오전의 난리 통에 심한 부상을 입어 — 딱 하나밖에 다치지 않았다는 것이 거의 기적이었다 — 죽은 듯이 질질 끌리고 있었다.

그는 문 앞에 이르러서야 비로소 무엇 때문에 자기가 그리로 끌려왔는지를 깨달았다. 뭔가 먹을 것의 냄새였다. 단 우유가 든 대접이 문 앞에 놓여 있었던 것이다. 우유 속에는 잘게 썰어진 흰 빵 조각들이 떠다니고 있었다. 그는 아침보다 더 큰 허기를 느끼던 참이라 기쁜 나머지 거의 웃음을 터뜨릴 뻔했다. 그는 허겁지겁 거의 눈 위까지 잠길 정도로 머리를 우유 속에 처박았다. 하지만 곧바로 실망해서 머리를 도로 빼야 했다. 왼쪽 옆구리가 불편해서 먹기가 힘들다는 것 — 헐떡거릴 정도로 온몸이 함께 움직여줘야 겨우 먹을 수 있었다 — 때문만은 아니었다. 우유는 원래 그레고르가 좋아하는 음료였고, 누이동생도 분명 그런 이유에서 넣어 주었을 테지만 지금은 도무지 맛이 없었던 것이다. 그는 거의 역겨움을 느낄 정도가 되어 대접에서 몸을 떼고는 기어서 방 한가운데로 돌아갔다.

그레고르가 문틈으로 들여다본 바로는 거실에 가스등은 켜 있었으나, 보통 이 무렵은 아버지가 어머니에게, 때로는 누이동생에게도 목소리를 높여 석간신문을 읽어 줄 시간이건만, 지금은 아무 소리도 들리지 않았다. 누이동생이 늘 이야기하기도 하고 편지에 쓰기도 했던 이런 낭독 의식이 최근에는 아예 사라져 버린 것인지도 몰랐다. 하지만 주위도 온통 너무 조용했다. 분명 집이 비어 있지 않았는데도 말이다. '식구들이 이렇게 조용하게 살고 있었다니.' 그레고르는 이렇게 혼잣말을 하고는, 어둠 속을 뚫어지게 바라보면서 자기가 부모님과 누이동생에게 이토록 훌륭한 집에서 이렇게 살 수 있게 해 준다는 데 커다란 자부심을 느꼈다. 그런데 이제 이 모든 평화와 풍요, 만족이 끔찍스러운 종말을 맞이하게 된다면? 그런 생각에 빠져들지 않기 위해 그레고르는 차라리 몸을 움직이며 방을 이리저리 기어 다녔다.

긴 저녁 시간이 흐르는 동안 한 번 옆문 한 짝이 아주 조금 열렸다가 금세 도로 닫혔고, 또 한 번은 나머지 문짝이 그렇게 열렸다 닫혔다. 아마도 누군가가 들어오고 싶은 마음은 있으면서도 망설이는 마음 또한 너무 컸던 것 같다. 그레고르는 이제 바로 거실 문 앞에 멈추어 서서, 머뭇거리는 방문객을 어떻게든 안으로 데리고 오거나 적어도 누구인지라도 알아낼 작정이었다. 그러나 문은 다시는 열리지 않았고 그레고르의 기다림은 헛수고가 되었다. 아침에는 문이 전부 잠겨 있는데 모두들 그의 방에 들어오려고 하더니, 이제는 그가 문 하나를 열어 놓았고 다른 문들도 분명 낮 동안에 열렸건만 아무도 오지 않았다. 그리고 열쇠는 이제 바깥쪽에서도 꽂혀 있었다.

밤이 이슥해서야 거실의 불이 꺼졌다. 부모님과 누이동생이 아주 오래 깨어 있었다는 것을 쉽게 알 수 있었다. 지금 세 사람 모두 발뒤꿈치를 들고 조심조심 자리를 뜨는 소리가 똑똑히 들렸기 때문이다. 아침이 올 때까지 아무도 그레고르를 찾아오지 않을 것이 분명했다. 그러니까 그는 이제부터 어떻게 삶을 새로이 꾸려 갈지 편안하게 숙고해 볼 수 있는 긴 시간을 얻은 셈이었다. 그러나 방에 꼼짝없이 갇혀 납작 엎드려 있자니, 천장이 높은 이 빈방이 불안감을 불러일으켰다. 그는 그런 불안의 원인을 알아낼 수 없었는데, 그래도 어쨌든 이곳은 그가 벌써 5년째 살아온 방이었기 때문이다. 이제 그는 반쯤 무의식적으로 몸을 돌리고 약간은 부끄러워하면서 소파 아래로 달려갔다. 그 아래로 들어가자 그는 비록 등은 약간 눌리고 머리도 들 수 없었지만 매우 편안하게 느꼈으며, 다만 소파 아래로 완전히 들어가기에 몸이 너무 뚱뚱하다는 게 아쉬울 뿐이었다.

그는 밤새도록 그렇게 있었다. 선잠이 들었다가 허기 때문에 자꾸만 깜짝 놀라 깨어나기도 했고, 근심과 모호한 희망 속에서 시간을 보내기도 했다. 그러나 모든 생각은 언제나 단 하나의 결론, 즉 그가 지금은 일단 평정을 유지하면서 인내와 최대한의 배려로 식구들에게 자신의 현재 상태가 불러일으킬 수밖에 없는 불쾌와 불편을 견딜 만하게 만들어 주어야 한다는 결론으로 이어졌다.

이른 새벽, 아니 아직 밤이라고도 할 수 있을 시간에 벌써 그레고르는 방금 결심한 바가 실제로 가능한 것인지 시험해 볼 기회를 얻게 되었다. 왜냐하면 누이동생이 옷을 거의 완전히 차려입고 현관 복도 쪽에서 문을 열고 조심스럽게 들여다보았기 때문이다. 그녀는 그를 바로 발견하지 못했다. 하지만 소파 아래 그가 있는 것을 알아차리자—아니 그가 어딘가에 있을 건 당연하지 않은가, 어디로 날아가 버릴 수는 없었을 테니 말이다—너무 깜짝 놀라 평정을 잃고는 문을 바깥쪽에서 쾅 닫아 버렸다. 그녀는 그래도 그런 자신의 행동이 후회됐던지, 금세 다시 문을 열고 중환자나 심지어 낯선 사람에게 다가가듯이 살금살금 방 안으로 들어왔다. 그레고르는 머리를 소파 가장자리에 닿을 정도로 내밀고 그녀를 관찰했다. 그가 우유를 건드리지 않고 내버려 둔 것을, 그리고 그것이 결코 배고프지 않아서가 아니라는 것을 알아차릴까? 그래서 그에게 더 알맞은 다른 음식을 가져올까? 그레고르는 누이동생이 알아서 그렇게 하지 않는다면, 그녀에게 그걸 환기하느니 차라리 굶어 죽고 말 작정이었다. 물론 실제로는 소파 아래에서 튀어나와서 누이동생의 발치에 몸을 던져 뭔가 좋은 먹을거리를 달라고 간청하고 싶은 마음이 굴뚝같았지만. 그러나 누이동생은 곧 주변에 약간의 우유가 흩뿌려진 것 빼고는 아직 꽉 차 있는 대접을 발견하고 놀라더니 그것을 곧—맨손으로는 아니고 걸레로 쥐어서—들고 밖으로 내갔다. 그레고르는 그녀가 대신 무엇을 가져올지 몹시 궁금해하며 온갖 상상을 다해 보았다. 그러나 실제로 누이동생이 그 착한 마음씨로 한 일은 그로서는 아무리 해도 결코 알아맞힐 수 없었을 것이다. 그녀는 그의 입맛을 알아보기 위해서 지난 날짜 신문 위에 온갖 음식을 펼쳐 가지고 돌아왔던 것이다. 오래되어 반쯤 썩은 야채, 굳어 버린 흰 소스가 묻어 있는 저녁 식사 때 남은 뼈다귀, 건포도와 아몬드 몇 알, 그레고르가 이틀 전에 못 먹게 됐다고 말한 치즈, 마른 빵, 버터 바른 빵, 버터 바른 가염(加鹽) 빵. 게다가 그녀는 아마도 이제 돌이킬 수 없이 그레고르 것이 되어 버린 대접에 물을 담아서 이 모든 음식 옆에 놓아 두었다. 또한 그레고르가 자기 앞에서는 먹지 않으리라는 것을 알고, 세심하게도 서둘러 밖으로 나갔고, 심지어 단지 그레고르에게 편안하게 하고 싶은 대로 할 수 있다는 것을 알려 줄 목적으로 열쇠를 돌려 문을 잠갔다. 이제 먹을 것을 향해 가는 그레고르의 다리에서 윙윙 소리가 났다. 게다가 상처는 벌써 완전히 아문 것 같았다. 그는 더 이상 아무런 불편함도 느끼지 못했다. 놀라지 않을 수 없었다. 벌써 한 달도 더 전에 칼로 아주 조금 손가락을 벤 적이 있는데, 그 상처가 그저께까지 상당히 아팠던 것이 생각났다. '이제 덜 민감해진 것일까?' 그는 이렇게 생각하면서 어느새 게걸스레 치즈를 빨아 대고 있었다. 그는 어느 다른 음식보다도 더 즉각적이고 강력하게 치즈에 끌렸던 것이다. 그는 만족감으로 눈에 눈물을 글썽이며 빠른 속도로 치즈, 야채, 소스를 차례대로 먹어 치웠다. 반면 신선한 음식은 맛이 없었다. 그는 그 냄새조차 참기 어려웠으므로, 심지어 먹고 싶은 음식들을 약간 떨어진 곳에 끌어다 놓기까지 했다. 그는 이미 식사를 끝내고서도 한참 동안 같은 자리에 엎드려 게으름을 피우고 있었는데, 이때 누이동생이 그가 물러나야 한다는 신호로 천천히 열쇠를 돌리기 시작했다. 그레고르는 벌써 거의 잠이 들 정도로 졸고 있었는데도, 그 신호에 깜짝 놀라 서둘러 다시 소파 아래로 들어갔다. 그러나 누이동생이 방에 들어온 짧은 시간 동안에도 소파 밑에 들어가 있는 데는 엄청난 참을성이 필요했으니, 풍족한 식사로 몸이 약간 부풀어 오른

탓에 그 비좁은 공간에 들어가자 숨 쉬기조차 힘들었던 것이다. 그는 가벼운 질식 발작을 거듭하면서, 눈이 빠져라 누이동생을 지켜보았다. 아무것도 모르는 누이동생은 먹고 남은 것만이 아니라 그레고르가 전혀 건드리지 않은 음식까지 완전히 못 쓰게 되기라도 한 것처럼 비로 쓸어 담았다. 그러고 나서 쓸어 담은 것을 전부 다급하게 양동이에 쏟아붓고, 그 위를 나무 뚜껑으로 닫은 다음 밖으로 내갔다. 그녀가 돌아서자마자 그레고르는 소파 밑에서 바깥으로 나와 기지개를 켜고 숨을 들이마시며 몸을 부풀렸다.

이런 식으로 그레고르는 매일 먹을 것을 받게 되었다. 부모님과 하녀가 아직 자고 있는 아침 시간에 한 번, 모두 점심 식사를 하고 난 다음 또 한 번. 그레고르의 두 번째 식사 시간이 이때로 정해진 것은 부모님이 점심 후에 같이 한참을 주무시고, 하녀도 누이동생이 심부름을 보내 집을 비우기 때문이었다. 분명 그들 또한 그레고르가 굶어 죽기를 바라지는 않았지만, 그의 식사에 관해 건너 듣는 것 이상으로 알게 되는 것도 그들에겐 참을 수 없는 일이었을 것이다. 그런 것이 어쩌면 그저 작은 슬픔이었겠지만 누이동생은 아마 그 작은 슬픔이라도 맛보지 않게 해 주고 싶었는지도 모른다. 사실 그들은 이미 충분히 고통받고 있었으니까.

식구들이 첫날 오전에 어떤 핑계를 대서 의사와 열쇠공을 돌려보냈는지 그레고르는 전혀 알 수 없었다. 그가 뭐라고 말하는지 이해하는 것이 불가능했기 때문에 그 누구도, 누이동생조차 그가 다른 사람들을 이해할 수 있을 거라는 생각을 하지 못했다. 그래서 그는 누이동생이 방에 왔을 때도 그저 그녀의 한숨 소리나 성자를 향한 탄식을 듣는 것으로 만족해야 했다. 나중에 가서야, 그녀가 모든 것에 어느 정도 익숙해졌을 때야 비로소 — 완전히 익숙해진다는 것은 물론 결코 있을 수 없는 일이었다 — 그레고르의 귀에 우호적인 의도를 전하고자 하는 말, 또는 그렇게 해석될 수 있는 말이 들려오기 시작했다. "오늘은 그래도 입맛에 맞았네." 그녀는 그레고르가 음식을 깨끗이 먹어 치운 날이면 이렇게 말했다. 하지만 이와 반대되는 경우가 서서히 잦아졌고, 그런 날이면 거의 슬픈 목소리로 말하곤 했다. "또 다 그냥 남았네."

그레고르는 새로운 소식을 직접 알 수는 없었지만 이웃한 방에서 이런저런 것들을 엳어듣곤 했다. 무슨 목소리가 들린다 싶으면 그는 당장 소리가 나는 쪽으로 달려가서 온몸을 문에 바싹 갖다 댔다. 특히 처음에는 모든 대화가 노골적이지는 않아도 어떤 식으로든 그와 관련된 것뿐이었다. 이틀 동안 식구들은 식사 때마다 앞으로 어떻게 행동해야 하는가에 관해서 의논했다. 식사 시간이 아닌 때도 같은 얘기가 이어졌다. 아마 아무도 집에 혼자 있으려 하지 않았고 그렇다고 집을 완전히 비워 둘 수도 없는 상황이라 적어도 두 명의 식구는 늘 집에 있었기 때문이다. 게다가 하녀는 바로 첫날 — 그녀가 벌어진 일에 대해 무엇을 얼마나 알고 있었는지는 분명하지 않았다 — 어머니 앞에 무릎을 꿇고 즉시 내보내 달라고 간청했다. 그러고 나서 십오 분 뒤에 집을 떠났는데, 이때 그녀는 해고가 마치 자기에게 베풀어지는 최대의 은혜라도 되는 듯 눈물을 흘리며 고마워했고, 누가 요구한 것도 아닌데 아무한테도 그 어떤 것도 누설하지 않겠다고 열렬히 맹세했다.

이제 누이동생은 어머니와 함께 식사 준비도 해야 했다. 그래도 큰 힘은 들지 않았으니 식구들이 거의 아무것도 먹지 않았기 때문이다. 그레고르가 들어 보면, 한 사람이 다른 사람에게 먹기를 권해 보아도 돌아오는 대답은 늘 "고마워. 많이 먹었어" 또는 그와 비슷한 말뿐이었다. 아마 술도 마시지 않는 듯했다. 종종 누이동생은 아버지에게 맥주 하시겠냐고 물으며 직접 맥주를 가져오겠다고 진심으로 심부름을 자청하곤 했는데, 그 말에 아버지는 아무런 대꾸도 하지 않았고, 이에 누이동생이 조금도 주저하실 이유가 없다는 뜻으로 관리인 여자를 보낼 수도 있다고 말하면, 그제야 아버지는 큰 소리로 "아니, 됐다"고 거절하는 것이었다. 그러고 나면 그 얘기는 더 이상 나오지 않았다.

벌써 첫날부터 아버지는 전체 재산 상황과 앞으로의 전망을 어머니와 여동생에게 밝혔다. 그는 이따금 식탁에서 일어나 5년 전 사업이 망할 때 겨우 건진 작은 베르트하임 금고*에서 증명서 또는 장부 같은 것을 꺼내 왔다. 그가 복잡한 자물쇠를 열고 찾는 것을 꺼낸 다음 다시 닫는 소리가 들렸다. 아버지의 설명은 그레고르가 방에 갇힌 뒤에 처음 접한 희소식이었다. 그는 당시 사업이 망한 뒤 아버지 수중에 돈이 단 한 푼도 남지 않은 줄 알고 있었다. 적어도 아버지가 그와 반대되는 얘기를 해 준 적은 없었다. 물론 그레고르가 아버지에게 그 문제에 관해 물어본 적도 없기는 했지만 말이다. 당시 그레고르의 생각은 사업상의 불운으로 완전한 절망에 빠진 식구들이 불행을 가능한 한 빨리 잊어버리도록 최선을 다하자는 것뿐이었다. 그런 생각에서 그는 당시에 아주 특별한 열성으로 일하기 시작했고, 결국 거의 하루아침에 보잘것없는 사무원에서 외판 사원으로 발탁되었다. 물론 외판 사원에게는 완전히 다른 돈벌이 가능성이 열려 있었으니, 성공적인 판매는 구문(口文) 수입으로 연결되어 즉시 현금이 되었고, 그는 그 돈을 놀라움과 기쁨에 휩싸인 식구들의 눈앞에서 식탁 위에 내놓을 수 있었다. 아름다운 시절이었다. 그 후로 그런 시절은, 적어도 그 정도로 빛나는 시절은 다시 찾아오지 않았다. 비록 그레고르가 나중에 상당히 많은 돈을 벌어서 가족의 생활비를 전부 떠맡을 수 있었고, 또한 실제로 떠맡은 것이 사실이지만, 다들 거기에 익숙해지고 말았다. 식구들도 그랬고, 그레고르도 그랬다. 식구들은 고마운 마음으로 돈을 받았고, 그레고르도 기꺼이 집에 돈을 가져왔다. 하지만 특별히 따뜻한 마음은 더 이상 생겨나지 않았다. 오직 누이동생만이 그래도 그레고르와 가까운 사이로 남아 있었다. 누이동생은 그레고르와 달리 음악을 매우 사랑했고 감동적으로 바이올린을 연주할 줄 알았는데, 그는 그런 동생을 내년에 꼭 음악 학교에 보내 주려고 남몰래 계획하고 있었다. 그러려면 비용이 많이 들 수밖에 없겠지만 그거야 어떻게든 다른 방법으로 조달할 수 있을 것이었다. 종종 도시에 잠깐씩 머무는 동안 누이동생과 얘기를 나누다 보면 음악원 말이 나오곤 했지만, 그것은 그저 실현 가능성이라고는 없는 아름다운 꿈으로서 언급될 뿐이었고, 부모님은 이런 천진난만한 꿈을 이야기하는 것조차 탐탁해하지 않았다. 그러나 그레고르는 결심을 매우 확고하게 굳혔고, 크리스마스이브 때 자신의 계획을 정식으로 선포할 작정이었다.

문에 붙어 서서 바깥 소리에 귀 기울이고 있는 동안, 지금의 상태에서는 아무 의미도 없는 그런 생각들이 그의 머릿속을 지나갔다. 때로 그는 온몸의 피로 때문에 잘 들을 수 없었고, 그만 깜빡하고 머리를 문에 박기도 했다. 하지만 그러고 나면 곧바로 고개를 똑바로 들었다. 그가 일으킨 그런 아주 작은 소리도 옆방에 들렸고 이와 함께 모두 말을 뚝 그쳤기 때문이다. "또 무슨 짓거리를 하는 건지." 한참이 지나면 아버지가, 아마도 문에다 대고, 이렇게 말했다. 그러고 나서야 중단된 대화가 서서히 다시 시작되는 것이었다.

이제 그레고르는 충분히 상황을 파악하게 되었으니 — 아버지가 설명을 여러 번 반복한 덕택인데, 그것은 어느 정도는 아버지 자신이 오랫동안 이런 일과 무관하게 살았기 때문이기도 하고, 어느 정도는 어머니가 한 번에 알아듣지 못하기 때문이기도 했다 — 이에 따르면 심한 불운의 와중에도 옛날에 가지고 있던 것 가운데 아주 적기는 하지만 어쨌든 얼마간의 재산이 아직 남아 있었고, 이자를 손대지 않은 덕에 약간 돈이 불어났다는 것이다. 게다가 그레고르가 다달이 집에 가져온 돈 — 그 자신은 단 몇 굴덴만을 용돈으로 썼을 뿐이다 — 도 완전히 써 버리지 않아서 약간의 자금이 모였다. 그레고르는 문 뒤에서 열심히 고개를 끄덕였고 이런 예상 밖의 조심성과 절약 정신에 마음이 흐뭇해졌다. 사실 이런 남는 돈이 있으면 사장에게 진 아버지의 빚을 더 많이 갚을 수도 있었을 것이고, 그랬으면 그레고르가 이 직장에서 벗어날 날도 훨씬 더 앞당겨졌을 것이다. 하지만 지금에 와서 볼 때 아버지의 조치가 더 나은 것이었음은 의심의 여지가 없었다.

하지만 이 돈이 이를테면 거기서 나오는 이자만으로 식구들이 먹고살 수 있을 만큼 많은 것은 결코 아니었다. 그 정도 액수로는 어쩌면 1년, 또는 길어야 2년을 버틸 수 있겠지만, 그것으로 끝이었다. 결국 절대 건드려서는 안 되고 비상시를 대비하여 묻어 두어야 할 돈일 뿐이었다. 먹고살 돈은 따로 벌지 않으면 안 되었다. 그런데 아버지로 말하면 건강하다고는 해도 일을 하지 않은 지 벌써 5년이나 된 노인네였고 어느 모로 보나 큰 기대를 걸 수 있는 형편은 못 되었다. 지난 5년의 세월은 평생 열심히 노력했지만 성공과는 거리가 멀었던 아버지에게 인생의 첫 휴가인 셈이었는데, 그동안 그는 살이 많이 쪄서 몸이 상당히 둔해져 있었다. 그러면 늙은 어머니가 돈을 벌어야 한단 말인가? 어머니는 천식을 앓고 있어서 집 안에서만 돌아다녀도 지쳐 버렸고, 이틀에 하루는 호흡 곤란 때문에 창문을 연 채로 소파에서 지내다시피 하는데? 아니면 누이동생이 돈을 벌 수 있을까? 그녀는 아직 열일곱 살의 어린애였고, 지금까지 그저 예쁘게 차려입고 오래 자고 집안일을 돕고 몇몇 소박한 파티에 놀러 다니고, 무엇보다도 바이올린을 연주하는 그런 삶에 젖어 있을 뿐인데? 돈을 벌지 않으면 안 된다는 얘기가 나오기만 하면 그레고르는 문에서 떨어져 나와 문 옆에 놓여 있는 서늘한 가죽 소파에 몸을 던졌다. 부끄러움과 슬픔으로 몸이 뜨거워졌기 때문이다.

그는 종종 거기 누워서 긴긴밤을 한숨도 자지 않고 그저 몇 시간씩 가죽을 긁어 대며 지새웠다. 또는 엄청난 노고도 마다하지 않고 의자를 창가로 밀고 가는 때도 있었다. 그런 다음 창턱을 기어 올라가 의자로 몸을 지탱하면서 창에 기대곤 했는데, 그것은 그저 과거에 창밖을 볼 때면 막연히 느껴지던 해방감의 기억 때문인 듯했다. 왜냐하면 그는 시간이 지남에 따라 조금 멀리 떨어져 있는 사물도 뚜렷이 알아볼 수 없게 되었기 때문이다. 맞은편에 있는 병원도 예전에는 너무 자주 보아서 지긋지긋하다고 욕을 했지만 이제는 아예 볼 수조차 없게 되었고, 조용하기는 해도 완전한 도심이라고 할 수 있는 샬로텐 가에 살고 있다는 것을 확실히 알고 있지 않았더라면, 지금 창으로 잿빛 하늘과 잿빛 대지가 구별할 수 없게 합쳐져 있는 황량한 풍경을 바라보고 있다고 믿을 지경이었던 것이다. 주의 깊은 누이동생은 의자가 창가에 놓여 있는 것을 단 두 번 보았을 뿐인데, 그다음부터는 방을 치우고 나서 꼭 의자를 창가에 끌어다 놓았고 심지어 안쪽 창문을 열어 두기까지 했다.

그레고르가 누이동생과 이야기를 나눌 수만 있었다면, 그리하여 그녀가 자신을 위해 해야 하는 모든 일에 대해 감사의 뜻을 전할 수만 있었다면, 그는 그녀의 봉사를 좀 더 쉽게 받아들일 수 있었을 것이다. 하지만 그럴 수 없었기 때문에 그는 괴로웠다. 누이동생도 물론 당혹스러운 상황을 가능한 한 잘 덮어 넘기려 했다. 그리고 더 많은 시간이 지날수록 더 능숙하게 그 일을 해냈다. 하지만 그레고르 역시 시간이 지나면서 모든 것을 훨씬 더 정확하게 꿰뚫어 보게 되었다. 그녀가 방에 들어오는 것 자체가 이미 그에게는 끔찍한 일이었다. 그녀는 그레고르의 방 안을 행여 누가 볼까 봐 몹시 신경 쓰면서도 일단 방에 들어서기만 하면 문을 닫느라 지체할 시간조차 없는지 곧바로 창가로 가서 다급한 손동작으로 창문을 열어젖혔다. 마치 거의 질식할 지경이 된 사람처럼. 그러고는 상당히 추운 날씨에도 한동안 창가에 가만히 서서 깊이 숨을 쉬었다. 그녀는 이렇게 뛰고 소음을 냄으로써 그레고르를 하루에 두 차례씩 공포에 몰아넣었다. 그는 그 시간 내내 소파 아래서 벌벌 떨고 있었다. 하지만 그는 누이동생도 그에게 그런 폐를 끼치고 싶어 하는 것은 결코 아니며, 그레고르가 있는 방 안에서 창문을 닫고 머무를 수만 있었다면 그러지 않았으리라는 것을 아주 잘 알고 있었다.

언젠가, 아마 그레고르가 변신한 지 벌써 한 달은 지난 터라 누이동생으로서도 그레고르의 외모를 보고 기겁을 할 특별한 이유는 더 이상 없는 때였는데, 그녀가 보통 때보다 조금 일찍 오는 바람에 그레고르가 사람 놀라게 하기 딱 좋게 일어선 자세로 꼼짝하지 않고 창밖을 내다보고 있는 것을 보게 되었다. 그레고르도 이런 상황에서 그녀가 들어오지 않으리라는 것을 예상치 못한 바는 아니었다. 곧바로 창문을 열 수 없게 그가 가로막고 있었기 때문이다. 하지만 그녀는 단지 들어오지 않은 것만이 아니라, 뒤로 물러서더니 문을 닫아 버리기까지 했다. 모르는 사람이 보았다면 그레고르가 노리고 있다가 그녀를 물려고 덤벼들었다고 생각하기 딱 좋은 광경이었다. 그레고르는 당연히 즉각 소파 밑으로 몸을 숨겼다. 하지만 그 상태로 정오까지 기다린 다음에야 누이동생이 다시 왔다. 그녀는 평소보다 훨씬 더 불안해 보였다. 그걸 보고 그레고르는 자신의 모습이 누이동생에게 여전히 역겹고 앞으로도 계속해서 역겨울 것임을 알아차렸다. 그리고 소파 밑에서 그의 몸이 아주 조금이라도 삐져나와 있으면 그녀는 그걸 보고 도망쳐 버리지 않기 위해 안간힘을 쓰고 있다는 사실도 알게 되었다. 어느 날 그는 그녀에게 조금이라도 보이지 않기 위해서 — 이 작업을 하는 데 네 시간이 걸렸다 — 등으로 시트를 소파에 날라다가 자신이 완전히 가려지도록, 설사 누이동생이 허리를 굽히더라도 아무것도 볼 수 없도록 잘 펼쳐 놓았다. 그렇다 해도 그녀 쪽에서 필요없는 것이라고 생각했다면 시트를 얼마든지 치워 버릴 수도 있었을 것이다. 그레고르가 무슨 재미가 나서 스스로를 완전히 가린 것이 아님은 너무나 분명했으니까. 그러나 그녀는 시트를 그대로 놓아두었다. 그레고르는 새로운 상황을 누이동생이 어떻게 받아들이는지 살피려고 한번 머리로 시트를 조심스럽게 살짝 들어 보았는데, 그때 그녀의 눈에 심지어 고마워하는 빛이 어린 것을 보았다고 느꼈다.

처음 14일 동안 부모님은 아예 그에게 와 볼 생각을 하지 못했다. 그들은 사실 지금까지 누이동생이 아무짝에도 쓸모없는 계집애라고 생각하며 속상해했지만, 지금은 누이동생의 일을 완전히 인정하고 있음을 그레고르도 자주 들어서 알 수 있었다. 그런데 누이동생이 그레고르의 방을 청소하는 동안 두 분, 그러니까 아버지와 어머니가 방문 앞에서 기다리는 일이 잦아졌고, 그럴 때면 누이동생은 방에서 나오자마자 방 안이 어떤 상태인지, 그레고르가 무엇을 먹었는지, 그가 이번에는 어떻게 굴었는지, 혹시 약간 나아지는 기미라도 있었는지 아주 자세히 말씀드려야 했다. 특히 어머니는 비교적 빨리 그레고르를 만나고 싶어 했는데, 아버지와 누이동생은 우선 이성적인 논거로 어머니가 들어가지 못하게 말렸고, 그레고르도 그들이 제시하는 이유를 주의 깊게 귀 기울여 들어 보고는 그것에 완전히 수긍했다. 하지만 나중에는 그들도 들어가려는 어머니를 힘으로 붙들지 않으면 안 되었다. 그러면 어머니는 이렇게 소리 질렀다. "날 그레고르한테 가게 해 줘요. 내 가엾은 아들인데! 내가 걔한테 가야 한다는 걸 모르겠어요?" 그러자 그레고르도 어머니가 들어오는 것이 좋겠다는 생각이 들었다. 물론 매일은 아니더라도 일주일에 한 번씩이라도 말이다. 그녀는 모든 것을 누이동생보다 훨씬 더 잘 이해하고 있었다. 누이동생은 용기가 가상하기는 했지만 그래도 어린아이일 뿐이었고 따지고 보면 아마도 경솔한 어린애의 마음으로 그렇게 어려운 과업을 떠맡은 것에 지나지 않았다.

어머니를 보고자 하는 그레고르의 소망은 곧 실현되었다. 그레고르는 낮 시간 동안에는 부모님을 생각해서라도 창가에 모습을 나타내지 않으려 했다. 하지만 몇 평의 방바닥 위라고 해야 기어 다닐 것도 없었고, 가만히 엎드려 있는 것은 밤에도 견디기 어려운 고역이었다. 먹는 데서 느끼는 기쁨도 이미 진작 완전히 달아나 버렸다. 그러다가 그는 심심풀이로 벽과 천장을 이리저리 기어 다니는 데 재미를 붙이게 되었다. 그는 특히 천장에 매달려 있기를 좋아했다. 바닥에 엎드려 있을 때와는 모든 것이 달랐다. 숨도 더 자유롭게 쉴 수 있었고, 그러면 가벼운 진동이 몸속을 지나갔다. 그레고르는 위에 매달려 있으면서 거의 행복하기까지 한 방심 상태에 빠져들곤 했는데, 그러다가 자기도 모르게 그만 몸을 놓아 버려 바닥에 쾅 떨어지는 일도 있었다. 그러나 그는 이제 당연하게도 전과는 비교가 안 될 정도로 몸을 잘 가눌 수 있었기 때문에 그렇게 심하게 떨어지더라도 다치는 법이 없었다. 그런데 그레고르가 새로운 놀이를 즐기기 시작한 것을 금세 알아차린 누이동생은 — 그는 기어 다닐 때도 여기저기 점액 자국을 남겼던 것이다 — 그레고르가 아주 넓은 공간에서 기어 다닐 수 있도록 방해가 되는 가구, 그러니까 무엇보다 서랍장과 책상을 치워야겠다고 단단히 마음먹게 되었다. 다만 그녀는 이 일을 혼자 할 힘이 없었다. 그렇다고 감히 아버지에게 도움을 청할 수도 없었고, 하녀가 그녀를 도와줄 리도 만무했다. 열여섯 살 정도 된 이 하녀는 먼젓번 식모를 내보낸 뒤로 그래도 용감하게 버텨 왔지만, 부엌문을 늘 잠가 두고서 특별히 부를 때에 한해서만 문을 열도록 해 달라고 부탁했을 정도였기 때문이다. 그러니 누이동생으로서는 언젠가 아버지가 집을 비운 틈을 타 어머니를 데려오는 것 외에 다른 수가 없었다. 역시 어머니는 들뜬 환성을 지르며 달려왔지만, 일단 그레고르의 방문 앞에 이르자 조용해졌다. 누이동생은 당연히 자기가 먼저 방 안에 이상이 없는지 들여다본 다음에야 어머니도 들어오게 했다. 그레고르는 아주 다급하게 시트를 더 깊이 당겨 더 많은 주름이 생기게 했다. 그렇게 하니까 정말 시트가 우연히 소파 위에 던져져 있는 것처럼 보였다. 그레고르는 이번에도 시트 아래에서 엿볼 생각은 없었다. 지금부터 벌써 어머니를 보겠다는 욕심은 버렸고, 그저 어머니가 이제라도 왔다는 것이 기쁠 따름이었다. "어서 와요. 오빠는 안 보이니까." 누이동생이 말했다. 아마 어머니의 손을 잡고 앞장을 선 모양이었다. 그레고르는 두 연약한 여자가 그래도 꽤나 무거운 낡은 장을 원래 자리에서 밀어 옮기는 소리를 들었다. 누이동생은 줄곧 대부분의 일을 자기가 떠맡으려 했고 그녀가 너무 무리할까 봐 걱정하는 어머니의 경고도 아랑곳하지 않았다. 매우 오랜 시간이 걸렸다. 일을 시작한 지 벌써 십오 분은 지났을 텐데, 그때 어머니가 그래도 서랍장을 그냥 놓아두는 것이 좋겠다고 말했다. 그 이유는 첫째 서랍장이 너무 무거워서, 아버지가 돌아오기 전까지 일을 끝낼 수 없을 것이고, 그러다가 방 한가운데 장을 두고 나오면 그레고르가 다닐 길을 전부 막아 버리는 셈이 된다는 것, 둘째로 가구를 치우는 것이 그레고르가 좋아할 일인지 전혀 확실하지 않다는 것이다. 그녀가 볼 때는 오히려 반대인 것 같다. 그녀도 빈 벽의 모습을 보니 정말 마음이 짓눌리는데, 그레고르 또한 같은 느낌을 갖지 않겠는가. 그는 방의 가구에 오랫동안 익숙해져 있었고 그 때문에 빈방에 있으면 더욱 쓸쓸해할 것이다. "그렇지 않겠니." 어머니는 어차피 줄곧 거의 속삭이듯이 말하고 있었지만 이제 아주 작은 목소리로 이런 결론을 내렸다. 그레고르가 말을 못 알아듣는다고 확신하면서도 그러는 것을 보면, 어머니는 물론 그레고르가 정확히 어디 있는지는 모르지만 어쨌든 그가 그녀의 목소리를 단순한 소리로 들을 가능성조차 차단하고 싶어 하는 듯했다. "그렇지 않겠니. 가구를 치워 버린다면, 그건 우리가 앞으로 뭔가 나아질 거라는 희망을 완전히 버리고서 그레고르를 아무렇게나 내버려 두겠다는 뜻밖에 더 되겠니? 내 생각에는 방을 예전과 똑같은 상태로 유지하려고 노력하는 것이 최선인 것 같구나. 그렇게 해서 그레고르가 우리에게 다시 돌아올 때 모든 것이 변함없이 그대로 남아 있다면 그 애도 그만큼 더 쉽게 지나간 일을 잊을 수 있을 거야."

그레고르는 이런 어머니의 말을 들으면서, 사람들과의 직접적인 대화 없이 가족들 사이에서 단조로운 생활을 해 온 지난 두 달의 시간 동안 자신의 판단력이 완전히 흐려졌음에 틀림없다고 생각했다. 그것 외에 어떻게 그가 진심으로 자신의 방이 비워지기를 바랄 수 있었는지 달리 설명할 수 있는 방법은 없었다. 그는 정말 물려받은 가구들이 있는 아늑하고 따뜻한 방을 사방으로 자유롭게 기어 다닐 수 있는 휑한 굴 같은 곳으로 바꾸어 놓고 싶었단 말인가? 그와 동시에 사람으로서의 과거를 금세 까맣게 잊어버리게 될 텐데? 지금 그는 거의 잊어버리기 직전이었고, 다만 오랫동안 못 들었던 어머니의 목소리에 겨우 정신이 들었던 것이다. 아무것도 치워 버려서는 안 된다. 모든 것이 그대로 있어야 한다. 그의 상태에 좋은 영향을 미치는 가구를 포기하고 지낼 수는 없을 것이다. 그리고 무의미하게 여기저기 기어 다니는 데 가구들이 방해가 된다면, 그는 이로 인해 손해를 보는 것이 아니라 오히려 큰 이익을 얻는다고 할 수 있을 것이다.

그러나 안타깝게도 누이동생은 생각이 달랐다. 그녀는 그레고르의 문제가 나오기만 하면 부모님 앞에서 자기가 특별한 전문가라도 되는 듯이 행세하는 ─ 꼭 터무니없다고만은 할 수 없는—버릇이 들어 있었다. 그래서 지금 어머니의 충고도, 애초에는 서랍장과 책상만을 생각했던 누이동생으로 하여금 꼭 필요한 소파를 제외하고 모든 가구를 들어내야 한다고 주장하게 하는 충분한 계기가 되었다. 그녀가 이런 요구를 하게 된 것은 물론 어린애 같은 반항심 때문만도, 최근에 뜻하지 않은 기회에 어렵게 얻은 자신감 때문만도 아니었다. 그녀는 실제로 관찰을 통해 그레고르가 기어 다니는 데 많은 공간을 필요로 하며, 적어도 겉으로 드러난 바로는 가구들을 조금도 이용하지 않는다는 것을 알고 있었던 것이다. 그러나 여기에는 아마도 기회 있을 때마다 만족시키지 않으면 안 되는 그녀 또래 소녀들 특유의 열광적 감성 또한 함께 작용했을 것이다. 그로 인해 이제 그레테는 그레고르의 상황을 더욱 끔찍하게 만들어서 지금까지보다 그를 위해 더 많은 일을 해 줄 수 있는 입장이 되고 싶다는 욕망에 빠진 것이다. 그레고르 혼자 텅 빈 벽을 완전히 마음대로 돌아다니게 된다면 이 공간에는 그레테 외에 그 누구도 감히 발을 들여놓으려 하지 않을 것이기 때문이다.

그리하여 그녀는 어머니가 뭐라고 해도 자신의 결심을 꺾으려 하지 않았다. 이 방에 있는 것만으로도 몹시 초조하여 자신감이 없어 보이던 어머니는 곧 입을 다물었고, 힘닿는 대로 누이동생을 도와 서랍장을 밖으로 내갔다. 좋다, 정 할 수 없다면 그레고르는 서랍장 정도야 포기하고 지낼 수 있을 테지만, 책상만 해도 꼭 남아 있어야 할 가구에 속했다. 그래서 여자들이 낑낑대며 서랍장에 달라붙은 채 방을 나가기가 무섭게, 그레고르는 이 일에 조심스럽고 최대한 신중하게 개입할 수 있는 방법이 없는지 알아볼 생각으로 소파 밑에서 고개를 내밀었다. 그러나 운이 없었던지 하필이면 어머니가 먼저 돌아왔다. 그레테는 옆방에서 아직 서랍장을 껴안은 채 밀지도 못하면서 이리저리 흔들기만 하고 있었던 것이다. 어머니는 그레고르의 모습에 익숙하지 않았기 때문에 그와 마주쳤다가는 버티어 낼 수 없을지도 몰랐다. 그레고르는 기겁하여 뒷걸음질을 치며 소파 반대편 끝으로 황급히 달아났지만, 시트 앞쪽이 살짝 흔들리는 것까지는 막을 수 없었다. 그것만으로도 어머니를 긴장시키는 데는 충분했다. 그녀는 멈칫하더니 한동안 가만히 서 있다가 그레테에게 돌아갔다.

그레고르는 무슨 유별난 일이 벌어지는 것도 아니고 그저 가구 몇 개가 옮겨질 뿐이라고 거듭 속으로 되뇌어 보았지만, 얼마 지나지 않아 왔다 갔다 하는 여자들의 부산스런 움직임, 나직이 서로를 부르는 소리, 가구를 끌 때 바닥이 긁히는 소리가 마치 사방에서 다가오는 거대한 재앙으로 느껴지는 것을 부정할 도리가 없게 되었다. 머리와 다리를 아주 단단히 움츠리고 몸통을 바닥에까지 바싹 붙이고 있어 보아도, 이 모든 일을 더 오래는 견디지 못할 것이라는 생각이 불가항력적으로 밀려왔다. 그들은 그의 방을 비워 버리고 있었다. 그에게서 정든 모든 물건을 빼앗아 가는 것이다. 그들은 이미 톱과 다른 공구들이 들어 있는 서랍장을 들고 나갔다. 이제는 바닥에 단단히 붙박여 있는 책상마저 흔들어 대고 있었다. 상업 학교 시절, 시민 학교 시절, 심지어 초등학교 시절에도 앉아서 숙제를 하던 책상인데. 이제는 정말 두 여자가 품은 선의를 따지고 있을 시간이 없었다. 게다가 그는 그들이 여기 있다는 것조차 거의 잊어버린 상태였다. 그들은 완전히 지쳐 버려서 아무 말 없이 일만 하고 있었기 때문이다. 들리는 것은 그저 무겁게 끄는 발소리뿐이었다.

그리하여 그는 — 이때 여자들은 옆방에서 책상에 기대어 잠깐 숨을 돌리고 있는 참이었다 — 드디어 밖으로 빠져나왔다. 그는 네 번이나 진로를 바꾸었는데, 정말 무엇부터 구해 내야 할지 몰랐던 것이다. 그때 이미 거의 비워진 벽에 온통 모피 의상을 차려입은 숙녀의 그림이 걸려 있는 것이 눈에 확 띄었고, 그는 서둘러 그림 위로 기어 올라가서는 유리에 몸을 밀착시켰다. 유리가 그레고르의 몸에 찰싹 붙으면서, 뜨거운 배에 기분 좋은 느낌이 전해져 왔다. 그레고르가 이제 몸으로 그림을 완전히 덮어 버렸으므로 적어도 이 그림만은 결코 아무도 빼앗아 가지 못할 것이었다. 그는 여자들이 돌아오는 것을 지켜보기 위해 거실 문 쪽으로 고개를 돌렸다.

그들은 많은 휴식을 취하지 않고 벌써 돌아왔다. 그레테는 어머니의 허리를 한 팔로 감싼 채 거의 안고 오다시피 했다. "그럼 인제 뭘 꺼낼까?" 그레테는 이렇게 말하고 주위를 둘러보았는데 이때 그녀의 시선이 벽에 붙어 있는 그레고르의 시선과 마주쳤다. 그녀가 평정을 잃지 않은 것은 아마도 오직 어머니가 옆에 있었기 때문일 것이다. 그녀는 어머니가 이리저리 둘러보는 것을 막기 위해 고개를 숙이며 얼굴을 어머니 쪽으로 돌리고는, 물론 떨면서, 깊이 생각해 보지도 못한 채, 이렇게 말했다. "엄마, 우리 잠깐 다시 거실로 돌아가는 게 낫지 않을까요?" 그레테의 의도야 그레고르의 눈에 뻔히 보였다. 일단 어머니를 안전한 곳으로 데리고 간 뒤 그를 벽에서 아래로 몰아내려는 것이었다. 흥, 얼마든지 해 보라지! 그는 자기 그림 위에 앉아 있다. 그것을 내놓지 않을 것이다. 그러느니 차라리 그레테의 얼굴에 뛰어오르리라.

그러나 오히려 그레테의 말이 어머니를 상당히 불안하게 만들었다. 그녀는 옆으로 비켜서서 꽃무늬 벽지 위에 있는 거대한 갈색 얼룩을 보고 말았다. 그리고 자기가 본 것이 그레고르라는 것을 분명히 깨닫기도 전에 울부짖는 듯한 거친 목소리로 외쳤다. "아, 하느님, 아, 하느님!" 이제 그녀는 모든 것을 포기하듯이 두 팔을 쫙 벌린 채 소파 위에 쓰러지고는 그대로 꼼짝하지 않았다. "그레고르 오빠!" 누이동생은 주먹을 치켜들고 사납게 노려보며 소리를 질렀다. 그것은 변신 이후 그녀가 그레고르에게 직접 던진 첫 번째 말이었다. 그녀는 실신한 어머니를 깨울 수 있는 향유 같은 것을 가지러 옆방으로 뛰어갔다. 그레고르 또한 돕고 싶었지만 — 그림을 구해 낼 시간은 아직 남아 있었으니까 — 몸이 유리에 단단히 붙어 버려서 억지로 힘을 주어서야 겨우 떨어져 나올 수 있었다. 그러고 나서 그는 마치 자기가 예전처럼 누이동생에게 무슨 조언이라도 줄 수 있다는 듯이 옆방으로 달려갔다. 하지만 그녀 뒤에서 그냥 가만있는 수밖에 없었다. 그레테는 여러 가지 약병을 뒤지다가 뒤를 돌아보고 또다시 소스라치게 놀랐다. 약병 하나가 바닥에 떨어지며 깨졌고, 깨진 유리 조각 하나가 그레고르의 얼굴에 부상을 입혔다. 뭔지 모를 고약한 약이 그의 주변에 흘러내렸다. 이제 그레테는 더 이상 지체하지 않고 들고 갈 수 있는 만큼 최대한 많은 약병을 집어 들고는 어머니에게 달려갔다. 그리고 문은 발로 닫아 버렸다. 어머니는 그레고르의 잘못으로 어쩌면 거의 죽음 직전까지 갔고, 이제 그는 그런 어머니에게 갈 수 없게 되었다. 그렇다고 문을 열어서도 안 되었다. 어머니 곁에 있어야 하는 누이동생을 밖으로 몰아낼 생각이 아니라면 말이다. 이제 기다리는 것 외에 할 수 있는 일이 없었다. 자책감과 걱정에 짓눌린 채로 그는 기어 다니기 시작했다. 그는 모든 것 위로 기어 다녔다. 벽, 가구, 천장. 그리고 마침내 방 전체가 그를 중심으로 빙빙 돌기 시작했을 때, 그는 절망감에 빠진 채 큰 식탁 한복판으로 떨어졌다.

잠깐의 시간이 흘렀다. 그레고르는 지쳐서 널브러져 있었고, 주위는 조용했다. 그건 아마도 좋은 신호일 것이다. 그때 초인종이 울렸다. 하녀는 물론 부엌에 갇혀 있었으므로 그레테가 문을 열러 나가야 했다. 아버지가 돌아왔다. "무슨 일이냐?" 이것이 그의 첫 마디였다. 아버지는 아마도 그레테의 얼굴에서 이미 모든 것을 알아차린 듯했다. 아버지의 가슴에 얼굴을 묻고 말했는지, 대답하는 그레테의 목소리가 둔탁하게 들렸다. "어머니가 정신을 잃었어요. 하지만 벌써 많이 좋아지셨어요. 그레고르 오빠가 뛰쳐나왔지 뭐예요." "내 이럴 줄 알았다." 아버지가 말했다. "내가 맨날 뭐라고 했니. 그래도 여자들은 들으려 하지 않더니만." 아버지는 지나치게 간단한 그레테의 보고만 듣고 이를 나쁘게 해석하여 그레고르가 무슨 행패라도 부렸다고 생각하는 것이 틀림없었다. 그래서 그레고르는 당장 아버지의 마음을 누그러뜨릴 만한 행동을 하지 않으면 안 되었다. 그는 아버지에게 해명할 수 있는 시간도 없었고, 또 그게 가능한 일도 아니었기 때문이다. 그래서 그는 방문으로 달아나 몸을 문에 바싹 붙였다. 그렇게 하면 아버지가 들어오면서 현관 복도에서부터 벌써 방으로 어서 돌아가려고 최선을 다하고 있는 그레고르의 모습을 볼 수 있을 것이며, 따라서 그를 방 안으로 몰아대지 않더라도 문을 열기만 하면 그레고르 스스로 사라져 줄 것임을 알게 될 것이다.

그러나 아버지는 지금 그렇게 섬세하게 주의를 기울일 수 있는 기분이 아니었다. "아!" 그는 집 안에 들어서자마자 분노와 기쁨을 동시에 느끼는 듯한 톤으로 외쳤다. 그레고르는 머리를 문에서 떼어 아버지 쪽으로 들어 올렸다. 그는 지금 그의 눈앞에 서 있는 것 같은 아버지의 모습은 정말 상상도 한 적이 없었다. 물론 최근 들어 기어 다니는 데 새로 재미를 붙인 탓에 방 바깥에서 일어나는 일들에 예전처럼 신경을 쓰지 못한 것은 사실이었다. 그러니 의당 변화된 상황과 맞닥뜨리게 될 것을 예상하고 마음의 준비를 하고 있었어야 했다. 그렇긴 하지만, 그렇긴 하지만, 이 사람이 과연 아버지란 말인가? 이 사람이 예전에 그레고르가 출장을 떠날 때면 곤하게 침대에 파묻혀 누워 있던 아버지, 그레고르가 집에 돌아오는 저녁이면 잠옷을 입고 의자에 앉은 채 자리에서 일어설 힘도 없어서 반갑다는 뜻으로 그저 팔만 들어 보이던 그 아버지, 그리고 한 해에 불과 몇 번의 일요일과 특별한 명절에나 하는 드문 가족 산책 때는 낡은 외투를 단단히 껴입고, 그레고르와 어머니도 워낙 천천히 걷는 편인데 그들 사이에서 항상 약간 더 느리게, 늘 지팡이를 조심스럽게 짚으며 겨우겨우 앞으로 나아가던, 뭔가 말하고 싶은 것이 있을 때는 거의 언제나 멈추어 서서 함께 가던 식구들을 자기 주위에 불러 모으곤 하던 그 아버지란 말인가? 그는 지금 꽤나 곧은 자세로 서 있었고, 은행의 사환들이 입는 것 같은 말쑥하게 다려지고 금 단추가 반짝거리는 파란 제복을 입고 있었다. 빳빳하게 세운 상의 칼라 위로는 강한 이중 턱이 불거져 나왔고, 북실북실한 눈썹 아래로 검은 눈동자가 생생하고 빈틈없는 눈빛을 발했다. 보통 수세미같이 헝클어져 있던 흰 머리는 꼼꼼하고 깔끔하게 가르마를 타서 차분하게 빗어 넘겨져 반들거리고 있었다. 그는 금색 이니셜 — 아마도 은행의 이니셜일 것이다 — 이 새겨진 모자를 거실 저쪽에 있는 소파로 휙 날린 다음, 긴 제복 상의 끝을 뒤로 젖히고, 손은 바지 주머니에 넣은 채, 잔뜩 성난 표정으로 그레고르에게 다가왔다. 무엇을 하려고 하는지 스스로도 잘 알지 못하는 것 같았다. 어쨌거나 그는 걸을 때 발을 기이할 정도로 높이 들어 올렸는데, 그 바람에 드러난 엄청나게 큰 장화 밑창에 그레고르는 깜짝 놀라지 않을 수 없었다. 하지만 그레고르도 거기에 그냥 있지는 않았다. 그는 새로운 삶을 시작한 첫날부터 아버지가 그에 대해서는 최대한 엄하게 하는 것만이 적절한 방법이라고 생각한다는 것을 알고 있었다. 그래서 그는 아버지 앞에서 달아났다. 아버지가 멈춰 서면 멈칫했고, 아버지가 움직이기 시작하면 다시 앞으로 달려갔다. 그런 식으로 아무런 결정적 사건도 일어나지 않은 채, 그들은 거실을 몇 바퀴 돌았다. 전체적인 움직임이 빠르지 않은 탓에 추격전을 벌이는 것처럼 보이지도 않았고, 그랬기 때문에 그레고르 또한 일단 방바닥을 떠나지 않고 있었다. 더욱이 벽이나 천장으로 달아났다가 아버지가 그걸 아주 못된 짓거리로 받아들이면 어떡하나 걱정이 되기도 했던 것이다. 하지만 그레고르는 이 정도로 달리는 것도 더 오래는 감당하기 어려울 것임을 자인할 수밖에 없었다. 아버지가 한 걸음 내딛는 때마다 그는 수많은 다리들을 움직여야 했기 때문이다. 예전에도 그는 아주 믿을 만한 폐를 가졌다고 할 수는 없었는데, 그래서인지 벌써 숨이 차기 시작했다. 그는 그렇게 비틀거리면서 다시 달리기 위해 모든 힘을 모으려 하고 있었다. 거의 눈도 뜨지 못할 지경이었고, 게다가 둔감해져서 달리는 것 외에 다른 구원의 방법이 있는지는 전혀 생각해 보지도 못했다. 마음만 먹으면 올라갈 수 있는 벽이 있다는 것도 거의 잊어버렸다. 물론 온통 세심하게 뾰족뾰족하게 깎아 만든 가구들이 막고 있기는 했지만. 그런데 그때 무언가가 가볍게 던져져 그의 바로 곁을 거의 스치듯이 지나치며 떨어지더니 그의 앞으로 굴러갔다. 사과였다. 곧 두 번째 사과가 날아왔다. 그레고르는 기겁하여 멈춰 섰다. 아버지가 그에게 폭탄을 던지기로 결심한 이상, 계속 뛰어 봤자 소용없는 일이었다. 아버지는 식기장 위의 과일 접시에 있던 사과로 주머니를 가득 채우고는 일단은 별로 정확히 조준하지 않은 채 사과를 연달아 던져 댔다. 이 작고 빨간 사과들은 마치 전기 충격이라도 받은 듯이 바닥을 이리저리 굴러다니며 서로 부딪혔다. 약하게 던져진 사과 하나가 그레고르의 등을 스쳤지만 상처를 입히지는 않고 그냥 미끄러져 떨어졌다. 하지만 그 즉시 뒤이어 날아온 사과는 그레고르의 등에 정통으로 박혔다. 그레고르는 발을 질질 끌며 나아가려 했다. 갑자기 찾아온 믿을 수 없는 고통이 장소를 옮김으로써 사라질 수 있기라도 하다는 듯이. 그러나 그는 마치 못에 단단히 박혀 버린 것 같이 느꼈고 곧 정신이 완전히 혼미해진 채 뻗어 버렸다. 그나마 마지막 눈길을 던져, 방문이 열리고 소리를 지르는 누이 앞에 어머니가 속옷 차림으로 뛰쳐나오는 것을 보았다. 어머니가 실신했을 때 숨을 편하게 쉴 수 있도록 누이동생이 그녀의 옷을 벗겼던 것이다. 다음 순간 어머니는 아버지에게 달려갔는데, 풀어진 치마들이 도중에 하나둘 차례로 바닥에 미끄러져 내렸다. 그녀는 치마에 발이 걸려 비틀거리다가 아버지에게 달려들면서 그를 껴안고 완전히 하나로 결합했다. — 여기서 그레고르의 시력은 꺼져 버렸다. — 그리고 어머니는 손을 아버지의 뒤통수에 대고 그레고르의 목숨만은 살려 달라고 빌었다.

## III

심한 부상으로 그레고르는 한 달 이상을 고생했는데 — 사과는 아무도 감히 빼낼 엄두를 내지 못했기 때문에 살에 박힌 채로 남아 눈에 보이는 기념물이 되었다 — 어쨌든 이 일은 아버지에게조차 그레고르가 서글프고 구역질 나는 지금의 모습에도 불구하고 가족의 일원이라는 것, 따라서 적처럼 다루어서는 안 되며, 그를 대할 때 역겨움을 속으로 삼키고 참아야 한다는 것, 오직 참는 것만이 가족으로서의 의무라는 것을 새삼 인식하는 계기가 된 듯했다.

또한 그레고르는 상처 때문에 민첩하게 움직이는 능력을 영영 잃어버린 게 분명했고 지금으로서는 마치 늙은 상이군인처럼 방을 가로지르는 데만도 몇 분씩이나 걸리는 처지였지만 — 높이 기어 올라가는 것은 아예 생각도 할 수 없었다 — 그럼에도 불구하고 그가 생각하기에는 이러한 상태의 악화를 충분히 보상해 주는 조치가 취해졌으니, 이제 매일 저녁 무렵이면 거실 문이 열렸던 것이다. 그는 그 한두 시간 전부터 벌써 문을 뚫어져라 지켜보곤 했으며, 문이 열리고 나면 거실 쪽에서는 보이지 않는 어두운 자기 방 안에 엎드려서 불을 밝힌 식탁에 앉아 있는 식구들을 볼 수 있었고, 예전과는 전혀 다르게 어느 정도는 모두가 허락한 상태에서 그들의 대화에 귀를 기울일 수 있게 되었다.

물론 그것은 더 이상 그레고르가 작은 호텔 방에서 눅눅한 침대에 지친 몸을 던지면서 늘 약간의 그리움을 품고 떠올리던 과거의 활기찬 담소는 아니었다. 지금은 대체로 아주 조용조용하게 말이 오갈 뿐이었다. 아버지는 저녁 식사를 마친 뒤 곧 의자에서 잠이 들었고, 그러면 어머니와 누이동생은 서로 조용히 하라는 신호를 주고받았다. 어머니는 등불 아래서 깊이 몸을 숙이고 의상실의 고급 속옷을 바느질했다. 판매원으로 일하기 시작한 누이동생은 나중에 더 좋은 직장에 취직할 수 있지 않을까 하는 희망에서 저녁에는 속기법과 프랑스어를 배웠다. 때때로 아버지는 잠에서 깨어났고 자기가 잠들었던 것을 전혀 모르는 듯 어머니에게 "당신, 오늘도 바느질을 오래도 하네!" 하고 말하고는 다시 곧바로 잠이 들었다. 그러면 어머니와 누이동생은 지친 얼굴로 마주 보며 웃는 것이었다.

아버지는 무슨 고집에서인지 집에서도 근무복을 벗지 않으려 했다. 그 바람에 잠옷은 쓸모없이 옷걸이에 걸려 있고, 아버지는 마치 언제나 근무에 임할 태세로 집에서도 상사의 목소리를 기다리고 있다는 듯이 복장을 완전히 갖춰 입은 채 자기 자리에서 잠들곤 했다. 이에 따라 아버지의 제복은 — 물론 처음부터도 새것은 아니었지만 — 어머니와 누이동생의 세심한 손질에도 불구하고 곧 지저분해지고 말았다. 그래서 그레고르는 노인네가 옷을 입고 있어 대단히 불편할 텐데도 평온하게 잠자고 있는 저녁 내내, 여기저기 더럽게 얼룩진, 하지만 금 단추들만은 늘 닦여 있어서 반짝거리는 그의 제복만 줄곧 바라보는 일도 자주 있었다.

괘종시계가 열 시를 알리면 어머니는 곧바로 낮은 목소리로 아버지를 깨운 다음 침대로 가도록 설득하려고 했다. 왜냐하면 여기서는 자도 제대로 자는 것이 아니었고, 아버지처럼 다음 날 새벽 여섯 시에 근무를 시작하려면 제대로 된 잠이 절실하게 필요했기 때문이다. 그러나 사환이 된 이후 고집스러워진 아버지는 항상 식탁에 더 오래 남아 있겠다며 말을 듣지 않았다. 그래 놓고는 번번이 다시 잠들면서도 말이다. 게다가 그러고 나면 그를 의자에서 침대로 옮기는 것은 극히 힘겨운 일이 되었다. 어머니와 누이동생이 가벼운 위협의 말을 던지며 아무리 졸라 대도 십오 분 동안 그는 천천히 고개를 흔들고 눈을 감은 채 일어날 줄을 몰랐다. 어머니는 아버지의 팔을 잡아당기며 비위를 맞추어 주는 말을 귀에 속삭이고, 누이동생은 숙제를 그만두고 어머니를 거들어 보지만, 아버지는 꿈쩍도 하지 않았다. 그는 의자에 더 깊숙이 몸을 파묻을 뿐이었다. 여자들에게 양쪽 겨드랑이를 잡히고 나서야 겨우 그는 눈을 뜨고 어머니와 누이동생을 번갈아 바라보며 이렇게 말하곤 했다. "이게 인생이야. 이게 내 노년의 평화야." 그는 그렇게 두 여자에게 기대어 마치 자기 자신이 엄청난 짐이기라도 한 것처럼 느릿느릿 몸을 일으키고는 여자들에게 이끌려 가다가, 문 앞에서 인사를 하고 거기서부터는 혼자서 갔다. 그래도 어머니는 바느질거리를, 누이동생은 펜을 서둘러 던져 놓고 아버지 뒤를 따라가며 그를 더 부축하려 했지만.

이렇게 과로로 피곤에 찌든 식구들 가운데 누가 절대 필요한 것 이상으로 그레고르를 돌보아 줄 시간이 있었겠는가? 살림살이는 점점 더 쪼그라들었다. 이제 하녀도 결국 내보냈고, 흩날리는 흰 머리에 단단한 골격을 가진 거구의 파출부가 아침저녁으로 와서 제일 힘든 일을 처리해 주었다. 그 밖에 다른 모든 일은 이미 많은 바느질거리로도 바쁜 어머니에게 돌아갔다. 어느 날 저녁 그레고르는 값을 얼마나 쳐주었다느니 하는 이야기들을 하는 것을 듣고, 심지어 예전에 어머니와 누이동생이 매우 행복해하며 파티나 행사장 같은 곳에 하고 가던 집안의 장신구마저 팔아 버렸다는 것을 알게 되었다. 그러나 언제나 가장 큰 불만은 이 집이 현재의 형편으로 볼 때 너무 크고 그런데도 여기서 떠날 수 없다는 것이었다. 왜냐하면 그레고르를 데리고 이사할 방법이 없었기 때문이다.

그러나 그레고르는 이사를 못하는 것이 단지 자신에 대한 고려 때문만이 아니라는 것을 잘 알고 있었다. 그레고르야 적당한 상자에 담아 숨구멍만 몇 개 내주면 쉽게 옮길 수 있었을 것이다. 식구들이 이사를 하지 못하는 가장 중요한 이유는 완전한 절망감, 주위의 친척이나 친지들 가운데 그 누구도 당해 본 적이 없는 불행에 빠져 버렸다는 생각이었다. 식구들은 세상이 가난한 자에게 요구하는 일들을 안간힘을 쓰면서 해내고 있었다. 아버지는 하급 은행원들에게 아침 식사를 날라다 주었고, 어머니는 모르는 사람들의 속옷을 만드는 데 몸을 바쳤으며, 누이동생은 손님들의 명령에 따라 판매대 뒤에서 이리저리 뛰어다녔다. 그러나 식구들의 힘은 거기서 벌써 한계에 이르렀다. 그리하여 어머니와 누이동생이 아버지를 침대로 보낸 뒤에 돌아와서 일거리를 놓아두고 서로 뺨이 닿을 정도로 가깝게 다가앉을 때면, 그리고 어머니가 그레고르의 방을 가리키며 "저기 문을 닫아라. 그레테야" 하고 말할 때면, 그리하여 이제 그레고르가 다시 어둠 속에 묻히고 밖에서 여자들이 눈물이 뒤섞이도록 함께 울거나 또는 눈물조차 흘리지 않고 식탁을 뚫어져라 쳐다볼 때면, 그의 등에 난 상처는 마치 그것이 처음 생겼을 때처럼 다시 아파오는 것이었다.

그레고르는 거의 잠을 자지 않다시피 하며 밤과 낮을 보냈다. 때때로 그는 다음번에 문이 열리면 예전과 똑같이 집안의 문제를 주도적으로 해결해 가리라 생각했다. 그의 상념 속에는 오랜만에 다시 사람들이 나타났다. 사장과 지배인, 사환과 수습사원들, 아주 멍청한 경비, 다른 회사에 다니던 두세 명의 친구들, 지방의 어느 호텔 여종업원, 사랑스런 잠깐의 추억, 진지하게, 하지만 너무 시간을 끌며 구애했던 모자 상점의 계산원 — 그들 모두가 낯선 사람들 또는 이미 잊어버린 사람들과 뒤섞여 나타났다. 하지만 그들은 그와 그의 가족에게 도움이 되기는커녕 한결같이 접근조차 불가능했고, 그들이 사라졌을 때 그는 기쁨을 느꼈다. 그러고 나면 그는 가족을 걱정하고 있을 기분이 싹 달아나고 형편없는 보살핌을 받고 있는 데 대한 분노만이 마음 가득 차올랐다. 그는 무엇에 식욕이 동할지 자기 자신도 상상이 가지 않으면서도, 어떻게 하면 식료품 저장실에 들어가서 설사 배가 고프지 않더라도 어쨌든 자신에게 합당한 것을 찾아 먹을 수 있을까 궁리했다. 누이동생은 이제 무엇으로 그레고르를 기쁘게 해 줄 수 있을지 더 이상 고민하지 않고, 그저 아침과 정오에 가게로 달려가기 전에 그레고르의 방에 아무 음식이나 발로 서둘러 밀어 넣었고, 저녁에 와서는 그가 거기에 입이라도 대 보았는지 아니면 — 대부분의 경우 그랬듯이 — 아예 건드리지도 않았는지 전혀 신경 쓰지 않고 남은 음식을 비로 한 번에 쓸어 치워 버렸다. 이제 방 청소는 늘 저녁때 와서 했는데, 어찌나 빨리 해치우는지 그보다 더 빨리 하는 것이 불가능할 정도였다. 그러다 보니 벽을 따라 더러운 띠가 둘러졌고, 여기저기에 먼지와 오물 뭉치가 굴러다녔다. 처음에 그레고르는 누이동생에 대한 일종의 비난의 표시로 그녀가 돌아오면 특히 더러운 구석에 자리를 잡고 있어 보기도 했다. 그러나 설사 그가 몇 주일을 그 자리에 버티고 있었더라도 누이동생은 나아지지 않았을 것이다. 더러운 거야 누이동생 또한 그와 똑같이 보고 있는 바였다. 그녀는 그냥 방을 더러운 대로 내버려 두기로 결심한 것이다. 그러면서도 그녀는 아주 몰라보게 예민해져서 — 그녀뿐 아니라 식구들 모두 그렇게 예민해졌지만 — 그레고르 방을 청소하는 일에 자기 외에 누가 끼어들까 봐 노심초사했다. 한번은 어머니가 그레고르의 방 대청소를 한다고 와서 몇 양동이의 물을 쏟아부은 다음에야 일을 겨우 마쳤는데 — 하지만 너무 많은 물기 때문에 그레고르는 불쾌하기 짝이 없었고, 너무 짜증이 나서 꼼짝도 하지 않고 소파 위에 퍼져 있었다 — 결국 어머니는 그에 대한 죗값을 치르지 않으면 안 되었다. 저녁 때 누이동생이 그레고르 방에 일어난 변화를 눈치채자마자 심하게 성질을 내며 거실로 달려가더니 어머니가 애원하듯 손을 들어 올리는데도 아랑곳하지 않고 발작적으로 울음을 터뜨렸다. 부모님은 — 아버지는 당연히 의자에 있다가 깜짝 놀라 깨어났고 — 처음에는 눈을 휘둥그레 뜨고 속수무책으로 그 광경을 지켜볼 뿐이었다. 그러다가 그들도 반응하기 시작했다. 아버지는 어머니 오른쪽에서 그레고르의 방 청소를 누이동생에게 맡겨 놓지 않은 것을 나무랐고, 반면 누이동생은 왼쪽에서 앞으로 절대로 그레고르의 방을 청소하지 말라고 고함을 질렀다. 한편 어머니는 어머니대로 흥분으로 자제력을 잃은 아버지를 침실로 끌어가려고 했다. 이제 누이동생은 몸을 들썩일 정도로 흐느끼면서 작은 주먹으로 식탁을 마구 두들겨 댔다. 하지만 문을 닫아서 그레고르가 이런 소란을 보고 듣지 않도록 해야 한다는 데 생각이 미치는 사람은 아무도 없었고, 그는 그런 사실에 심하게 화가 나서 씩씩거렸다.

그러나 누이동생이 직장 일로 지쳐서 예전처럼 그레고르를 보살필 마음이 없어졌다 해도, 사실은 그녀를 대신해서 어머니가 나서야 할 이유도 없었고, 그렇다고 그레고르가 그냥 방치될 이유도 없었다. 왜냐하면 이제 파출부가 있었기 때문이다. 오래 살아오는 동안 그 강인한 골격으로 어떤 험한 일도 이겨 냈을 것 같은 이 늙은 과부는 그레고르에게 아무런 혐오감도 보이지 않았다. 어느 날 그녀는 무슨 호기심 때문이 아니라 그저 우연히 그레고르의 방문을 열어 보았다. 혼비백산한 그레고르는 누가 그를 쫓고 있는 것도 아닌데 이리저리 달리기 시작했고, 그녀는 그런 그레고르를 보며 손을 깍지 끼고 무릎께에 모은 채 놀란 표정으로 그 자리에 멈춰 서 있었다. 그 일이 있은 후 그녀는 거르지 않고 늘 아침저녁으로 잠깐씩 문을 조금 열고 그레고르를 들여다보았다. 처음에 그녀는 아마 자기 딴에는 친절하게 한답시고 "이리 온, 늙은 똥벌레야!" 또는 "저 늙은 똥벌레 좀 봐!" 하고 말을 건네면서 그를 자기 쪽으로 불러 보려 했다. 그레고르는 그런 식으로 말을 걸어오는 데 대해 아무 반응도 하지 않았고 마치 문이 열리지도 않았다는 듯이 제 자리에 꼼짝하지 않고 있었다. 식구들은 이 파출부가 쓸데없이 기분 내키는 대로 그레고르의 평화를 깨뜨리도록 내버려 둘 것이 아니라, 그의 방이나 좀 매일 청소하게 시킬 것이지! 어느 날 이른 아침에 ― 아마도 다가오는 봄을 알리는 듯한 거센 비가 창을 때리고 있었는데 ― 파출부가 다시 허튼소리를 하기 시작했을 때 그레고르는 너무나 분한 나머지 공격할 듯이, 하지만 비틀거리며 천천히 그녀를 향해 몸을 돌렸다. 그러나 파출부는 무서워하기는

커녕 그냥 문 가까이 있는 의자를 번쩍 들어 올리는 것이었다. 그녀가 입을 커다랗게 벌리고 서 있는 모습을 보아하니, 손에 들린 의자가 그레고르의 등을 내려치면 그때야 입을 다물겠다는 의도임이 분명했다. "흥, 더는 안 되겠나 보지?" 그레고르가 몸을 되돌리자 그녀는 이렇게 묻고 의자를 조용히 구석에 다시 내려놓았다.

이제 그레고르는 거의 아무것도 먹지 않게 되었다. 그저 먹으라고 가져다 놓은 음식 앞을 우연히 지나가게 되면 그는 장난으로 한입 물어서 몇 시간씩 입에 담은 채로 있다가 다시 뱉어 버리곤 할 뿐이었다. 처음에 그는 방의 상태를 슬퍼하는 마음 때문에 식사를 못하게 된 것이라고 생각했다. 하지만 방의 변화로 인한 불평은 오히려 매우 빨리 수그러들었다. 사람들은 다른 곳에 둘 수 없는 물건들을 이 방에 가져다 두는 습관이 생겼다. 이제 그런 물건들이 많기도 많았는데, 방 하나를 세 명의 하숙인에게 내주었기 때문이다. 이 근엄한 신사들은—그레고르가 한번 문틈으로 보니, 세 사람 모두 덥수룩하게 수염을 기르고 있었다—일단 이곳에 하숙을 들어온 이상 그래야 한다는 듯 자기네 방에서뿐만 아니라 살림 전체에 대해, 특히 부엌에 대해서까지 깐깐하게 정돈 상태를 따졌다. 그들은 쓸모없는 물건이나 더러운 잡동사니 따위는 두고 보지 못하는 성미였던 것이다. 게다가 그들은 가구도 대부분 자기네 것을 가지고 들어왔다. 이런 이유로 인해 많은 물건들이 쓸모없게 되고 말았는데, 그걸 팔 수도 없었지만 그렇다고 내다 버리고 싶지도 않았으므로, 이 모든 물건이 그레고르의 방에서 굴러다니게 된 것이다. 부엌의 재 담는 통이나 쓰레기통도 마찬가지였다. 늘 바쁜 파출부는 당장 쓸모없는 것이면 무조건 그레고르의 방에 던져 넣었다. 그레고르는 다행히도 거의 언제나 던져진 물건과 그것을 쥔 손만 볼 수 있었다. 아마도 파출부는 시간과 여유가 생겼을 때 그 물건들을 다시 가져가거나 모두 합쳐서 한 번에 내다 버릴 생각이었던 것 같다. 그러나 실제로 그것들은 처음 던져진 대로 내버려져 있었고, 다만 그레고르가 폐품 더미 사이로 비집고 들어감으로써 원래 자리에서 조금 옮겨졌을 뿐이다. 그는 처음에는 기어 다닐 자리가 거기밖에 없었기 때문에 어쩔 수 없이 그랬지만, 나중에는 그렇게 하는 데서 점점 더 큰 만족감을 느끼게 되었다. 비록 그런 산책을 한 다음에는 죽도록 지치고 서글퍼져서 다시 몇 시간 동안 꼼짝도 하지 못했지만 말이다.

하숙인들이 저녁 식사도 종종 거실에 나와서 했기 때문에 그런 저녁이면 거실 문도 열리지 않았다. 하지만 그레고르로서는 문이 열리리라는 기대를 접는 것은 아주 쉬운 일이었으니, 그는 그러기 전부터 이미 문이 열려 있는 저녁을 잘 이용하지 않게 되었기 때문이다. 식구들은 눈치채지 못했겠지만 그는 문이 열려도 그냥 방의 가장 어두운 구석에 엎드려 있곤 했던 것이다. 그런데 하루는 파출부가 거실로 난 문을 약간 열어 놓았고, 그 문은 하숙인들이 저녁에 들어와서 불을 켤 때까지도 계속 열려 있었다. 그들은 식탁에서 예전에 아버지, 어머니, 그레고르가 앉아서 식사하던 윗자리를 차지하고 앉더니, 냅킨을 펼치고 나이프와 포크를 손에 들었다. 즉시 어머니가 고기 한 대접을 들고 문에서 나타났고 바로 그 뒤를 이어 누이동생이 대접에 감자를 높이 쌓아 가지고 들고 왔다. 음식에서는 김이 무럭무럭 나고 있었다. 하숙인들은 마치 먹기 전에 테스트해 보고 싶다는 듯이 자기들 앞에 놓인 대접 위로 고개를 숙였다. 그리고 가운데 자리에 앉아서 나머지 둘에 대해 지도자적 위상을 지닌 것으로 보이는 남자가 아직 대접에 담겨 있는 고기를 한 조각 썰어 보았다. 분명 고기가 잘 물렀는지, 아니면 경우에 따라 부엌으로 되돌려 보내야 하는지 확인하려는 심사였다. 그는 만족했고, 초조하게 지켜보던 어머니와 누이동생은 안도의 한숨을 내쉬며 미소 지었다.

정작 식구들은 부엌에서 식사를 했다. 그런데도 아버지는 부엌에 가기 전에 먼저 거실로 들어가서는 모자를 손에 들고 한 차례 고개 숙여 인사하면서 식탁을 한 바퀴 돌았다. 하숙인들도 모두 일어나서 수염 속으로 뭐라고 웅얼거렸다. 그리고 나서 자기네끼리 남게 되면 그들은 거의 아무런 말도 하지 않고 먹기만 했다. 그레고르에게 기이하게 여겨진 것은 식사 때 나는 아주 다양한 소리 가운데서 유독 이로 씹는 소리가 두드러지게 들렸다는 것이다. 마치 먹기 위해서는 이가 필요하다는 것, 아무리 훌륭한 턱을 가졌더라도 이가 없이는 그 무엇도 이룰 수 없다는 것을 그레고르에게 보여 주기라도 하려는 것처럼. '나도 식욕은 있어.' 그레고르는 근심에 젖어 생각했다. '그러나 이런 걸 먹고 싶은 건 아니야. 이 하숙인들은 어떻게 저렇게 식사를 하는지, 나 같으면 죽을 거야!'

바로 이날 저녁에 — 그레고르는 그동안 한 번이라도 바이올린 소리를 들은 적이 있었는지 기억이 나지 않았다 — 부엌에서 바이올린 소리가 들려왔다. 하숙인들은 이미 저녁 식사를 마친 뒤였다. 가운데 남자가 신문을 꺼내서 다른 두 사람에게 한 장씩 나누어 주었고, 이제 그들은 뒤로 몸을 재끼고 앉아 담배를 피우며 신문을 읽고 있었다. 그런데 바이올린 연주가 시작되자 그들도 그 소리에 관심을 보였다. 그들은 일어서서 발끝으로 살금살금 현관 복도 문으로 가더니 거기서 서로 바싹 붙어 섰다. 부엌에서도 그들의 소리가 들렸던지, 아버지가 이렇게 외쳤다. "연주가 신사분들께 방해가 되는 게 아닌지요? 그러시면 당장 그만두게 하겠습니다." "그 반대입니다." 가운데 신사가 대답했다. "따님이 우리한테 와서 여기 거실에서 연주하시면 어떨까요? 훨씬 더 편안하고 분위기도 좋을 텐데요." "오, 그래도 된다면." 자신이 바이올린 연주자라도 되는 것처럼 아버지가 외쳤다. 신사들은 거실로 물러나 기다렸다. 곧 아버지가 보면대를, 어머니가 악보를, 누이동생이 바이올린을 들고 왔다. 누이동생은 차분하게 연주를 위한 모든 준비를 해 나갔다. 하지만 전에 방에 세를 들여 본 적이 없는지라 하숙인들에게 과도하게 공손한 자세를 보여 온 부모님은 지금도 감히 자기 의자에 앉을 생각도 하지 못하고 있었다. 아버지는 앞을 채운 제복 상의 단추 두 개 사이의 틈으로 오른손을 꽂아 넣고 문에 기대어 섰고, 어머니는 한 하숙인이 의자를 내주어서 거기에 앉긴 했지만, 그가 별생각 없이 아무 데나 의자를 가져다 놓자 의자 위치를 옮기지 않고 그대로 앉는 바람에 한쪽 구석에 떨어져 있게 되었다.

누이동생이 연주를 시작했다. 아버지와 어머니는 각자 자기 자리에서 주의 깊게 그녀의 손 움직임을 지켜보고 있었다. 연주에 끌린 그레고르는 약간의 전진을 감행하여, 머리는 벌써 거실 밖으로 나와 있었다. 그는 최근 들어 다른 사람들에게 아무 신경도 쓰지 않게 되었고, 그렇게 된 것에 대해 더 이상 놀라지도 않았다. 예전에는 다른 사람을 배려하는 태도가 그의 자랑이었는데 말이다. 그런 것이 중요하다면, 지금이야말로 더더욱 자기를 숨겨야 할 상황이었다. 그의 방은 온통 먼지투성이였고 약간만 움직여도 먼지가 풀풀 날릴 정도였기 때문에 그레고르 역시 먼지를 잔뜩 뒤집어쓰고 있었던 것이다. 그는 실, 머리카락, 음식물 찌꺼기를 등과 겨드랑이에 달고 돌아다녔다. 예전에는 하루에도 몇 번씩 누워 양탄자에 등을 문질러 닦곤 했지만, 이제는 모든 것에 대해 너무나 무관심해져서 그런 노력도 전혀 하지 않게 된 것이다. 그렇게 지저분한 상태인데도 그는 주저하지 않고 깨끗한 거실 바닥에 한 발짝 내디뎠다.

하지만 아무도 그에게 주의하지 않았다. 식구들은 완전히 바이올린 연주에 빠져 있었다. 반면 하숙인들은 처음에는 손을 바지 주머니에 넣은 채 누이동생의 보면대 뒤로 와서는 악보를 들여다볼 수 있을 만큼 바싹 붙어 서 있는 바람에 누이동생에게 방해가 될 지경이었지만, 이내 고개를 숙이고 낮은 소리로 대화를 나누면서 창가로 물러났고, 아버지가 걱정스레 지켜보는 가운데 그 자리에 그냥 머물러 있었다. 아름다운, 또는 신나는 바이올린 연주를 들을 수 있을 거라고 기대했다가 실망한 듯한, 이 연주가 아주 지겨워졌지만 그저 예의상 자신들의 휴식 시간이 침해당하는 것을 참고 있는 듯한 기색이 너무나도 역력했다. 특히 코와 입으로 시가 연기를 뿜어 올리는 모습에서 그들이 속으로 몹시 안절부절못하고 있음을 알 수 있었다. 그런데도 누이동생은 정말 아름답게 연주했다. 얼굴은 옆으로 기울어져 있었고, 그녀의 시선은 확인하는 듯, 슬픈 듯 음표의 행렬을 따라갔다. 그레고르는 다시 조금 더 앞으로 기어 나와서는 그녀와 눈을 맞출 수 있지 않을까 하는 생각에 머리를 바닥에 바싹 댔다. 이토록 음악에 매혹되는 그가 짐승이란 말인가? 마치 동경하는 미지의 음식으로 가는 길이 열리는 듯한 느낌이었다. 그는 누이동생이 서 있는 데까지 돌진하기로 결심했다. 그녀의 치마를 잡아당기고 그렇게 해서 바이올린을 가지고 자기 방으로 따라오라는 뜻을 전할 것이다. 왜냐하면 여기서는 그 누구도 그레고르만큼 연주에 대한 보답을 해 줄 사람이 없기 때문이다. 그는 그녀를 결코 자기 방에서 내보내지 않을 작정이었다. 적어도 그가 살아 있는 한은. 그의 끔찍한 모습이 처음으로 쓸모 있게 될 것이었다. 그는 방의 모든 문을 동시에 지키고 있을 것이고 공격자들에 맞서 포효할 것이다. 그러나 누이동생은 강제가 아닌 자유로운 의사에 따라 그의 곁에 남아 있게 될 것이다. 그녀는 그의 옆 소파에 앉아서 몸을 숙여 그에게 귀를 기울일 테고 그러면 그는 그녀를 음악 학교에 보내기로 굳게 결심하고 있었다고, 그사이에 이런 불행이 닥치지 않았다면 지난 크리스마스 때 — 크리스마스가 벌써 지난 거 맞겠지? — 누가 뭐라고 반발해도 개의치 않고 모두에게 그 계획을 발표했을 거라고 말하리라. 이렇게 설명하면 누이동생은 감동의 눈물을 터뜨릴 것이고, 그레고르는 그녀의 어깨까지 몸을 일으켜 목에 키스하리라. 상점에 다니기 시작한 뒤로 리본도 칼라도 하지 않은 채 드러내 놓고 있는 그 목에.

"잠자 씨!" 가운데 신사가 아버지를 부르더니 더는 말하고 싶지 않다는 듯이 집게손가락을 들어 천천히 앞으로 나아가고 있는 그레고르를 가리켰다. 바이올린 소리가 멎었고, 가운데 하숙인은 우선 고개를 흔들면서 자기 친구들을 향해 미소를 지은 다음 다시 그레고르를 쳐다보았다. 아버지는 그레고르를 쫓아 버리는 것보다 먼저 하숙인들을 진정시키는 게 급선무라고 생각하는 듯했다. 사실 하숙인들은 전혀 흥분하지도 않았고 바이올린 연주보다는 그레고르에 더 흥미를 느끼는 것처럼 보였는데도 말이다. 아버지는 황급히 달려가서 두 팔을 벌리며 그들을 방 안으로 몰아가는 한편, 몸으로 시야를 가려 그레고르를 보지 못하게 하려 했다. 그들은 이제 정말 약간 화가 나 있었다. 그것이 아버지의 행동 때문인지 아니면 자기네가 알지도 못한 채 자기네 방 옆에 그런 이웃을 두고 살았다는 것을 이제야 깨달았기 때문인지는 알 수 없었지만. 그들은 아버지에게 해명을 요구하고, 아버지에 맞서 팔을 들어 올리다가, 초조해진 나머지 수염을 잡아당기기도 하면서, 천천히 자기네 방 쪽으로 뒷걸음질 쳤다. 갑자기 중단된 연주로 망연자실해 있던 누이동생은 그사이에 정신을 다시 차렸다. 그녀는 한동안 축 늘어뜨린 손에 바이올린과 활을 들고 마치 여전히 연주 중이라는 듯이 계속 악보를 들여다보고 있었지만, 갑자기 기운을 내더니, 폐가 벌렁거려 호흡 곤란으로 그냥 의자에 앉아 있는 어머니의 품에 악기를 내려놓고는 옆방으로 달려갔다. 하숙인들도 아버지가 몰아대는 바람에 아까보다는 더 빨리 그 방에 다가가고 있었다.

이제 누이동생의 숙련된 손놀림에 따라 침대 위의 이불과 베개가 휙 날아올랐다가 착착 정돈되는 것이 보였다. 신사들이 방에 들어오기 전에 그녀는 침대 정돈을 마치고 빠져나왔다. 아버지는 다시 자기만의 고집에 완전히 사로잡혀서, 그래도 세든 사람들에게 지켜야 할 예의라는 것이 있건만 그런 것은 깡그리 잊어버린 것처럼 보였다. 그는 그저 몰아붙이고 또 몰아붙였다. 가운데 신사는 방문에까지 밀리고 나서야 발을 쾅쾅 굴러 대어 아버지를 겨우 멈춰 세울 수 있었다. "분명히 밝혀 두지만," 신사는 한 손을 들고 이렇게 말하면서 어머니와 누이동생에게도 시선을 던졌다. "이 집과 가족을 지배하고 있는 구역질 나는 현실을 고려해서," ─ 그러면서 그는 거리낌 없이 바닥에 침을 뱉었다 ─ "지금 당장 방 계약을 해지하는 바입니다. 그리고 내가 여기서 지낸 기간에 대한 방세도 한 푼도 내지 않겠어요. 오히려 내가 댁한테 뭘 받아 낼 수 있나 생각해 볼 참이오. 빈말이 아닙니다. 그런 요구를 할 만한 근거는 얼마든지 있으니까." 그는 입을 다물고 마치 뭔가를 기다리는 듯이 멍하니 앞만 바라보고 있었다. 아니나 다를까 그의 두 친구가 당장 맞장구를 쳤다. "우리도 당장 나가겠어요." 그 말에 그는 문고리를 잡더니 문을 쾅 닫아 버렸다.

아버지는 손으로 더듬으며 비틀비틀 의자에 가서 털썩 앉았다. 그는 보통 때와 마찬가지로 몸을 뻗으며 저녁잠을 청하려는 것처럼 보였지만, 기댈 곳을 잃은 듯한 머리를 강하게 끄덕거리는 것으로 보아 실은 전혀 잠들어 있는 게 아님을 알 수 있었다. 그레고르는 그동안 내내 하숙인들이 그를 처음 발견한 바로 그 자리에서 조용히 엎드려 있었다. 계획의 실패에 대한 실망 때문에 그는 꼼짝도 할 수 없었다. 아마 너무 많이 굶어서 허약해진 탓도 있었을 것이다. 그는 당장 모두가 폭발하여 자기에게 달려들 것이 거의 틀림없다고 생각하며, 그 순간을 기다리고 있었다. 어머니가 손가락을 떠는 바람에 바이올린이 어머니 무릎에서 앞쪽으로 떨어지며 텅 하고 소리를 냈지만, 그것도 그레고르를 놀라게 하지는 못했다.

"엄마, 아빠." 누이동생이 이야기의 시작을 알리려는 듯 식탁을 손으로 내리치며 말을 꺼냈다. "이렇게는 더 이상 못 살아요. 엄마 아빠는 잘 모르시는지 몰라도, 저는 알겠어요. 이런 끔찍한 짐승을 두고 오빠의 이름을 입에 올리지 않을 작정이니까 그냥 이렇게만 말할게요. 우린 저걸 없애 버릴 방법을 찾아야 해요. 우린 지금까지 저걸 보살펴 주고 참아 내느라 인간으로서 할 수 있는 일은 다해 봤어요. 우릴 조금이라도 비난할 사람은 아무도 없어요."

"걔 말이 백번 옳아." 아버지가 중얼거렸다. 여전히 숨을 제대로 쉬지 못하고 있던 어머니는 눈빛이 이상해지더니 손에다 대고 기침을 하기 시작했다. 기침이 손에 막혀 둔탁한 소리가 났다.

누이동생이 어머니에게 달려가서 이마를 잡아 주었다. 아버지는 누이동생의 말을 듣고 좀 더 분명한 생각을 가지게 된 듯, 허리를 세우고 일어나 앉아 하숙인들의 저녁 식탁에 놓여 있던 접시들 사이에 사환 모자를 놓고 만지작거리다가, 때로 조용히 있는 그레고르를 건너다보기도 했다.

"우린 저걸 없애 버릴 방법을 찾아야 해요." 누이동생은 이제 아버지하고만 이야기했다. 어머니는 기침을 하느라 아무것도 듣지 못했기 때문이다. "저게 엄마 아빠 두 분 목숨을 빼앗고 말 거예요. 내 눈엔 다 보여요. 우리처럼 모두 고되게 일해야 하는 사람들이 집에 돌아와서까지 이런 끝도 없는 고통을 견딜 수는 없는 거예요. 저만 해도 더는 못하겠어요." 누이동생은 그러고 나서 어찌나 격하게 울음을 터뜨렸던지 눈물이 어머니의 얼굴에까지 흘러내릴 정도였다. 그녀는 기계적인 손놀림으로 어머니의 얼굴에 묻은 눈물을 닦아 냈다.

"애야," 아버지가 연민 어린 태도로 상당한 이해심을 보이며 말했다. "그럼 우리가 뭘 해야 되겠니?"

누이동생은 자기도 어쩔 줄 모르겠다는 듯 그저 어깨를 으쓱할 뿐이었다. 전에 보여 주었던 확신은 어디로 가고 그녀는 우는 동안 어쩔 줄 모르는 당혹감에 빠져 있었다.

"저 애가 우릴 이해할 수만 있다면," 아버지가 반쯤 물어 보는 듯이 말했다. 누이동생은 우는 와중에도 그런 건 생각도 할 수 없는 일이라는 표시로 손을 거세게 내저었다.

"저 애가 우릴 이해할 수만 있다면," 아버지는 말을 반복하면서, 눈을 감고 그것이 불가능하다는 누이동생의 확신을 받아들였다. "어쩌면 저 애와 합의를 볼 수도 있을 텐데. 하지만 그렇게는……."

"저건 없어져야 해요." 누이동생이 소리쳤다. "그게 유일한 방법이에요. 아버지. 아버지는 저게 그레고르라는 생각부터 버리셔야 해요. 이토록 오랫동안 그렇다고 믿은 것이 우리의 진짜 불행인 거예요. 어떻게 저게 그레고르일 수가 있어요? 만일 그레고르였다면 인간과 저런 짐승이 함께 살 수는 없다는 걸 진작 알아차렸을 거고 자진해서 떠났을 거예요. 그랬으면 우리에게 오빠는 없겠지만 오빠에 대한 추모의 마음을 간직하고 살아갈 수 있었겠죠. 하지만 이 짐승은 우리를 쫓아다니며 괴롭히고 하숙인들을 몰아내고 있어요. 결국 집 전체를 독차지하고 우리는 거리에 나앉게 하려는 게 분명해요. 아버지, 저기 좀 보세요." 그녀는 갑자기 소리를 질렀다. "오빠가 또 시작이에요!" 그레고르로서는 그 이유를 도저히 이해할 수 없었지만 어쨌든 누이동생은 너무나 겁에 질린 나머지 어머니마저 버렸다. 마치 그레고르 가까이에 있느니 어머니를 희생시키는 편이 낫다는 듯이 의자에서 확 튀어 오르더니 아버지 뒤로 달려간 것이다. 아버지는 그저 그녀의 행동 때문에 흥분하여 덩달아 일어섰고 누이동생을 보호하려는 것처럼 그녀 앞으로 팔을 반쯤 들어 올렸다.

그러나 그레고르가 누군가를, 심지어 누이동생을 위협하려는 생각을 품을 이유는 전혀 없었다. 그는 단지 자기 방으로 되돌아가기 위해 몸을 돌리기 시작했을 뿐이다. 다만 그의 동작이 요란해 보인 것은 사실이었다. 왜냐하면 아픈 상태에서 몸을 돌리는 어려운 작업을 하기 위해서는 머리에 의존하지 않을 수 없었고, 그러면서 머리를 들었다가 바닥에 부딪치기를 반복했기 때문이다. 그는 일단 멈추고 주위를 둘러보았다. 그가 선의를 가지고 있다는 것은 다들 알아차린 모양이었다. 아까는 그저 순간적으로 놀란 탓이었을 것이다. 이제 모두가 침묵한 채 슬픈 눈으로 그를 바라보고 있었다. 어머니는 두 다리를 붙이고 쭉 뻗은 채 의자에 파묻혀 있었다. 지친 나머지 눈은 거의 감길 지경이었다. 아버지와 누이동생은 나란히 앉아 있었는데, 누이동생의 한 팔이 아버지의 목에 감겨 있었다.

'이젠 몸을 돌려도 되겠지.' 그레고르는 이렇게 생각하고 다시 작업에 들어갔다. 작업이 너무 고되어 거친 숨소리를 억누를 수가 없을 정도였으니, 중간중간 쉬어 가면서 하는 수밖에 없었다. 어차피 그를 다그치는 사람도 없었고, 무엇이든 마음대로 하도록 그에게 맡겨진 터였다. 그는 몸 돌리기를 마치자마자 방으로 돌아가기 위해 똑바로 전진하기 시작했다. 돌아서 보니 자기 방이 이토록 멀리 떨어져 있다는 것이 놀라웠고, 어떻게 자기가 조금 전에 허약한 몸을 이끌고 거의 의식도 하지 못한 채 이 먼 길을 올 수 있었는지 이해할 수가 없었다. 이제 식구들은 어떤 말로도, 어떤 큰소리로도 그레고르를 방해하지 않았지만, 그는 그저 빨리 기어갈 생각뿐이어서 그런 사실은 의식조차 하지 못했다.

그는 문에 이르러서야 비로소 고개를 돌렸다. 목이 뻣뻣해지는 느낌이 들어서 완전히 돌리지는 못했지만, 그래도 뒤에서 아무런 변화도 없었다는 것 정도는 알아볼 수 있었다. 다만 누이동생이 그사이에 자리에서 일어나 있었다. 그의 마지막 눈길은 이제 완전히 잠든 어머니를 스쳐 갔다.

그가 방 안에 들어서기가 무섭게 문이 와락 닫히더니 빗장이 걸리고 밖에서 잠겨 버렸다. 뒤에서 난 갑작스러운 소리 때문에 그레고르는 너무나 놀라 다리가 꺾였다. 그렇게 다급하게 행동한 것은 바로 누이동생이었다. 그녀는 벌써 아까부터 일어서서 기다리고 있다가 발 빠르게 달려온 것이다. 그레고르는 그녀가 따라오는 소리를 전혀 듣지 못했다. "휴, 인제 됐어요." 그녀는 열쇠를 돌려 잠그면서 부모님을 향해 이렇게 외쳤다.

'그럼 이제는?' 그레고르는 이렇게 자문하면서 어둠 속에서 주위를 둘러보았다. 그는 이내 자기가 조금도 움직일 수 없게 되었다는 것을 알아차렸다. 하지만 그렇다고 놀라지는 않았고, 오히려 지금까지 이 가느다란 다리로 돌아다닐 수 있었다는 게 기이한 일처럼 느껴졌다. 게다가 그는 지금 비교적 편안한 상태였다. 물론 온몸이 아프긴 했지만, 통증도 점점 약화되다가 결국 완전히 사라질 것 같았다. 등에 박힌 썩은 사과도, 사과 주변으로 곪은 채 보드라운 먼지에 뒤덮여 있는 상처 부위도 이젠 거의 아무렇지도 않았다. 그는 마음속으로 연민과 사랑을 느끼며 식구들을 돌이켜 보았다. 그레고르가 사라져 줘야 한다는 데 대해서는 아마 누이동생보다도 오히려 그레고르 자신이 더 단호한 입장이었을 것이다. 새벽 세 시를 알리는 괘종 소리가 들리도록, 그는 이렇게 공허하고 평화로운 생각에 잠겨 있었다. 그 후로 창밖이 훤해져 오는 것까지도 의식에 들어왔다. 하지만 그러고 나서는 의지와 무관하게 고개가 아래로 완전히 떨어졌고, 콧구멍에서는 마지막 숨이 희미하게 새어 나왔다.

이른 아침에 온 파출부는 — 힘도 센 데다 성질도 급한 그녀는 아무리 여러 차례 당부를 해도 아랑곳하지 않고 문을 어찌나 쾅쾅 닫아 대는지 그녀가 왔다 하면 집 안 어디에서도 조용히 잠을 잘 수가 없었다 — 평소처럼 잠깐 그레고르의 방을 들여다봤지만, 처음에는 별다른 점을 발견하지 못했다. 그녀는 그레고르가 일부러 그렇게 움직이지 않고 엎드려서 삐친 척하고 있다고 생각했다. 그녀의 생각에 그레고르는 아주 약은 녀석이었기 때문이다. 파출부는 문에 선 채 마침 손에 들고 있는 긴 빗자루로 그레고르를 간질여 보려 했다. 하지만 역시 아무 효과를 보지 못했고, 이에 화가 나서 그레고르를 슬쩍 찔렀다. 그레고르는 아무 저항도 없이 자기 자리에서 밀려났다. 그제야 이상한 생각이 든 파출부는 곧 사태의 진상을 파악하고는 눈을 휘둥그레 뜨며 혼자서 휴 하고 바람 소리를 냈다. 하지만 오래 지체하지 않고 곧 침실 문을 열어젖히며 어둠에 대고 큰 소리로 외쳤다. "좀 와서 봐요. 그게 죽었어요. 저기 엎드려서, 완전히 죽어 버렸다니까요."

잠자 부부는 침대에서 일어나 앉아서 파출부의 소란 때문에 놀란 가슴을 진정시킨 뒤에야 비로소 그녀가 전한 소식의 의미를 이해할 수 있었다. 그 순간 잠자 씨와 잠자 부인은 황급하게 침대 양옆으로 내려서, 잠자 씨는 어깨에 이불을 뒤집어쓰고, 잠자 부인은 잠옷만 입은 채, 밖으로 나왔다. 그런 차림으로 그들은 그레고르의 방으로 들어갔다. 그사이에 거실 문도 열리고, 하숙인이 입주한 뒤부터 거기서 잠을 자기 시작한 그레테가 나타났는데, 그녀는 마치 잠을 자지 않은 사람처럼 옷을 완전히 입고 있었다. 그녀의 창백한 얼굴도 그런 추측을 뒷받침해 주는 것처럼 보였다. "죽었다고요?" 잠자 부인은 자기도 얼마든지 직접 확인해 볼 수 있고 심지어 직접 확인해 보지 않아도 죽었다는 것을 당장 알아볼 수 있을 텐데도, 이렇게 말하면서 질문하는 듯한 눈빛으로 파출부를 쳐다보았다. "그렇다니까요." 파출부는 이렇게 대답한 뒤 자신의 말을 증명하려는 듯 빗자루로 또 한 번 그레고르의 시체를 옆으로 멀리 밀쳐 냈다. 잠자 부인은 빗자루를 막으려는 듯한 동작을 취했지만, 실제로 막지는 않았다. "자," 잠자 씨가 말했다. "이제 하느님께 감사드릴 수 있겠다." 그는 성호를 그었고, 세 여자도 그를 따라했다. 눈을 뗄 줄 모르고 시체를 바라보던 그레테가 말했다. "보세요. 오빠가 얼마나 말랐는지. 오빤 벌써 오래전부터 아무것도 안 먹었어요. 음식은 방에 들어갔다가 늘 그대로 나왔고요." 과연 그레고르의 몸은 완전히 납작해지고 바짝 말라붙어 있었다. 그의 몸이 더 이상 다리로 떠받쳐져 들려 있지 않고 시선을 빼앗을 다른 어떤 것도 없어진 지금에서야 비로소 사람들은 그 사실을 깨달았다.

"그레테야, 잠깐만 우리 방으로 들어오렴." 잠자 부인이 쓸쓸한 미소를 지으며 말했다. 그러자 그레테는 시체를 계속 돌아다보면서 부모 뒤를 따라 침실로 들어갔다. 파출부는 문을 닫고 창문을 활짝 열었다. 이른 아침인데도 바깥 공기에는 벌써 포근한 기운이 섞여 있었다. 벌써 3월 말이었던 것이다.

세 명의 하숙인들이 자기네 방에서 나오더니 아침 식사가 없는데 놀라서 두리번거렸다. 아무도 하숙인들을 생각하지 않았던 것이다. "아침은 어떻게 됐나요?" 가운데 신사가 투덜대듯 파출부에게 물었다. 하지만 파출부는 손가락 하나를 입에다 대면서 아무 말 없이 신사들에게 그레고르의 방으로 들어오라고 손짓으로 재촉했다. 그들은 순순히 그리로 갔고, 다소 헤진 상의 주머니에 손을 집어넣은 채 그레고르의 시체를 둘러싸고 섰다.

그때 침실 문이 열리더니 제복을 입은 잠자 씨가 한쪽 팔에는 아내를, 다른 쪽 팔에는 딸을 대동하고 나타났다. 모두 울어서 다소 벌게진 얼굴이었다. 그레테는 때로 아버지의 팔에 얼굴을 파묻었다.

"당장 내 집을 떠나시오!" 잠자 씨는 이렇게 말하고, 여자들과 떨어지지 않은 채 문 쪽을 가리켜 보였다. "무슨 말씀이신지요?" 가운데 신사가 약간 당황하면서 비위를 맞추려는 듯 미소를 지었다. 나머지 둘은 마치 자기들한테 유리하게 끝날 것이 틀림없는 큰 다툼이 벌어지기를 즐겁게 기대하기라도 하는 듯이 뒷짐을 지고 손을 쉴 새 없이 비벼 댔다. "지금 말한 그대로요." 잠자 씨는 이렇게 대꾸하고는 대동한 두 여자와 일렬을 이루고서 하숙인에게 다가갔다. 하숙인은 일단 조용히 서서 마치 머릿속에서 사태가 새로운 질서로 수습되고 있기라도 한 듯이 바닥을 내려다보고 있었다. "그럼 떠나겠습니다." 이내 그는 이렇게 말하면서 잠자 씨를 올려다보았다. 갑작스럽게 공손해진 그는 이러한 결정에 대해서조차 새삼 허락을 구하려는 것처럼 보였다. 잠자 씨는 눈을 크게 뜨고 그저 짧게 몇 번 고개를 끄덕여 주었다. 그러자 그 신사는 실제로 즉시 성큼성큼 현관 복도로 갔다. 더 이상 손을 꼼짝도 하지 않은 채 한동안 귀 기울여 듣고 있던 그의 두 친구도 이제 곧장 폴짝폴짝 뛰며 뒤를 쫓아갔다. 잠자 씨가 그들보다 먼저 현관 복도로 와서 자기네 지도자와 결합하지 못하게 방해할까 봐 겁이라도 나는 모양이었다. 현관 복도에서 세 사람은 옷걸이에 걸린 모자를 집어 들고 지팡이꽂이에서 지팡이를 꺼낸 다음 말없이 허리를 굽혀 인사하고 집을 떠났다. 잠자 씨는 의심스러워하며 — 그 의심은 결국 전혀 근거 없는 것으로 드러나지만—두 여자와 함께 층계참까지 나왔다. 그들은 난간에 기대어 세 신사가 천천히, 하지만 쉬지 않고 긴 계단을 내려가는 것을 지켜보았다. 세 사람은 매 층마다 계단이 일정하게 꺾이는 지점에서 사라졌다가 잠시 후에 다시 나타나곤 했다. 그들이 아래로 내려갈수록 그들에 대한 잠자 가족의 관심도 사라져 갔다. 푸줏간 아이가 뽐내는 태도로 머리에 광주리를 이고 맞은편에서 올라오다가 이내 그들을 지나쳐서 더 높은 계단에 이르자, 잠자 씨는 곧 여자들과 함께 난간을 떠났고, 모두 한숨을 돌린 듯이 집 안으로 들어갔다.

그들은 오늘 하루를 푹 쉬고 산책하는 날로 삼기로 했다. 그들은 이런 휴가를 받을 자격이 충분할 뿐만 아니라 그런 휴가가 반드시 필요한 상태이기도 했다. 그리하여 그들은 식탁에 앉아 세 통의 사과 편지를 작성했다. 잠자 씨는 상관에게, 잠자 부인은 일감을 준 사람에게, 그레테는 상점 주인에게. 편지를 쓰는 동안 파출부가 들어와 아침 일을 다 마쳤으니 가보겠다고 말했다. 편지를 쓰고 있던 세 사람은 처음엔 쳐다보지도 않고 고개만 끄덕였지만, 그래도 파출부가 가지 않고 머뭇거리자 짜증스럽게 고개를 들었다. "무슨 용건이라도?" 잠자 씨가 물었다. 파출부는 미소를 지으며 문에 서 있었는데, 마치 자기는 이 집 식구들에게 매우 기쁜 소식을 전해 줄 것이 있지만, 누가 꼬치꼬치 캐물어 주기 전에는 아무 말도 하지 않겠다는 투였다. 그녀의 모자에는 작은 타조 깃이 거의 수직으로 꽂혀 있었는데, 그렇지 않아도 그녀가 일하는 시간 내내 잠자 씨의 신경을 건드리던 그 타조 깃은 지금 가볍게 사방으로 나풀거리고 있었다. "그래서 대체 무슨 일이세요?" 파출부가 그나마 가장 존중하는 잠자 부인이 물었다. "예," 파출부는 대답하면서 친근한 웃음 때문에 바로 말을 잇지 못했다. "그러니까 옆방에 있는 그 물건을 어떻게 치울지 고민할 필요가 없단 말씀이에요. 다 정리가 끝났어요." 잠자 부인과 그레테는 쓰던 걸 계속 쓰려는 듯이 편지가 놓인 자리를 향해 몸을 숙였다. 잠자 씨는 파출부가 이제 모든 일에 대한 상세한 묘사를 시작하려는 것을 알아차리고 손을 뻗어 결연하게 그에 대한 거부 의사를 밝혔다. 그녀는 이야기를 할 수 없게 되자 자기가 몹시 바쁘다는 것을 기억해 내고는, 분명 기분이 상해서 "잘들 계시구려" 하고 외친 뒤 거칠게 몸을 돌리더니 문을 무지막지하게 쾅 닫고 집을 떠나 버렸다. "저녁 때 해고해야지." 잠자 씨는 이렇게 말했지만 아내도 딸도 아무 대답이 없었다. 그들은 이제 겨우 안정을 찾으려 하던 차에 파출부 때문에 다시 심란해진 모양이었다. 그들은 몸을 일으켜 창가로 가서 서로를 껴안고 가만히 서 있었다. 잠자 씨는 의자에 앉은 채 그들을 돌아보았다. 그리고 한동안 그들을 조용히 지켜보고 있었다. 이윽고 그는 이렇게 소리쳤다. "인제 이리들 좀 와 봐. 지난 일은 그만 놓아 버리자고. 그리고 나한테도 신경 좀 써 줘." 여자들은 곧 그의 말을 따랐다. 그들은 그에게 급히 달려와서는 그를 쓰다듬어 주고 서둘러 편지를 완성했다.

이제 세 사람은 모두 함께 집을 나섰다. 벌써 몇 달째 못해 본 일이었다. 그들은 전차를 타고 교외로 나들이를 갔다. 그들밖에 타지 않은 기차 칸에 따뜻한 햇살이 가득 비쳐 들었다. 그들은 좌석에 편안히 등을 기대고 앉아 앞으로의 일에 대해 이야기를 나누었는데, 곰곰이 따져 보니 전망이 전혀 나쁘지 않다는 사실이 드러났다. 사실 지금까지 서로 자세히 물어본 적도 없었지만, 세 사람의 일자리는 모두 매우 괜찮은 편이었고, 특히 나중을 생각하면 더욱 유망한 것이었다. 물론 이사를 하는 것만으로도 상황은 당장에 훨씬 더 좋아질 수 있었다. 그들은 이제 생전에 그레고르가 택한 지금 집보다 더 작고 싸지만 위치도 더 좋고 다른 모든 면에서도 더 실용적인 집을 얻고자 했다. 이렇게 서로 이야기를 나누는 동안에 잠자 씨와 잠자 부인은 점점 생기를 띠어 가는 딸을 보며, 그녀가 뺨이 창백해질 정도로 온갖 심한 고생에 시달리면서도 최근 들어 아름답고 풍만한 몸매의 처녀로 피어났다는 것을 거의 동시에 깨달았다. 그들은 점점 말이 없어지고 거의 무의식적으로 시선만을 교환하면서 그녀에게 맞는 착실한 남자를 구해야 할 때가 되었음을 생각했다. 그리고 행선지에 이르러 딸이 가장 먼저 일어나며 그 젊은 몸으로 기지개를 켰을 때, 그들은 마치 새로운 꿈과 좋은 의도가 확인된 것처럼 느꼈다.

# 유형지에서

“이건 독특한 기계입니다.” 장교는 탐험 여행가에게 이렇게 말하고는, 뻔히 잘 알고 있는 그 기계를 새삼스레 꽤나 경탄하는 듯한 눈빛으로 바라보았다. 여행가는 상관에 대한 불복종과 모독의 죄목으로 형을 선고받은 병사의 처형 현장에 와 달라는 지휘관의 초대에 그저 예의상 따른 것처럼 보였다. 형 집행에 대한 관심은 이 유형지 안에서조차 그리 크지 않았다. 적어도 헐벗은 비탈로 둘러싸여 있는 이 깊고 작은 모래 골짜기에는 장교와 여행가 외에는 오직 죄수 — 그는 입이 커다란 우둔한 인간이었으며, 머리와 얼굴은 극히 지저분했다 — 와 무거운 사슬을 들고 있는 병사 한 명만이 있을 뿐이었다. 그 사슬은 다시 여러 갈래의 작은 사슬로 갈라져 죄수의 목과 발목, 팔목을 묶고 있었고 작은 사슬들끼리도 연결 사슬에 의해 서로 엮여 있었다. 그런데 어차피 죄수는 개처럼 고분고분하기 짝이 없어서, 만일 그를 풀어 놓고 주변 언덕에 마음대로 돌아다니게 두더라도, 형 집행 시작 때 휘파람만 불면 곧 돌아올 것처럼 보였다.

여행가는 기계에 대해 거의 아무런 관심이 없었고, 죄수 뒤에서 표가 날 정도로 무심하게 왔다 갔다 하고 있었다. 그사이 장교는 마지막 준비를 한다고 땅속 깊이 설치된 기계의 아래로 기어들어 가기도 하고, 윗부분을 점검하기 위해 사다리에 오르기도 했다. 그건 사실 기술자에게 맡길 수 있는 일이었지만, 장교는 이 기계의 특별한 팬이어서 그런 것인지, 아니면 일을 누구에게도 위임할 수 없는 어떤 다른 이유가 있는 것인지, 어쨌든 대단히 열성적으로 직접 작업을 수행했다. "준비 완료!" 그는 마침내 이렇게 외치고 사다리에서 내려왔다. 그는 아주 녹초가 되어, 입을 크게 벌려 숨을 쉬고는, 부드러운 숙녀용 손수건 두 장을 제복 칼라 뒤로 구겨 넣었다. 그런데 기계에 대해 질문할 거라는 장교의 기대와는 달리, "이런 제복은 열대 지방에서 입기에는 너무 무겁군요" 하고 여행가는 말했다. "물론 그렇죠." 장교는 그 말에 대꾸하며 준비되어 있던 물 양동이에 기름으로 더러워진 손을 씻었다. "하지만 제복은 고향을 의미합니다. 우리는 고향을 잃어버리고 싶지는 않습니다. 그건 그렇고 이 기계를 보시죠." 장교는 곧 이렇게 덧붙이고, 수건으로 손을 닦으면서 기계를 가리켰다. "지금까지는 수작업이 필요했지만, 이제부터는 기계가 완전히 스스로 작동합니다." 여행가는 고개를 끄덕이고 장교의 말을 따랐다. 장교는 있을 수 있는 모든 사태에 대한 대비 조치를 한 뒤 이렇게 말했다. "물론 고장도 있긴 합니다. 오늘은 그런 일이 일어나지 않기를 바라지만, 어쨌든 고장의 가능성을 계산에 넣긴 해야 합니다. 기계는 열두 시간 동안 쉬지 않고 가동될 것입니다. 하지만 설사 고장이 발생한다고 해도 아주 미미한 문제일 뿐이어서 즉시 해결됩니다."

장교는 그러고 나서야 "앉지 않으시겠습니까?" 하고 묻고는 갈대로 엮은 의자 더미에서 하나를 집어 여행가에게 권했다. 여행가는 장교의 권유를 마다할 수 없었다. 그는 이제 구덩이의 가장자리에 앉아서 그 속을 슬쩍 들여다보았다. 그리 깊은 구덩이는 아니었다. 구덩이 한편으로는 파내진 흙이 쌓여 둑을 이루었고, 다른 한편에 기계가 서 있었다. 장교가 말했다. "사령관님한테 벌써 기계에 관한 설명을 들으셨는지 모르겠군요." 여행가는 분명치 않은 손짓을 했는데, 장교도 더 나은 대답을 요구하지 않았다. 이제 자기가 직접 설명할 수 있게 되었으니 말이다. "이 기계는" 장교가 말하면서 조종대를 쥐고 거기에 몸을 기댔다. "우리 전임 사령관님의 발명품입니다. 저는 그야말로 아주 초기 단계의 시도가 이루어질 때부터 함께 일을 했고 완성될 때까지 모든 작업에 참여했습니다. 하지만 발명의 공적은 전적으로 전임 사령관님의 것이죠. 우리 전임 사령관님에 대해 무슨 얘기 못 들어 보셨나요? 못 들어 보셨다고요? 네, 유형지 전체 시설이 그의 작품이라고 해도 과언은 아닐 겁니다. 동지인 우리들은 그분이 돌아가셨을 때 이미 알았습니다. 유형지의 시설이 당시에 이미 내적 완결성을 이루었다는 것, 그래서 그의 후임자는, 설사 그가 머릿속에 천 개의 계획을 품고 있다고 해도, 여러 해가 가도록 기존의 것을 조금도 변화시킬 수 없으리라는 것을 말입니다. 우리의 예상은 역시 적중했습니다. 신임 사령관은 그걸 인정하지 않을 수 없었죠. 안타깝네요. 전임 사령관님을 알지 못하시다니! — 하지만," 장교는 하던 말을 중단했다. "제가 수다가 많군요. 여기 그의 기계가 우리 앞에 서 있습니다. 보시는 바와 같이 기계는 세 부분으로 구성되어 있습니다. 시간이 지나면서 이 세 부분 각각에 자연스럽게 뭐랄까 민간에서 통용되는 명칭이 만들어졌습니다. 아랫부분은 침대, 윗부분은 제도기, 그리고 여기 가운데 부분은 써레라고 불립니다." "써레라고요?" 여행가가 물었다. 그는 지금까지 장교의 얘기를 아주 주의 깊게 듣지는 않았다. 태양이 그림자 없는 골짜기에 너무나 강렬하게 비쳐 들어서 생각을 한군데 집중하기가 쉽지 않았던 것이다. 그런 만큼 그로서는 무거운 견장에 줄이 치렁치렁 드리워져 의장사열에 적합해 보이는 딱 붙는 제복을 입고서 그렇게 열심히 자기 일을 설명하고 그것도 모자라 이야기하는 도중에 드라이버로 여기저기 나사를 조여 대는 장교가 더욱 대단해 보일 수밖에 없었다. 병사는 여행가와 비슷한 상태인 듯했다. 그는 죄수의 사슬을 두 손목에 감고, 한 손으로는 소총을 짚고 서서, 고개를 아래로 떨어뜨린 채, 그 무엇에도 신경 쓰지 않고 있었다. 여행가는 크게 놀라지 않았는데, 왜냐하면 장교는 프랑스어로 말하고 있었고, 병사도 죄수도 프랑스어를 알아들을 리가 없었기 때문이다. 그런 만큼 더욱 이상해 보이는 것은 오히려 장교의 설명을 따라가려고 애쓰는 죄수 쪽이었다. 그는 일종의 졸음에 겨운 타성으로 항상 장교가 가리키는 쪽으로 시선을 돌렸는데, 이제 여행가의 질문 때문에 장교의 말이 끊어지자 그 역시 장교처럼 여행가를 쳐다보았다.

"네, 써레라고 합니다." 장교가 말했다. "적절한 이름이죠. 바늘이 마치 써레처럼 배열되어 있으니까요. 게다가 전체가 마치 써레처럼 움직입니다. 물론 한자리에서만 움직이고, 움직임은 써레보다 훨씬 더 정교하긴 하지만요. 무슨 말인지는 곧 이해하실 겁니다. 여기 침대 위에 죄수를 엎어 놓습니다. — 저는 기계를 우선 묘사하고 난 다음에 실제로 기계를 작동시키려고 하는 겁니다. 그래야 처리 과정을 더 잘 이해하실 수 있을 테니까요. 게다가 제도기 속의 기어 하나가 아주 많이 마모되어서 날카로운 소음이 심하게 납니다. 기계가 돌아가기 시작하면 의사소통이 거의 불가능해요. 아쉽게도 여기서는 교체할 부품을 구하기가 쉽지 않습니다. — 그러니까 말씀드린 것처럼 이게 침대입니다. 침대는 완벽하게 한 겹의 솜으로 덮여 있습니다. 왜 그렇게 되어 있는지는 곧 아시게 됩니다. 죄수는 이 솜 위에 엎드려야 합니다. 물론 알몸으로요. 이건 손, 이건 발, 이건 목을 묶어 두기 위한 가죽 벨트이죠. 이미 말씀드렸듯이, 엎드린 사람의 얼굴이 닿는 여기 침대 머리 부분에는 펠트로 된 작은 토막이 있는데, 그의 입으로 바로 들어가도록 간단히 조절할 수 있게 되어 있습니다. 이 토막은 소리를 지르거나 혀를 깨물지 못하게 하기 위한 것이죠. 당연히 죄수는 펠트 토막을 입에 받아들일 수밖에 없습니다. 안 그랬다가는 목이 부러질 테니까요." "이게 솜이라고요?" 여행가가 물으며 몸을 앞으로 숙였다. "네, 물론이죠." 장교가 웃으며 말했다. "직접 만져보십시오." 그는 여행가의 손을 잡아서 침대 위를 훑어보게 했다. "특별 처리된 솜이죠. 그래서 그렇게 잘 표가 나지 않는 겁니다. 솜의 기능에 대해서는 차차 말씀드리겠습니다." 이제는 여행가도 기계에 대해 약간 관심을 보이기 시작했다. 그는 햇빛을 가리기 위해 눈 위에 손을 대고 기계 꼭대기를 올려다보았다. 거대한 구조물이었다. 침대와 제도기는 부피가 동일했으며, 마치 두 개의 검은 궤처럼 보였다. 제도기는 침대에서 약 2미터 높이에 달려 있었는데, 모서리 부분에서 네 개의 놋쇠 기둥이 두 장치를 이어 주고 있었다. 태양 속에서 놋쇠 기둥은 마치 광선을 뿜어내는 듯했고, 써레는 두 궤 사이에 있는 철제 벨트에 매달려 흔들리고 있었다.

장교는 좀 전까지 여행가의 무관심한 태도를 거의 눈치채지 못했지만, 그래도 이제 여행가가 관심을 보이기 시작했다는 것은 알아차릴 수 있었다. 그래서 그는 일단 설명을 중단하고, 여행가가 시간을 가지고 혼자서 관찰할 수 있도록 했다. 죄수는 여행가를 따라했다. 하지만 손을 눈 위에 가져갈 수 없었기 때문에 위를 올려다보며 햇빛에 그대로 노출된 눈을 깜빡거렸다.

"이제 사내가 침대에 엎드리겠군요." 여행가는 이렇게 말하고 등받이에 몸을 기대고 앉아 다리를 꼬았다.

"네." 장교가 대답하면서 모자를 약간 뒤로 젖히고 손으로 뜨거워진 얼굴을 닦았다. "자, 제 얘기를 들어 보세요. 침대와 제도기에는 모두 각자의 전기 배터리가 딸려 있습니다. 침대 배터리는 자체 작동용이고 제도기의 경우는 써레를 작동시키기 위한 것입니다. 사내가 묶이는 순간 침대가 작동하기 시작합니다. 침대는 매우 빠른 속도로 미세하게 움찔움찔 진동하면서 동시에 좌우로, 그리고 전후로 움직입니다. 이와 비슷한 기계를 정신병원에서 보신 적이 있을 겁니다. 다만 우리 침대의 경우는 모든 운동이 정확히 계산되어 있습니다. 침대의 운동은 써레의 운동과 정밀하게 맞아 떨어지지 않으면 안 되거든요. 그런데 사실상 선고된 형의 집행은 써레에 맡겨져 있습니다."

"대체 판결은 무엇입니까?" 여행가가 물었다. "그것도 모르시나요?" 장교는 놀라서 되묻고 입술을 깨물었다. "제 설명이 혹시 두서가 없었다면, 용서해 주십시오. 대단히 죄송합니다. 예전에 설명은 사령관님이 하셨지요. 신임 사령관님은 이 명예로운 의무를 회피하셨습니다. 하지만 이렇게 고명한 손님께" 여행가는 자신을 그렇게 높여 부르지 말라고 두 손을 내저어 보았지만, 장교는 계속 이 표현을 고집했다. "이렇게 고명한 손님께 우리의 판결 형식에 대해서조차 알리지 않으셨다니, 이건 또 한 번의 개혁이로군요." 장교는 입가에 욕설이 맴돌았지만, 마음을 진정시키고 다음과 같이 말할 뿐이었다. "그런 사실에 관해 저는 전해 들은 바가 없었습니다. 그러니 제 잘못은 아닙니다. 그건 그렇고, 어차피 우리의 판결 유형에 대해서 가장 잘 설명해 줄 수 있는 사람은 접니다. 왜냐하면 저는 여기" 그는 가슴께의 안주머니를 두드렸다. "이를 위해 전임 사령관님이 손수 그린 도면을 가지고 있기 때문이지요."

"사령관이 손수 그린 도면이라고요?" 여행가가 물었다. "대체 그는 한 몸에 모든 능력을 다 갖추고 있었단 말입니까? 그는 군인이자 재판관이고 설계자이자 화학자이며 화가이기까지 했다는 건가요?"

"네, 맞습니다." 장교가 골똘히 생각에 잠긴 듯한 눈빛으로 고개를 끄덕이며 대답했다. 그러고 나서 그는 자신의 손을 살펴보았는데, 손이 도면을 만져도 될 정도로 깨끗해 보이지 않았으므로, 물 양동이로 가서 다시 손을 씻었다. 이제 그는 작은 가죽 서류철을 꺼내며 말했다. "우리의 판결은 그렇게 엄하지 않습니다. 죄수의 몸에 그가 위반한 규율을 쓰는 것이니까요. 이 죄수를 예로 말씀드리면" — 장교가 사내를 가리켰다 — "그의 몸에 '네 상관을 공경하라'라는 문구가 쓰일 것입니다."

여행가는 힐끗 사내 쪽에 눈길을 던졌다. 장교가 사내를 가리켰을 때 사내는 고개를 숙인 채로 뭔가를 알아내기 위해 최대한 긴장해서 귀를 기울이고 있는 듯했다. 하지만 퉁퉁 불어 서로를 짓누르고 있는 두 입술의 움직임으로 볼 때, 그는 전혀 알아듣지 못한 게 분명했다. 여행가는 여러 가지 질문을 하고 싶었지만, 사내의 모습을 보고 그저 이렇게만 물었다. "사내가 이 판결 내용을 알고 있나요?" 장교는 "아니요" 하고 대답하고 곧바로 설명을 이어가려고 했다. 하지만 여행가가 다시 끼어들었다. "자기 자신이 무슨 판결을 받았는지 모른다는 말씀입니까?" "모릅니다." 장교는 같은 대답을 반복했다. 하지만 이번에는 왜 그런 질문을 하는지 좀 더 해명을 해 달라는 투로 잠시 침묵하다가 말을 이었다. "사내에게 미리 알려 주는 건 쓸데없는 일입니다. 어차피 몸으로 알게 되는데요." 여행가도 더 뭐라고 하고 싶은 생각은 없었다. 하지만 그때 그는 죄수가 자기에게 시선을 던지는 것을 느꼈다. 죄수는 여행가를 향해 지금 들은 절차를 승인할 수 있느냐고 묻고 있는 것처럼 보였다. 그래서 이미 의자 등받이에 몸을 기대고 있던 여행가는 다시 몸을 앞으로 굽히면서 장교에게 물었다. "하지만 유죄 선고를 받았다는 것은 그래도 알고 있겠죠?" "그것도 모릅니다." 장교는 이렇게 답하고 여행가를 보고 미소 지었다. 마치 기다려 줄 테니 이상한 소리를 좀 더 해 보라는 듯한 투였다. "모른다고요," 여행가가 말하면서 이마를 쓸었다. "그러니까 이 사람은 자신의 변론이 어떻게 받아들여졌는지 아직도 모르고 있단 말입니까?" "변론의 기회도 주어진 적이 없습니다." 장교는 이렇게 말하며 눈을 다른 데로 돌렸다. 마치 혼잣말을 하는 것처럼, 그래서 자기로서는 그토록 당연한 것을 이야기하다가 여행가에게 무안을 주는 일이 없도록 하려는 듯이. "그래도 자기를 변호할 기회는 있었을 테지요." 여행가는 이렇게 말하면서 자리에서 일어섰다.

장교는 기계에 대한 설명이 너무 오래 지체될 위험이 있음을 깨달았다. 그래서 그는 여행가에게 다가가 팔짱을 끼고는, 죄수를 손으로 가리키며 — 죄수는 이제 주의가 자신에게 집중되는 듯하니까 꼿꼿이 차렷 자세를 취했고, 병사도 사슬을 당겼다 — 이렇게 말했다. "사정은 다음과 같습니다. 저는 여기 유형지에서 판사로 임명되었습니다. 젊은 나이인데도 말입니다. 그건 제가 전임 사령관님 때도 모든 형사 사건 업무를 도왔고, 기계도 가장 잘 알기 때문입니다. 제 판단의 기본 원칙에 의하면, 죄는 언제나 의문의 여지 없이 확실합니다. 다른 법정들은 이 원칙을 따를 수 없지요. 왜냐하면 판사가 여럿이고 게다가 위에는 상급 법원까지 있으니까요. 여기는 그렇지 않습니다. 아니면 적어도 전임 사령관님 때까지는 확실히 안 그랬죠. 신임 사령관이 저의 법정에 간섭하려는 욕망을 벌써 드러내긴 했습니다만, 아직까지는 그의 간섭을 막아내는 데 성공했고, 또 앞으로도 계속 성공할 겁니다.—이 사건에 대한 설명이 듣고 싶으시다고 했죠. 다른 모든 사건만큼이나 간단합니다. 오늘 아침 어떤 대위가 이 사내가 근무 중 잠을 잤다는 내용의 고소장을 제출했습니다. 사내는 대위에게 하인으로 배정되어 그의 문 앞에서 잠을 자는데, 시간을 알리는 종이 울릴 때마다 일어나서 대위의 문 앞에서 경례를 하는 것이 그의 의무입니다. 전혀 실천하기 어려운 의무도 아니거니와 필수적인 의무이기도 한데, 왜냐하면 그는 경계를 위해서, 또한 봉사를 위해서 말짱한 정신을 유지해야 하기 때문입니다. 대위는 어젯밤에 하인이 자기 의무를 충실히 수행하고 있는지 살펴보려고 했지요. 두 시를 알리는 종이 울릴 때 문을 열었는데, 하인이 몸을 웅크린 채 자고 있었던 겁니다. 대위는 승마용 채찍을 가져와서 얼굴 위를 때렸습니다. 그런데 하인은 일어나서 사죄를 하지는 않고 주인의 다리를 붙잡고 그를 흔들면서 이렇게 외쳤습니다. '채찍을 치워, 아니면 널 잡아먹겠다.' 이게 사태의 진상입니다. 대위는 한 시간 전에 제게 왔고, 저는 그의 진술을 기록한 뒤 곧바로 판결을 적었습니다. 그러고서 사내에게 사슬을 채우도록 조치했습니다. 모든 일이 대단히 간단하게 진행됐죠. 만일 사내를 먼저 불러서 어떻게 된 일인지 물어보았더라면 그저 혼란만 생겨났을 겁니다. 저자는 거짓말을 했을 테고, 제가 거짓말을 밝혀낸다 해도 또 다른 거짓말을 지어내고, 그렇게 계속됐겠죠. 하지만 이제 저는 저 사내를 붙잡아 두었고, 다시 놓아주지 않을 겁니다.—모든 게 해명이 됐나요? 하지만 시간이 가고 있습니다. 형 집행이 벌써 시작되어야 하는데, 기계에 대한 설명도 아직 안 끝나서요." 그는 여행가를 의자에 주저앉히고 기계 쪽으로 돌아가서 다시 설명을 시작했다. "보시다시피 써레는 인간의 형태에 맞추어져 있습니다. 이건 상체를 위한 써레이고, 이건 두 다리를 위한 써레입니다. 머리에 해당되는 부분에는 오직 이 작은 조각끌만이 있습니다. 이해하시겠습니까?" 그는 친절한 태도로 여행가를 향해 몸을 굽혔다. 대단히 길게 설명을 늘어놓을 태세였다.

여행가는 이맛살을 찌푸리며 써레를 바라보았다. 재판 절차에 대한 이야기는 불만스러운 것이었다. 물론 그도 여기가 유형지라는 것, 그래서 특별한 조치가 필요하다는 것, 철저하게 군대식으로 나아가야 한다는 것은 인정할 수밖에 없었다. 하지만 그럼에도 불구하고 그는 신임 사령관에게 약간의 희망을 걸었는데, 신임 사령관은 아주 신속하게는 아니라 하더라도 어떤 새로운 재판 절차를 도입하려는 게 분명해 보였기 때문이다. 이 장교의 편협한 머리로는 이해할 수 없는 절차. 그런 생각을 하다가 여행가는 다음과 같이 물었다. "사령관은 형 집행을 참관하시나요?" "확실하진 않습니다." 장교가 갑작스러운 질문에 곤혹스러워하며 대답했다. 그의 친절한 표정이 일그러졌다. "바로 그렇기 때문에 우리는 서둘러야 합니다. 심지어, 대단히 유감스럽기는 하지만, 설명을 줄여야 할 것 같군요. 하지만 뭐 내일, 기계 청소 작업이 끝난 다음에 — 아주 심하게 더러워진다는 것이 이 기계의 유일한 단점이지요 — 더 자세한 설명을 덧붙일 수 있을 겁니다. 그러니 지금은 꼭 필요한 것만 얘기하겠습니다. 사람이 침대 위에 엎드리고 침대가 진동하기 시작하면, 써레가 몸 위로 내려옵니다. 써레는 뾰족한 끝이 몸에 겨우 닿을 정도로 자동 조정됩니다. 조정 작업이 이루어지고 나면, 즉시 이 철제 로프가 팽팽해지면서 막대와 같이 되고요, 그러면 이제 게임이 시작됩니다. 문외한은 겉모습만으로 형벌의 차이를 알아차리지 못합니다. 써레는 단조롭게 같은 작업을 반복하는 것처럼 보이죠. 써레는 진동하면서 뾰족한 끝을 몸속에 박아 넣습니다. 몸 자체도 침대에 의해 진동하고 있지요. 누구나 판결 집행을 확인할 수 있도록 써레는 유리로 만들어져 있습니다. 그 속에 바늘을 장착하는 데 약간 기술적인 어려움이 있었지만, 여러 번의 시도 끝에 성공했습니다. 우리는 정말 어떤 수고도 마다하지 않았답니다. 이제 몸에 글씨가 새겨지는 과정을 누구나 유리를 통해 볼 수 있습니다. 가까이 와서 바늘을 살펴보시겠습니까?"

여행가는 천천히 몸을 일으켜 그리로 가서 써레 위로 몸을 굽혔다. "보이시죠," 장교가 말했다. "두 종류의 바늘이 여러 겹으로 배치되어 있습니다. 긴 바늘마다 옆에 짧은 바늘이 하나씩 있고, 긴 바늘이 글자를 쓰면 짧은 바늘은 피를 씻어 내어 글자를 항상 선명하게 드러내 주기 위해 물을 뿜어냅니다. 핏물은 여기 작은 도랑들로 유도되어 결국 이 큰 줄기로 흘러듭니다. 그다음 하수관을 타고 구덩이로 빠지게 되죠." 장교는 핏물이 따라가게 되어 있는 길을 손가락으로 정확하게 가리켰다. 그가 가능한 한 구체적으로 보여 주기 위해 하수관 입구에 두 손을 대고 핏물을 받는 동작을 취했을 때, 여행가는 고개를 들고 손으로 뒤쪽을 더듬으면서 자기

의자로 돌아가려 했다. 그때 그는 죄수도 자신과 마찬가지로 써레의 장치를 가까이서 살펴보라는 장교의 권유를 따르고 있었다는 것을 알고 깜짝 놀랐다. 죄수는 졸고 있는 병사를 사슬로 약간 앞으로 잡아당기며 몸을 굽혀 유리 위를 내려다보고 있었던 것이다. 그는 불안한 눈으로 두 나리가 방금 관찰한 것을 찾아보려 했지만, 설명을 듣지 못했기 때문에 잘될 수가 없었다. 그는 몸을 이리저리 굽혔다. 그는 자꾸만 눈으로 유리를 훑었다. 여행가는 그를 뒤로 몰아내려 했다. 죄수가 하는 짓은 처벌받을 수 있는 행위일지도 몰랐기 때문이다. 하지만 장교는 한 손으로 여행가를 꽉 붙들고, 다른 손으로는 방벽에서 흙덩이를 떼어 병사를 향해 던졌다. 병사는 대번에 눈을 치켜뜨고 죄수가 감히 무슨 짓을 했는지를 보더니, 총을 바닥에 떨어뜨리고 발은 군화 뒤축으로 땅속에 단단히 박고서 죄수를 뒤로 잡아챘다. 죄수는 바로 고꾸라졌고, 병사는 버둥거리며 사슬을 덜거덕거리는 죄수를 내려다보았다. "녀석을 일으켜 세워!" 장교가 소리를 질렀다. 여행가가 죄수에게 완전히 정신이 팔려 있는 것이 눈에 띄었기 때문이다. 여행가는 써레에는 신경도 쓰지 않은 채 심지어 몸을 써레 너머로까지 굽히고는 그저 죄수에게 어떤 일이 일어나는지 확인하려 할 뿐이었다. "녀석을 조심스럽게 다뤄!" 장교가 다시 소리쳤다. 그는 기계를 돌아 달려가 직접 죄수의 겨드랑이 아래를 잡고서, 자꾸만 발을 미끄러뜨리는 죄수를 병사의 도움을 받으며 일으켜 세웠다.

"이제 모든 걸 알겠군요." 장교가 다시 돌아왔을 때, 여행가는 이렇게 말했다. 장교는 "가장 중요한 것만 빼면요" 하고 대꾸하고는 여행가의 팔을 붙잡고 위쪽을 가리켰다. "저기 제도기 속에 써레의 움직임을 결정하는 기어 장치가 들어 있습니다. 그리고 이 기어 장치는 판결 내용을 담은 도면에 따라 배열되어 있죠. 저는 아직 전임 사령관님의 도면을 사용하고 있습니다. 이것입니다." 그는 가죽 서류철에서 도면 몇 장을 꺼냈다. "아쉽게도 이 도면들을 손에 쥐어드리지는 못합니다. 제가 가진 것 중 가장 값진 것이거든요. 앉으십시오. 이 정도 거리를 두고 보여 드리도록 하겠습니다. 그럼 모든 걸 잘 보실 수 있을 겁니다." 그는 그림 첫 장을 보여 주었다. 여행가는 기꺼이 뭔가 그 가치를 인정해 주는 말을 하고 싶었지만, 그의 눈에 보인 것은 그저 서로 복잡하게 얽혀 있는 미로 같은 선들뿐이었다. 이 선들은 너무나 조밀하게 종이를 뒤덮고 있어서 그 사이에서 흰 바탕을 알아보는 것도 쉽지 않은 지경이었다. "읽어 보십시오." 장교가 말했다. "못 읽겠는걸요." 여행가가 말했다. "아니, 또렷한데요." 장교가 말했다. "아주 예술적입니다." 여행가가 말을 돌렸다. "하지만 해독이 안 됩니다." "네," 장교가 대꾸하고 웃으며 서류철을 다시 집어넣었다. "어린 학생들을 위한 정자체는 아니니까요. 오래 들여다보아야 합니다. 그러면 결국에는 틀림없이 알아보실 겁니다. 당연히 단순한 글씨여서는 안 됩니다. 당장 죽여서는 안 되고, 평균적으로 열두 시간 정도까지는 걸려야 하니까요. 여섯 시간째에 전환점이 오도록 계산되어 있습니다. 그러니까 많은, 아주 많은 장식이 원래 글자를 둘러싸지 않으면 안 됩니다. 진짜 글자는 단지 얇은 띠처럼 몸을 두를 뿐입니다. 몸의 나머지 부분에는 장식이 들어갑니다. 이제 써레와 기계 전체의 작업을 음미하실 수 있겠습니까? — 한번 보시죠!" 그는 사다리로 뛰어올라 바퀴를 돌리며 아래를 향해 소리쳤다. "조심하세요, 옆으로 물러서십시오!" 그리고 기계가 완전히 가동되었다. 바퀴가 끽끽대지만 않았다면 멋진 광경이었을 것이다. 장교는 바퀴의 거슬리는 소리에 놀랐는지, 위협하듯 바퀴를 향해 주먹을 휘둘렀다. 그러고는 미안하다는 뜻으로 여행가를 향해 팔을 뻗고, 기계가 돌아가는 것을 아래에서 관찰하기 위해 서둘러 사다리를 내려왔다. 아직 뭔가가 정상이 아니었지만, 장교만이 그게 뭔지 알아차릴 수 있었다. 그는 다시 기어 올라가서 두 손을 제도기 속에 집어넣었다가 더 빨리 내려오기 위해 사다리를 이용하지 않고 한쪽 기둥을 잡고 미끄럼을 탔다. 그러고는 소음 속에서도 자기 말이 들리도록 여행가의 귀에 대고 온 힘을 다해 소리쳤다. "기계 작동 과정을 이해하시겠습니까? 써레가 글씨를 쓰기 시작합니다. 죄수의 등 위에 글씨가 일단 일차로 새겨지고 나면, 솜판이 구르며 천천히 몸을 옆으로 돌려놓습니다. 그렇게 해서 써레에 새로운 공간이 마련되죠. 그동안 글씨로 상처가 난 자리는 솜에 닿게 되고요, 솜은 특수 처리되어 있기 때문에 피가 곧바로 멎고, 몸은 글씨를 더 깊게 새길 수 있는 상태가 됩니다. 몸이 더 돌아가면서 여기 써레 가장자리의 톱니들이 상처에 붙은 솜을 떼어 내 구덩이로 던져 버립니다. 그러면 써레는 다시 작업에 들어갑니다. 써레는 이런 식으로 글씨를 점점 더 깊이 써 넣습니다. 열두 시간 동안. 처음 여섯 시간 동안 죄수는 거의 전과 다름없이 살아 있습니다. 그저 고통스러워할 뿐이죠. 두 시간이 지나면 입에 물렸던 펠트 토막은 빼 버립니다. 왜냐하면 죄수에게는 소리 지를 힘조차 남아 있지 않기 때문입니다. 여기 머리맡에는 전기로 가열된 냄비에 따뜻한 쌀죽이 담겨지고, 죄수는 원하면 그걸 먹을 수 있습니다. 혀로 핥아서 먹는 거죠. 그 기회를 마다하는 자는 없습니다. 제가 아는 바로는 한 명도 없었고, 제 경험은 방대하니까요. 여섯 시간째 접어들어서야 비로소 식욕이 사라집니다. 그러면 저는 보통 여기서 무릎을 꿇고 이 현상을 관찰하지요. 죄수가 마지막 한 입을 삼키는 일은 거의 없습니다. 그저 그걸 입속에서 돌리다가 구덩이 속에다 뱉어 버리죠. 그럼 저는 몸을 숙여야 합니다. 안 그랬다가는 얼굴에 맞으니까요. 하지만 그러고 나면 여섯 시간째부터는 얼마나 조용해지는지! 어떤 머저리라도 이성이 깨어납니다. 눈 주변에서부터 시작되지요. 여기서부터 퍼져 가는 것입니다. 그 광경을 보면 함께 써레 아래 눕고 싶은 욕망이 일어날 정도입니다. 이젠 더 이상 아무 일도 일어나지 않습니다. 죄수는 그냥 글씨를 해독하기 시작합니다. 그는 귀 기울여 듣고 있기라도 한 것처럼 입을 뾰족이 내밉니다. 눈으로 글씨를 해독하기가 쉽지 않다는 건 이미 보셨죠. 그런데 우리 죄수는 이제 상처로 해독을 하는 겁니다. 물론 적은 일이 아니죠. 완전히 해독할 때까지 여섯 시간이 걸린답니다. 그러고 나면 써레가 죄수를 완전히 찍어서 구덩이에 던져 버리고, 죄수는 철썩하며 핏물과 솜 위로 떨어집니다. 그러면 심판은 종결됩니다. 그리고 우리, 그러니까 저와 병사는 죄수를 땅에 파묻습니다."

여행가는 귀를 장교 쪽으로 기울이고, 손은 상의 주머니에 넣은 채 기계가 작동하는 것을 바라보고 있었다. 죄수 또한 보고 있었지만 뭘 알고 보는 것은 아니었다. 그는 약간 몸을 숙이고서 시선은 흔들리는 바늘을 따라가고 있었는데, 이때 병사가 장교의 신호에 따라 뒤에서 칼로 셔츠와 바지를 갈랐다. 그러자 옷이 죄수의 몸에서 흘러내렸다. 그는 벌거벗은 몸을 가리기 위해 떨어지는 옷을 붙잡으려 했으나, 병사가 그를 높이 들어 올려 남은 천 조각마저 털어 버렸다. 장교는 기계를 정지시켰고, 이제 정적이 밀려오는 가운데 죄수는 엎드린 자세로 써레 아래 놓였다. 사슬이 풀어진 대신 가죽 벨트가 단단히 고정되었다. 처음 순간 죄수는 차라리 안도의 한숨을 내쉬는 것처럼 보였다. 이제 써레가 한 칸 더 아래로 내려왔다. 죄수가 마른 사람이었기 때문이다. 써레의 뾰족한 끝이 그의 몸을 건드렸을 때 피부 위로 소름이 스쳐 갔다. 죄수는 병사가 오른손을 묶고 있는 동안 왼손을 뻗었다. 어디로 향하는지도 알지 못한 채. 어쨌든 그의 손이 향한 것은 여행가가 서 있는 쪽이었다. 장교는 끊임없이 여행가를 옆에서 지켜보고 있었다. 마치 여행가의 얼굴을 보며 자기가 피상적으로나마 설명한 처형의 과정이 그에게 어떤 인상을 주고 있는지 읽어 내려 하기라도 하는 듯이.

손목을 묶는 가죽끈이 끊어졌다. 아마도 병사가 너무 세게 당긴 모양이었다. 장교의 도움이 필요한 듯, 병사가 장교에게 찢어진 가죽 띠 조각을 보여 주었다. 장교도 병사에게로 가더니, 고개를 여행가 쪽으로 돌리고서 이렇게 말했다. "기계는 아주 복잡해서 때때로 뭔가 금이 가거나 부러지게 마련입니다. 그것 때문에 전체적인 판단이 흐려져서는 안 됩니다. 어쨌거나 가죽끈은 즉시 다른 것으로 교체됩니다. 저는 사슬을 사용할 겁니다. 그럼으로써 오른팔이 느끼는 진동의 부드러움은 아무래도 줄어들 수밖에 없지요." 장교는 사슬을 채우면서 말을 이어갔다. "기계의 유지를 위한 재원은 현재 극히 한정되어 있습니다. 예전 사령관님 시절에는 제가 마음대로 쓸 수 있게 오직 이 용도로만 따로 정해둔 금고가 있었죠. 그리고 모든 부품들이 보관되어 있는 창고도 있었습니다. 고백하자면, 저는 거의 낭비를 하다시피 했습니다. 제 말씀은 예전에 그랬다는 거지요, 현 사령관님이 주장하는 것처럼 지금 그러는 건 아닙니다. 지금 사령관님한테는 모든 게 오래된 제도를 폐기하기 위한 구실일 뿐이죠. 이제 그는 기계 비용 금고를 직접 관리하고 있습니다. 제가 새 가죽 벨트를 요청하면, 끊어진 벨트를 증거물로 제출하라고 하고요, 새 가죽 벨트는 열흘이 지나야 겨우 나옵니다. 그나마도 품질이 떨어져서 큰 쓸모가 없는 제품으로 말입니다. 게다가 제가 그사이에 가죽 벨트 없이 어떻게 기계를 돌릴까 하는 문제에 대해서는 아무도 신경 쓰지 않습니다."

여행가는 생각했다. 타국의 상황에 중대한 개입을 하는 것은 언제나 조심스럽다. 그는 이 유형지의 시민이 아니었고, 유형지가 속해 있는 모국의 국적자도 아니었다. 만일 그가 처형을 비난하거나 심지어 훼방을 놓으려 든다면, 그는 이런 말을 들을 수도 있으리라. 자네는 외국인이니 조용히 있게. 이에 대해서 그는 아무런 이의도 제기할 것이 없고 그저 다음과 같이 덧붙일 수 있을 뿐이다. 나는 그저 구경할 목적으로 여행을 하는 중이고 타국의 법 제도를 고치려는 생각은 조금도 없는 터라 내가 지금 왜 그러는지 나

자신도 이해하지 못하겠노라고. 그런데 이곳의 상황이 대단히 유혹적인 것은 사실이다. 재판 절차의 부당성과 처형의 비인간성은 의심의 여지가 없다. 여행가가 어떤 사심을 지니고 있다고 의심할 사람도 없다. 왜냐하면 죄수는 낯선 사람이기 때문이다. 그가 여행가의 동포도 아니고, 전혀 동정심을 불러일으킬 만한 위인도 못 된다. 여행가 자신으로 말하면 고위 관리들의 추천서를 가지고 있고, 이곳에서 대단히 정중한 영접을 받았다. 그를 이 처형 현장에 초대한 것도 어쩌면 이 법정에 대한 그의 판단을 구하고 있다는 신호일 것이다. 그럴 가능성은 상당히 높다고 할 수 있으니, 지금 너무나 분명히 들은 대로 사령관은 이 재판 절차의 지지자가 아니고, 장교에게 거의 적대적인 태도를 취하고 있기 때문이다.

이때 여행가는 장교의 성난 고함 소리를 들었다. 장교는 지금 막, 힘겹게, 죄수의 입속에 펠트 토막을 넣었는데, 죄수는 역겨움을 참지 못하고 눈을 감으며 토악질을 하고 말았다. 장교는 황급히 그를 위로 당겨 펠트 토막에서 빼낸 다음 고개를 구덩이 쪽으로 돌려 보려 했다. 하지만 너무 늦었다. 토사물은 이미 기계를 타고 흘러내렸다. "전부 사령관 탓이야!" 장교는 이렇게 외치며 정신 나간 듯이 앞에 있는 가는 놋쇠 기둥들을 붙잡고 흔들어 댔다. "내 기계가 짐승 우리처럼 더럽혀졌어." 그는 떨리는 손가락으로 여행가에게 무슨 일이 일어났는지 가리켜 보였다. "저는 몇 시간 동안 사령관님을 납득시켜 보려 했습니다. 처형 하루 전에는 음식을 제공해서는 안 된다고요. 그러나 새로운 온건파는 견해가 달라요. 사령관의 숙녀들은 사내가 끌려가기 전에 그의 목을 사탕 과자로 잔뜩 채웠어요! 평생을 냄새 나는 생선으로 연명하다가 이제 사탕 과자를 먹어야 하다니! 하지만 그럴 수도 있겠죠. 저도 딱히 반대할 이유는 없습니다. 하지만 제가 3개월 전부터 요청을 했건만 왜 새 펠트 토막을 사 주지 않는 건가요? 백 명 이상의 사내들이 죽어 가며 빨고 깨물어 댄 이 펠트 토막을 어떻게 구역질 없이 입에 넣을 수 있겠습니까?"

죄수는 고개를 떨군 채 평화로워 보였고, 병사는 죄수의 셔츠로 기계를 닦느라 분주했다. 장교는 여행가에게 다가갔다. 여행가는 뭔가를 예감하고 한 발 물러섰지만, 장교는 그의 손을 잡고 자기 옆으로 끌어당겼다. "몇 가지 비밀히 상의드리고 싶은 게 있습니다." 장교가 말했다. "말씀드려도 되지요?" "물론입니다." 여행가는 눈을 내리깔고 귀를 기울였다.

"이런 재판과 처형을 지금은 감탄하며 참관하시고 있지만, 현재 우리 유형지에서는 더 이상 단 한 명의 공개적인 지지자도 없는 실정입니다. 제가 유일한 대변자이지요. 동시에 전임 사령관님의 유산을 지키는 마지막 대변자인 것입니다. 이 재판 절차를 더 확대 발전시킨다는 건 생각도 할 수 없고, 저는 그저 온 힘을 소모해 가며 남아 있는 것을 겨우 유지해 갈 따름입니다. 전임 사령관님께서 살아 계실 적에는 유형지 전체가 그의 추종자들로 가득했습니다. 사람들을 설복하는 전임 사령관님의 능력은 저도 조금은 가지고 있지만, 그가 가졌던 권력이 제겐 전혀 없습니다. 그래서 추종자들은 속으로 숨어들게 됐죠. 아직도 추종자들은 많지만, 그 누구도 마음을 털어놓지 않습니다. 만약 오늘, 그러니까 처형이 있는 날에, 찻집에 가셔서 주위 사람들의 말에 귀 기울여 보신다면, 애매한 얘기밖에는 들으실 수 없을 겁니다. 그들은 죄다 추종자들이지만, 현 사령관 체제하에서, 사령관이 자신의 견해를 고수하는 한, 그런 추종자들도 제게는 전혀 쓸모없는 존재일 뿐입니다. 이제 질문을 하나 드리겠습니다. 현 사령관과 그에게 영향을 끼치는 주변 여자들 때문에 이 같은 필생의 작품이" — 그는 기계를 가리켰다 — "몰락하고 말아야 하는 겁니까? 그렇게 내버려 두어도 됩니까? 설사 이방인으로 섬에 며칠 머무르는 입장이라고 해도 말입니다. 그런데 시간을 허비할 여유가 없습니다. 뭔가 저의 재판권을 제한하려는 움직임이 진행되고 있습니다. 벌써 사령부에서 심의가 이루어지고 있지만 저는 그 심의에 참여도 못합니다. 심지어 오늘 손님의 방문도 제게는 현 상황 전체를 잘 보여 주는 사건으로 보입니다. 비겁한 인간들이 이방인인 당신을 대신 보낸 거지요. — 예전의 형 집행은 얼마나 달랐던지! 처형 하루 전에 벌써 골짜기 전체가 사람들로 넘쳐났지요. 모두 그저 구경하러 온 사람들이었습니다. 아침 일찍 사령관이 숙녀들과 함께 등장합니다. 팡파르가 기지 전체를 깨어나게 합니다. 저는 모든 준비가 완료되었다고 보고합니다. 주빈들은 — 단 한 명의 고위 관리도 빠져서는 안 됩니다 — 기계 주위에 질서 있게 자리를 잡습니다. 여기 한 무더기의 등나무 의자는 그 시절이 남긴 초라한 흔적이죠. 새로 닦은 기계는 반짝반짝 빛납니다. 저는 형 집행 때마다 거의 매번 새로운 부품을 수령했죠. 수백 개의 눈앞에서 — 저기 저 언덕 위까지 자리를 메운 관중들이 까치발을 하고 지켜봅니다 — 사령관님이 직접 죄수를 써레 아래로 옮겨 놓습니다. 오늘 비천한 병사가 해도 무방한 일이 당시에는 법원장인 저의 임무였고, 저를 명예롭게 해 주는 과업이었습니다. 그러면 이제 형 집행이 시작됩니다! 기계의 작업을 방해하는 어떤 잡음도 없습니다. 어떤 이들은 아예 쳐다보지도 않고 눈을 감은 채 모래 속에 박혀 있습니다. 모두가 알고 있습니다. 이제 정의가 일어난다는 것을. 정적 속에서 들리는 것은 펠트 토막으로 인해 낮아진 죄수의 신음 소리뿐입니다. 지금은 기계가 더 이상 죄수에게서 펠트 토막으로 완전히 틀어막지 못할 정도로 강한 신음을 뽑아내지 못합니다. 당시에는 글씨를 박는 바늘에서 따끔하게 쏘는 액체가 똑똑 떨어졌지만, 지금 그 액체는 사용이 금지되었습니다. 자, 그리고 이제 여섯 시간째가 됩니다! 가까이서 보게 해 달라는 청을 전부 들어주는 것은 불가능합니다. 현명한 사령관님은 누구보다도 아이들을 우선 배려하라고 지시했습니다. 물론 저는 직책이 직책이니만큼 항상 가까이 서 있을 수 있었는데, 때때로 오른팔과 왼팔에 어린 아이들을 낀 채 쪼그려 앉아 있곤 했어요. 우리 모두 고통받은 얼굴의 정화된 표정에서 어떤 느낌을 받았던지! 마침내 실현된, 하지만 벌써 스러져 가는 정의의 빛 속에 우리는 얼마나 깊이 뺨을 담그고 있었던지! 아, 이런 시절이 있었나요! 동지여!" 장교는 자기 앞에 누가 서 있는지 잊은 듯했다. 그는 여행가를 껴안고 여행가의 어깨에 머리를 기대었다. 여행가는 매우 당황했다. 그는 초조하게 장교의 뒤쪽을 건너다보았다. 병사는 청소 작업을 마치고 이제 통에 든 쌀죽을 냄비에 쏟아붓고 있었다. 죄수는 완전히 회복된 듯이 쌀죽을 보자마자 혀로 핥아 먹으려 들었다. 병사는 그를 거듭 밀어냈는데, 아마도 죽은 좀 시간이 지난 뒤에 먹도록 되어 있는 모양이었다. 하지만 병사가 더러운 손을 냄비에 집어넣어 허기진 죄수 앞에서 죽을 떠먹는 것도 부적절하기는 마찬가지였다.

장교는 재빨리 평정을 되찾았다. "당신의 마음을 흔들어 보려 한 것은 아닙니다." 그가 말했다. "그 시절을 오늘에 와서 이해시킨다는 건 불가능하죠. 저도 압니다. 어찌 되었든 기계는 여전히 일을 하고, 그 자체로 힘을 발휘합니다. 그 자체로 힘을 발휘한다는 겁니다. 여기 골짜기에 혼자 서 있는데도 말입니다. 그리고 시체는 지금도 여전히 믿을 수 없이 부드럽게 날아 구덩이로 떨어지지요. 당시같이 수백 명의 사람들이 파리 떼처럼 구덩이 주위에 모여들지는 않지만 말입니다. 당시 우리는 구덩이 주위로 튼튼한 난간을 설치해야 했죠. 난간은 이미 오래전에 철거됐습니다."

여행가는 장교와 얼굴을 마주하지 않으려고 아무 곳이나 이리저리 둘러보고 있었다. 하지만 장교는 여행가가 골짜기의 황량한 땅을 관찰하고 있다고 생각하고는 그의 두 손을 잡고 빙 돌면서 그의 시선을 붙들어 보려 했다. 그러고서 그는 이렇게 물었다. "이 수치스러운 광경이 보이시나요?"

하지만 여행가는 아무 말도 하지 않았다. 장교는 한동안 그를 내버려 두었다. 장교는 다리를 벌리고 손은 허리에 짚은 채 가만히 서서 바닥을 내려다보고 있었다. 그러더니 여행가에게 격려하는 듯한 미소를 보내며 말했다. "나는 어제 당신 가까이에 있었죠. 사령관님이 초대할 때 말입니다. 저는 초대하는 말을 들었습니다.

저는 사령관님을 압니다. 그래서 무슨 목적으로 초대하는 것인지 즉시 알아차렸죠. 설령 사령관이 자기 권력으로 충분히 저를 제압할 수 있다고 해도, 아직 그렇게까지는 하지 못하고 있습니다. 대신 저를 당신 같은 명망 있는 이방인의 판단에 맡기려는 것이죠. 그의 계산은 세심합니다. 당신은 이제 섬에 오신 지 이틀 되셨고, 전임 사령관님에 대해서도, 그의 사상에 대해서도 아는 바가 없으셨죠. 당신은 유럽식 관념에 사로잡혀 있고, 어쩌면 일반적으로는 사형제 자체에 대해, 특수하게는 이런 기계식 처형 방식에 대해 원칙적으로 반대하는 입장일지도 모릅니다. 그런 데다 지금은 처형이 공중의 참여 없이, 서글프게, 이미 다소 손상된 기계 위에서 이루어지는 걸 보시고 있죠. 그렇다면, 이 모든 걸 고려할 때 (사령관님은 그렇게 생각합니다) 당신이 나의 재판을 옳지 않다고 생각하기가 매우 쉽지 않을까요? 그리고 재판이 옳지 않다고 생각하신다면 (저는 계속 사령관의 생각을 이야기하는 겁니다) 당신은 그런 생각을 침묵 속에 묻어 두지 않을 겁니다. 수없이 검증된 스스로의 신념을 신뢰하실 테니까요. 하지만 당신은 또한 많은 민족들의 독특한 성질을 보아 왔고 그걸 존중해야 한다는 것을 배웠습니다. 그래서 고국에서의 문제라면 몰라도 여기서는 재판에 대해 온 힘을 다해서 반대 의견을 펴지는 않으실 겁니다. 하지만 사령관님도 그런 건 바라지도 않습니다. 슬쩍 지나가는 듯한, 그저 부주의한 말 한마디면 족합니다. 그게 꼭 선생의 신념에 부합할 필요도 없습니다. 그가 원하는 바에 들어맞는 말처럼 보이기만 한다면 말입니다. 사령관님이 아주 교활하게 꼬치꼬치 캐물을 겁니다. 틀림없어요. 그리고 사령관의 숙녀들이 빙 둘러앉아 귀를 쫑긋 세우겠죠. 선생은 이를테면 이런 말씀을 하실 겁니다. '우리 나라의 재판 절차는 다릅니다.' 혹은 '우리 나라에서는 피고가 판결 전에 심문을 받습니다.' 또는 '우리 나라에서는 죄수가 판결 내용을 알고 있지요.' 또는 '우리 나라에서는 사형 외에 다른 형벌도 있습니다.' 또는 '우리 나라에서 고문은 중세에나 있었던 일이지요.' 이 모든 얘기가 선생에게는 당연한 것이고, 게다가 그 자체로도 틀린 말이 아닙니다. 저의 재판에 아무런 흠집도 낼 수 없는 순수한 발언이죠. 하지만 사령관은 그걸 어떻게 받아들일까요? 제 눈에는 그 사람, 선한 사령관의 모습이 보입니다. 그는 당장 의자를 옆으로 밀치고 발코니로 달려갑니다. 우르르 그 뒤를 좇아가는 숙녀들의 모습도 보이는군요. 사령관의 목소리가 제 귀에 들려옵니다. — 숙녀들은 천둥 같은 목소리라고 부르죠. — 그가 말합니다. '만국의 재판 절차를 조사하는 임무를 띤 서양의 위대한 연구자가 지금 말하기를, 옛 관습에 따른 우리 재판이 비인간적인 것이라고 한다. 나로서는 물론 그런 중요한 인사의 판단을 듣고 나서 이 재판을 계속 용인할 수는 없다. 오늘로서 명하노니 — 등등.' 선생은 중간에 개입해 보려 합니다. 선생은 사령관이 선언한 바를 말한 적이 없습니다. 선생은 나의 재판이 비인간적이라고 하지 않았고, 오히려 이 재판이야말로 가장 인간적이고 인간의 존엄에 가장 부합하는 것임을 깊이 통찰하고 있습니다. 게다가 이 기계 장치에 대해서도 감탄하고 있지요. — 하지만 너무 늦었습니다. 선생은 발코니에 가지도 못합니다. 발코니는 이미 숙녀들로 꽉 차 있으니까요. 선생은 주의를 끌어 보려 합니다. 소리를 지르려 합니다. 하지만 한 숙녀의 손이 입을 막습니다. — 저는 전임 사령관님이 남긴 작품과 함께 파멸입니다."

여행가는 웃음을 참아야 했다. 그토록 어렵다고 생각했던 과업이 이렇게나 쉬운 것이었구나. 그는 이렇게 돌려서 말했다. "저의 영향력을 과대평가하시는군요. 사령관님은 제 추천서를 읽었고, 제가 법적인 절차에 관한 전문가가 아니라는 것을 알고 있어요. 설사 제가 어떤 견해를 피력한다고 해도, 그건 사적인 견해에 지나지 않고, 세상 그 누가 내놓은 의견보다 더 중요할 것도 없답니다. 어쨌든 이 유형지에서 — 저는 그렇다고 생각하는데요 — 대단히 포괄적인 권한을 가지고 있는 사령관의 견해보다 훨씬 덜 중요한 것은 분명하죠. 생각하시는 것처럼 이에 대한 사령관의 견해가 그렇게 분명하다면, 저의 보잘것없는 협력을 기다릴 것도 없이 이런 재판 절차의 종말은 이미 오지 않았나 싶군요."

장교는 벌써 알아들은 것일까? 아니다. 그는 아직 못 알아들었다. 그는 세차게 고개를 흔들고, 잠깐 죄수와 병사 쪽을 돌아보고는 — 그러자 그들은 움찔하더니 쌀죽 냄비를 놓았다 — 여행가에게 아주 바싹 다가와 여행가의 얼굴이 아니라 그가 입은 재킷 어딘가를 바라보면서 전보다 더 나직한 목소리로 말했다. "선생은 사령관님을 모르십니다. 선생은 사령관님과 우리 모두를 — 이런 표현을 사용하는 것을 용서해 주십시오 — 다소 순진한 태도로 대하고 계십니다. 제 말씀을 믿어 주세요. 선생의 영향력은 아무리 높게 평가해도 부족할 정도로 큽니다. 저는 선생이 혼자 형 집행을 참관한다는 얘기를 들었을 때 기뻤습니다. 사령관님의 이러한 지시는 저를 겨냥한 것이지만, 이제 저는 그 지시를 저 자신에게 유리한 방향으로 역전시키려 합니다. 선생은 거짓된 꼬드김이나 경멸적인 시선에 방해받지 않고—더 많은 사람들이 형 집행을 참관하고 있었다면 그런 일은 불가피했을 겁니다—제 설명을 듣고, 기계를 보셨습니다. 그리고 이제 형 집행을 지켜보려는 참입니다. 이제 판단은 이미 확실해지셨을 겁니다. 설사 사소한 의구심이 남아 있다고 하더라도 집행 광경을 보시면 그것마저 사라질 겁니다. 그러니, 부탁을 드리는 겁니다. 사령관님에 맞서서 저를 도와주십시오."

여행가는 장교의 말을 막았다. "어떻게 제가 그런 일을 할 수 있겠습니까." 그가 외쳤다. "그건 전혀 불가능해요. 저는 당신에 해를 끼칠 수도 없지만, 도움이 될 수도 없습니다."

"하실 수 있습니다." 장교가 말했다. 여행가는 장교가 주먹을 쥐는 것을 약간의 두려움을 느끼며 바라보았다. "하실 수 있다고요." 장교는 거듭 더 강하게 다그쳤다. "반드시 성공할 계획이 있습니다. 선생은 스스로의 영향력이 충분하지 못하다고 생각하시지만, 저는 충분하다는 걸 알고 있습니다. 그런데 설사 선생의 생각이 옳다고 하더라도, 이 재판 절차를 존속시키기 위해서 모든 시도를 해 봐야 하지 않을까요? 어쩌면 충분하지 못할 것 같은 시도까지도 말입니다. 한번 제 계획을 들어 보십시오. 이 계획의 실현을 위해서는 무엇보다도 선생이 오늘, 이곳 유형지에서 최대한 재판에 관한 의견을 드러내지 않고 계셔야 합니다. 누가 대놓고 물어

보지 않는 이상, 절대로 생각을 드러내시면 안 됩니다. 질문에 답할 경우에도 짧고 불명확하게 하셔야 합니다. 그것에 관해 말하기를 힘들어한다, 기분이 상해 있다, 정말 솔직하게 말한다면 욕설이 마구 터져 나올 게 틀림없다, 이런 인상을 사람들에게 줘야 합니다. 거짓말을 하시라는 건 아닙니다. 절대 그런 건 아니에요. 그저 짧게 대답하기만 하면 됩니다. 이를테면 '네, 형 집행을 봤지요'라든가 '네, 모든 설명을 들었어요' 이런 식으로 말입니다. 거기까지만 하시는 겁니다. 하여튼 사람들이 느낄 수 있을 만큼 불쾌한 표를 내셔야 하는데, 실제로 불쾌할 이유야 충분하지 않습니까. 사령관이 바라는 그런 의미에서는 아니지만요. 당연히 사령관은 완전히 오해하고 자기 식대로 해석할 겁니다. 제 계획은 바로 그 점을 발판으로 하고 있습니다. 내일 사령부에서는 사령관의 주재로 모든 고위 행정 관리들이 참석하는 큰 회의가 있습니다. 사령관은 당연히 그런 회의를 전시장으로 만드는 재주를 부렸죠. 위층 객석을 설치하고 자리를 늘 참관하는 사람들로 채운답니다. 저도 강제로 그런 회의에 참가하게 되었지만, 너무 싫어서 진저리가 날 지경입니다. 어쨌든 선생도 틀림없이 이번 회의에 초청되실 겁니다. 그리고 만일 오늘 제 계획대로 행동하신다면 그저 초대 정도가 아니라 긴급한 요청을 받게 되겠죠. 하지만 어떤 알 수 없는 이유로 인해 혹시라도 아무 연락이 없다면, 초대를 요구하셔야 합니다. 그러면 틀림없이 초대받으실 겁니다. 그러니까 내일 선생은 사령관의 특별석에 숙녀들과 함께 앉게 됩니다. 사령관은 수시로 위쪽으로 눈길을 던지며 선생이 있는 걸 확인합니다. 그저 청중에 대한 고려에서 회의에 올린 이런저런 하찮은 안건이 다루어진 뒤에 — 대부분 항구에 뭘 짓는다는 얘기입니다, 허구한 날 항구 건설 얘기뿐이에요 — 재판 절차에 대한 얘기가 나옵니다. 사령관 쪽에서 이 얘기를 꺼내지 않거나, 시간을 끌며 얘기를 빨리 꺼내려 하지 않는다면, 제가 책임지고 말이 나오게 할 겁니다. 저는 자리에서 일어나 오늘의 형 집행에 대한 보고를 하겠습니다. 아주 짧게, 딱 이 보고만 하는 거죠. 회의석상에서 그런 보고를 하는 것이 통상적인 일은 아니지만 그냥 해 버릴 겁니다. 사령관은 늘 그렇듯이 친절하게 미소 지으며 제게 감사의 뜻을 표하면서, 이제는 더 이상 참지 못하고 좋은 기회를 포착합니다. '지금 막' 뭐 이런 식으로 말하겠죠. '형 집행에 관한 보고가 있었습니다. 저는 이 보고에 한 가지만 덧붙여 말씀드리겠습니다. 바로 이 형 집행 현장을 위대한 탐험가께서 참관하셨습니다. 그분이 대단히 영광스럽게도 우리 유형지를 방문 중이신 건 여러분 모두 잘 아시는 바입니다만. 오늘의 회의도 그분의 참석을 통해 더욱 뜻깊은 자리가 되었습니다. 그렇다면 이 위대한 탐험가에게 옛 관습에 따른 처형과 그전에 이루어지는 재판 절차를 어떻게 평가하시는지 여쭙는 게 좋지 않겠습니까?' 당연히 도처에서 박수가 터져 나오고, 모두가 동의합니다. 제가 그중 가장 큰 소리로 찬동합니다. 사령관님은 선생에게 고개 숙여 인사하고 이렇게 말합니다. '그러면 제가 모두를 대표해서 질문 드리겠습니다.' 이제 선생은 난간 앞으로 나섭니다. 손은 모두에게 보이도록 앞으로 내셔야 합니다. 안 그러면 숙녀들이 쥐고 손가락으로 장난을 칠 테니까요. 이제 마침내 선생이 말씀을 시작합니다. 제가 그 순간까지 긴장을 어떻게 견디어 낼 수 있을지 모르겠습니다. 말씀하실 때 애써 자제하실 필요는 없습니다. 큰 소리로 진실을 밝히세요. 난간 너머로 몸을 굽히고 외치는 겁니다. 네, 사령관에게 선생의 견해를, 확고부동한 견해를 소리 높이 외치십시오. 아니, 어쩌면 그러고 싶지 않으실 수도 있겠군요. 선생의 성격에 맞지 않거나, 어쩌면 선생의 고국에서는 보통 이런 상황에서 다른 식으로 행동하는지도 모르겠습니다. 그것도 괜찮습니다. 그것도 충분하고도 남습니다. 아예 일어서지도 마세요. 그저 몇 마디만 말씀하세요. 속삭이듯이, 당신 아래에 있는 관리들만 겨우 알아들을 수 있을 정도로. 그거면 충분합니다. 형 집행에 오는 사람이 아무도 없다든지, 바퀴가 끽끽거린다든지, 가죽 벨트가 찢어졌다든지, 펠트 토막이 구역질 나게 더럽다든지, 이런 얘기는 하지 않으셔도 됩니다. 나머지는 전부 제가 맡겠습니다. 두고 보세요. 저의 얘기가 사령관을 회의장 밖으로 쫓아내지는 못한다 할지라도, 적어도 사령관은 무릎을 꿇고 이렇게 고백하지 않을 수 없을 겁니다. 전임 사령관님, 당신 앞에 엎드려 절합니다.—이게 제 계획입니다. 이 계획이 실현되도록 도와주시겠습니까? 아, 물론 도와주려 하시는 거죠. 아니 그것 이상입니다. 반드시 도와주셔야 합니다." 그러고 나서 장교는 여행가의 두 팔을 잡고 숨을 헐떡이며 얼굴을 들여다보았다. 마지막 몇 문장에서는 너무나 크게 소리를 질러서, 병사와 죄수까지 이쪽으로 주의를 돌리게 되었다. 그들은 비록 한마디도 못 알아들었지만, 먹던 것을 멈추고 입에 든 것을 씹으며 여행가를 건너다보았다. 여행가로서는 해야 할 답이 처음부터 확고하게 정해져 있었다. 여기서 흔들리기에는 인생 경험이 너무 많았다. 그는 근본적으로 진실한 사람이었고, 두려움도 알지 못했다. 그럼에도 불구하고 이제 병사와 죄수를 보자 잠시 머뭇거리게 되었다. 하지만 결국 그는 해야 할 말을 했다. "아니요." 장교는 여러 번 눈을 깜빡거렸지만, 여행가에게서 눈을 떼지 않았다. "해명을 원하시나요?" 여행가가 물었다. 장교는 말없이 고개를 끄덕였다. "저는 이 재판 절차에 대해 반대하는 입장입니다." 여행가가 장교에게 말했다. "당신이 제게 속사정을 들려주기 전에 이미 — 어떤 경우에도 당신이 제게 보인 신뢰를 악용하지는 않을 겁니다 — 저는 저 자신에게 이 재판을 막기 위해 끼어들 권리가 있는지, 저의 개입이 성과를 거둘 가망이 약간이라도 있는지 생각해 보았습니다. 문제에 개입하려 할 때 누구를 찾아가야 할지는 처음부터 분명했지요. 당연히 사령관입니다. 당신은 그 점을 더욱 분명히 해 주었습니다. 그렇다고 제 결심이 당신으로 인해 비로소 굳어진 것은 아니고요. 반대로 당신의 진정성 있는 신념은 제 심금을 울립니다. 비록 이로 인해 제 판단이 흐려지는 것은 아니지만요."

장교는 아무 말도 하지 않고, 기계 쪽으로 몸을 돌리더니 놋쇠 기둥 하나를 쥐었다. 그러고 나서는 마치 모든 게 정상적인지 점검하기라도 하듯이, 약간 몸을 젖히고 제도기를 올려다보았다. 병사와 죄수는 이제 서로 친구가 된 것처럼 보였다. 죄수는 꽉 묶여 있는 상태라서 쉽지는 않았지만 병사에게 신호를 보냈다. 병사는 그를 향해 몸을 숙였다. 죄수가 뭐라고 속삭이자 병사는 고개를 끄덕였다.

여행가는 장교의 뒤를 따라가며 이렇게 말했다. "제가 뭘 하려고 하는지 아직 모르실 겁니다. 저는 재판 절차에 관한 의견을 사령관님께 이야기하기는 할 테지만, 회의 시간이 아니라 독대한 자리에서 하려고 합니다. 게다가 제가 무슨 회의에 불려 갈 정도로 그렇게 오래 머물러 있을 것도 아니에요. 내일 아침 일찍 떠날 겁니다. 아니면 그때까지는 적어도 배에 올라탈 거예요."

장교는 귀 기울이고 있는 것 같지 않았다. "그러니까 재판 절차에서 확신을 못 얻으셨다는 거로군." 그는 이렇게 혼잣말을 하며 웃었다. 마치 어린 아이의 터무니없는 말을 듣고 웃으며 그 미소 뒤에 자신의 진짜 상념을 숨기고 있는 노인의 모습처럼 보였다.

"그러면 이제 때가 됐습니다." 마침내 장교가 말했다. 그는 갑자기 뭔가 요구하는 듯한, 뭔가 참여를 독촉하는 듯한 밝은 눈빛으로 여행가를 바라보았다.

"무슨 때라는 거죠?" 여행가는 불안한 마음으로 이렇게 물어보았지만, 아무런 대답도 듣지 못했다.

"넌 자유다." 장교는 죄수를 향해 죄수의 언어로 말했다. 우선 죄수는 그 말을 믿지 못했다. "이제 자유라니까." 장교가 말했다. 처음으로 죄수의 얼굴에 진짜 생기가 돌았다. 이게 진실일까? 그냥 일시적인 장교의 변덕일 뿐인가? 외국인 여행가가 장교에게 영향력을 행사해서 사면을 얻어 낸 것일까? 무슨 일일까? 그의 얼굴은 이렇게 묻고 있는 것처럼 보였다. 하지만 그것도 오래가지는 않았다. 어떻게 된 일이든, 기왕 허락된 것이라면 그는 당연히 자유의 몸이 되고자 했고, 써레 아래 묶여 있을망정 가능한 한 최대로 몸을 흔들어 대기 시작했다.

"내 가죽 벨트 다 끊어 버리려고 그래?" 장교가 소리를 질렀다. "가만히 있어라. 안 그래도 우리가 풀어 줄 거야." 그리고 장교는 병사에게 신호를 보내어 그와 함께 일을 시작했다. 죄수는 말없이 혼자서 나직하게 웃으면서, 고개를 한 번은 왼쪽의 장교에게 돌렸다가, 한 번은 오른쪽에 있는 병사에게 돌렸고, 한 번씩 여행가를 쳐다보는 것도 잊지 않았다.

"죄수를 끌어내." 장교는 병사에게 명령했다. 죄수를 꺼낼 때는 써레 때문에 꽤나 조심하지 않으면 안 되었다. 죄수는 성급하게 굴다가 벌써 등에 작은 생채기들이 나 있는 상태였다.

하지만 이제부터 장교는 더 이상 죄수에게 신경 쓰지 않았다. 그는 여행가에게 다가가서 작은 가죽 서류철을 다시 꺼내더니, 그 속을 뒤적거리다가 마침내 원하던 도면 한 장을 찾아서 여행가에게 보여 주었다. "읽어 보세요." 그가 말했다. "못 읽습니다." 여행가가 대답했다. "이 서류들을 읽을 수가 없다고 이미 말씀드렸는데요." "좀 똑바로 들여다보십시오." 장교는 이렇게 말하고 함께 읽기 위해 여행가 옆에 다가섰다. 그것도 소용이 없자, 장교는 마치 서류를 절대 건드려서는 안 된다는 듯이 손을 상당히 높이 든 채 새끼손가락으로 종이 위를 훑었다. 그렇게 해서 여행가가 쉽게 읽을 수 있게 하려는 것이었다. 여행가도 읽어 보려고 애썼다. 적어도 이 일에서나마 장교의 기분을 맞추어 주겠다는 생각이었지만, 그래도 읽을 수가 없었다. 그러자 장교는 적혀 있는 것을 한 글자 한 글자 해독해 주기 시작했다. 그러고 나서 다시 한 번 연결해서 읽었다. "'공명정대하라!'라고 되어 있습니다." 장교가 말했다. "이젠 읽을 수 있으시겠죠." 여행가가 몸을 너무 깊이 숙였기 때문에, 장교는 그러다가 종이에 여행가의 몸이 닿을까 걱정되어 종이를 더 멀찌감치 떼어 놓았다. 이제 여행가는 더 이상 아무 말도 하지 않았지만, 여전히 읽지 못하고 있음이 분명했다. "'공명정대하라!'라고 되어 있습니다." 장교가 재차 말했다. "그럴 수도 있겠네요." 여행가가 말했다. "그렇게 적혀 있다고 생각합니다." "네, 좋습니다." 장교는 적어도 조금은 만족해하며 이렇게 대답한 뒤, 종이를 들고 사다리 위로 올라갔다. 그러고는 그 종이를 대단히 조심스럽게 제도기 속에 끼워 넣고, 톱니바퀴를 완전히 새로 배치하는 듯이 보였다. 매우 힘겨운 작업이었다. 아주 작은 톱니바퀴까지 손봐야 하는 것이 분명했다. 장교의 머리가 완전히 제도기 속에 들어가서 보이지 않을 때도 있었다. 톱니바퀴를 그 정도로 정확히 조사해야 했던 것이다.

여행가는 아래서 이 작업을 쉬지 않고 지켜보았다. 그래서 목이 뻣뻣해졌고 하늘을 뒤덮은 햇빛에 눈이 아팠다. 병사와 죄수는 서로 노닥거리기에 여념이 없었다. 구덩이에 빠져 있는 죄수의 셔츠와 바지를 병사가 총검 끝으로 건져 올렸다. 셔츠는 끔찍하게 더러웠다. 죄수가 물 양동이에 셔츠를 담가 빨았다. 그러고 나서 그는 셔츠와 바지를 입었는데, 이때 병사뿐만 아니라 죄수 자신도 큰 소리로 웃지 않을 수 없었다. 왜냐하면 옷이 모두 뒤가 반으로 갈라져 있었기 때문이다. 죄수는 병사를 즐겁게 해 줄 의무가 있다고 생각했는지, 찢어진 옷을 입고 병사 앞에서 원을 그리며 돌았다. 병사는 바닥에 쪼그리고 앉아 웃으며 무릎을 쳤다. 그래도 그들은 나리들이 있다는 점을 생각해서 자제하는 중이었다.

위에서 마침내 일을 마친 장교는 다시 한 번 미소 지으며 전체를 세세한 부분에 이르기까지 모두 둘러보고, 지금까지 열려 있던 제도기의 뚜껑을 쾅 닫은 뒤 아래로 내려왔다. 그는 구덩이를 들여다보고 다음으로 죄수를 보았다. 죄수가 옷을 꺼내간 것을 확인하고 만족한 그는 손을 씻으러 물 양동이 쪽으로 갔지만, 뒤늦게야 물이 더럽기 짝이 없다는 걸 깨달았다. 그는 이제 손을 씻을 수 없다는 것을 슬퍼하면서 결국 모래 속에 손을 담갔다. 모래가 충분한 대용물은 못 됐지만 받아들일 수밖에 없었다. 장교는 이제 일어서서 제복 상의 단추를 풀기 시작했다. 그가 컬러 뒤에 쑤셔 넣어 둔 두 장의 숙녀용 손수건이 먼저 손에 떨어졌다. "네 손수건이다." 장교는 이렇게 말하고 손수건을 죄수에게 던졌다. 그러고는 여행가에게 해명하듯이 말했다. "숙녀들의 선물입니다."

그는 제복 상의를 벗고 결국 완전히 나체가 되기까지 서두르는 듯이 보였지만, 옷가지는 하나하나 매우 세심하게 다루었다. 심지어 제복의 은줄을 특별히 손가락으로 쓸어내리고 장식용 술을 털어 제자리를 잡아 주기도 했다. 그런데 이런 세심함과는 어울리지 않게도, 옷가지 하나의 손질이 끝날 때마다 그는 즉시 그것을 내키지 않는 듯한 태도로 구덩이 속에 휙 던져 버렸다. 그에게 마지막으로 남은 것은 휴대용 가죽끈이 달린 짧은 단검이었다. 그는 칼집에서 단검을 꺼내어 부러뜨리고, 부서진 단검 조각들, 칼집,

가죽끈을 전부 집어서 내던져 버렸다. 어찌나 세게 던졌던지 구덩이 아래에서 쟁그랑 소리가 났다.

이제 그는 벌거벗은 채 서 있었다. 여행가는 입술을 깨물고 아무 말도 하지 않았다. 그는 무슨 일이 일어날지 알고 있었지만, 장교가 어떤 일을 하든, 그걸 가로막을 권리는 없었다. 장교가 지지하는 재판 절차가 정말 폐기 직전의 상태라면 — 어쩌면 여행가가 자신의 의무감에 따라 개입함으로써 그런 결과가 초래될지도 모른다 — 지금 장교는 전적으로 올바르게 행동하고 있는 셈이었다. 여행가가 그의 처지였다 해도 다르게 행동하지는 않았을 것이다.

병사와 죄수는 처음엔 아무것도 이해하지 못했다. 그들은 처음엔 무슨 일이 일어나는지 아예 쳐다보지도 않았다. 죄수는 손수건을 돌려받고 매우 기뻐했지만 그 기쁨은 오래가지 못했다. 병사가 예기치 못한 날쌘 동작으로 그에게서 손수건을 낚아채 갔기 때문이다. 이제 죄수가 다시 병사의 벨트 뒤쪽에 꽂혀 있는 손수건을 뽑아내려 했지만 병사도 경계를 늦추지 않았다. 그렇게 그들은 반쯤 장난스럽게 다투고 있었다. 장교가 완전히 벌거벗은 뒤에야 그들도 주의를 돌리기 시작했다. 특히 죄수가 뭔가 엄청난 사태의 급변을 예감하고 충격을 받은 것처럼 보였다. 그가 겪은 일이 이제 장교에게 일어난 것이다. 어쩌면 그렇게 끝까지 갈지도 모른다. 아마도 외국인 여행가가 그런 명령을 내렸을 것이다. 그러니까 이건 복수다. 스스로는 끝까지 고통을 겪지도 않았지만, 복수는 끝까지 간다. 소리 없는 큰 웃음이 그의 얼굴에 떠오르더니 사라질 줄을 몰랐다.

이제 장교는 기계 쪽으로 몸을 돌렸다. 아까도 이미 장교가 기계를 잘 알고 있다는 것은 분명히 드러났지만, 지금 그가 기계를 다루는 광경, 그의 손길에 기계가 고분고분 따르는 광경은 거의 경이적인 것이었다. 그가 그저 손을 써레 가까이 가져갔을 뿐인데 벌써 써레는 여러 차례 오르락내리락 하며 그를 맞아들이기에 정확한 위치를 찾아갔다. 또 그가 그저 침대 가장자리를 붙잡았을 뿐인데 벌써 침대는 진동하기 시작했다. 펠트 토막이 그의 입을 향해 다가오자, 장교는 받지 않으려는 모습을 보였다. 하지만 주저함도 잠시뿐, 그는 곧 순응하며 펠트 토막을 입에 받아들였다. 이제 모든 준비가 끝났다. 다만 가죽 벨트만 아직 양옆으로 늘어져 있을 뿐이었다. 하지만 그것도 지금은 불필요해 보였다. 장교를 묶어 두어야 할 이유가 없기 때문이었다. 이때 풀어진 가죽 벨트가 죄수의 눈에 띄었다. 그의 생각에 가죽 벨트가 단단히 채워져 있지 않은 형 집행은 불완전한 것이었다. 그는 다급하게 병사에게 손짓을 했고, 둘은 장교를 묶으러 달려갔다. 장교는 제도기를 구동시키기 위해 한쪽 발을 뻗어 핸들을 밀려 하던 중에 둘이 온 것을 보았고, 그래서 도로 발을 집어넣고 순순히 그들이 팔을 묶도록 했다. 하지만 그러고 나니 장교가 핸들을 움직이는 것은 불가능해졌다. 병사도 죄수도 핸들을 찾지는 못할 테고, 여행가는 자기가 나서지는 않겠다고 결심했다. 하지만 그럴 필요도 없었다. 가죽 벨트가 채워지기가 무섭게 벌써 기계가 작동하기 시작한 것이다. 침대가 진동하고, 바늘이 피부 위에서 춤추며, 써레는 위아래를 오르락내리락 했다. 여행가는 한참을 뚫어지게 바라보다가 문득 제도기 속의 톱니바퀴 하나가 끽 소리를 냈어야 한다는 생각이 났다. 하지만 완전히 고요한 상태였다. 약간의 윙윙 소리조차 들리지 않았다.

이처럼 조용히 작동하는 바람에 기계는 주의에서 멀어져 버렸다. 여행가는 죄수와 병사를 건너다보았다. 더 활기가 있는 쪽은 죄수였다. 기계의 모든 것에 그는 흥미를 보였다. 그는 몸을 깊이 숙였다 쭉 뻗었다 하면서 계속 집게손가락을 뻗어 병사에게 뭔가를 보여 주려 했다. 여행가는 괴로웠다. 그는 이곳에 마지막 순간까지 남아 있을 작정이었지만 이 둘의 모습을 오래 견디어 낼 수 없을 것 같았다. "집으로들 돌아가라." 그가 말했다. 병사는 어쩌면 순순히 따를 것도 같았다. 하지만 죄수는 여행가의 명령을 무슨 형벌이라도 되는 듯이 받아들였다. 그는 손을 깍지 낀 채 제발 여기 남아 있게 해 달라고 애원했고, 여행가가 고개를 저으며 물러설 기미를 보이지 않자, 심지어 무릎까지 꿇고 나왔다. 여행가는 명령이 통하지 않는다는 것을 깨닫고 그쪽으로 가서 둘을 몰아내려 했다. 그때 그는 저 위 제도기에서 무슨 소리를 들었다. 그는 위를 올려다보았다. 역시 그 톱니바퀴가 말썽을 일으키나? 하지만 이번엔 뭔가 달랐다. 제도기의 덮개가 천천히 들리더니 결국 완전히 젖혀졌다. 한 톱니바퀴의 톱니들이 모습을 드러내며 올라오다가, 이내 바퀴 전체가 나왔다. 마치 어떤 거대한 힘이 제도기를 쥐어짜서 더 이상 바퀴가 있을 자리가 없어지기라도 한 것 같았다. 바퀴는 돌면서 제도기의 가장자리까지 갔다가 아래로 떨어졌다. 그리고 모래 속에 서서 약간의 거리를 요동치며 굴러가다가 쓰러져 그 자리에 놓여 있었다. 하지만 위에서는 다시 새로운 바퀴가 올라왔고, 수많은 크고 작은 톱니바퀴들, 구별이 잘 안 되는 비슷비슷한 바퀴들이 그 뒤를 이었다. 모든 바퀴에 똑같은 일이 벌어졌다. 이제는 제도기가 다 비워졌겠지 하고 생각하면 그 순간 특히 많은 톱니바퀴들이 한 무더기 올라와서는 아래로 떨어졌고, 그다음에는 모래밭을 마구 구르다가 쓰러졌다. 이 과정을 지켜보느라 죄수는 여행가의 명령을 아주 잊어버렸다. 그는 톱니바퀴들에 완전히 매혹되어 계속 떨어진 바퀴를 하나 집어 보려 했고, 그러면서 병사에게도 도와 달라고 졸라 댔다. 하지만 곧바로 다른 톱니바퀴가 뒤이어 오면 죄수는 기겁을 해서 손을 뒤로 뺐다. 적어도 막 굴러 오는 톱니바퀴에 대해서만큼은 죄수도 큰 두려움을 느끼고 있었던 것이다.

반면 여행가는 마음이 몹시 불안했다. 기계는 분명 산산조각이 나고 있었다. 조용히 작동하는 기계의 모습은 환상에 지나지 않았다. 여행가는 이제 자기가 장교를 챙겨야만 한다는 느낌이 들었다. 장교는 이제 스스로를 위해 아무것도 할 수 없는 상태였기 때문이다. 하지만 여행가는 톱니바퀴들의 추락에 온통 정신이 팔린 탓에 그동안 기계의 다른 부분에 대해서는 전혀 신경을 쓰지 못했다. 마지막 톱니바퀴가 제도기에서 떨어져 나간 뒤에야 여행가는 써레 위로 몸을 숙여 보았는데, 이때 예상하지 못한 또 다른 더욱 심각한 사태가 벌어졌다. 써레는 글씨를 쓰지 않고 찌르기만 했고, 침대는 몸을 굴리는 것이 아니라 그저 진동하면서 몸을 들어 바늘에 박아 넣고 있었다. 여행가는 뭔가 조치를 취하려 했다.

가능하다면 기계를 완전히 정지시킬 작정이었다. 이건 장교가 목표로 한 고문이 아니라, 즉각적인 살인이었다. 여행가는 두 손을 뻗었다. 하지만 벌써 써레가 바늘에 찍힌 몸을 매단 채로 위로 올라오고 있었다. 보통은 열두 시간째에 일어나는 일이었다. 피가 물에 희석되지도 않은 채, 수백 줄기를 이루며 흘러내렸다. 이번에는 수관도 고장 난 것이다. 오작동은 마지막 순간까지 계속되었다. 몸뚱이는 긴 바늘에서 빠져나오지 못하고 피를 내뿜으며 구덩이 위에 대롱대롱 매달려 있었다. 써레는 진작 원래 자리로 돌아가고 싶었겠지만, 마치 짐이 아직 떨구어지지 못한 것을 자기도 알고 있다는 듯이, 구덩이 위에 그대로 멈추어 있었다. "좀 거들어라!" 여행가가 병사와 죄수 쪽을 향해 소리쳤다. 그리고 그 자신은 장교의 발을 붙잡았다. 그는 이쪽에서 발을 밀고 두 사람은 저쪽에서 장교의 머리를 붙잡아서, 천천히 몸 전체를 바늘에서 빼낸다는 계획이었다. 하지만 지금 두 사람은 올 엄두를 내지 못하고 있었다. 죄수는 도리어 등을 돌렸다. 여행가는 할 수 없이 그들이 있는 쪽으로 가서 그들을 장교의 머리를 향해 떠밀어야 했다. 그러다가 여행가는 거의 자기 의사에 반하여 시체의 얼굴을 보고 말았다. 얼굴은 살아 있을 때의 모습 그대로였다. 기대하던 구원의 징표는 전혀 발견할 수 없었다. 다른 모든 사람들이 기계 속에서 얻은 것을 장교만은 얻지 못한 것이다. 입술은 굳게 다물어졌고, 눈은 뜬 채로 생기를 발산했다. 시선은 차분하고 확신에 차 있었고, 커다란 철침의 끝이 이마를 뚫고 나와 있었다.

* * *

여행가가 병사와 죄수를 뒤에 데리고 가다가 처음으로 유형지의 건물들이 있는 곳에 이르렀을 때, 병사가 그중 한 집을 가리키며 이렇게 말했다. "여기가 찻집입니다."

한 건물의 지층에 벽과 천장이 연기에 그을린 깊고 낮은 동굴 같은 공간이 있었다. 그리고 그 공간의 한 면은 전체가 거리를 향해 터져 있었다. 유형지의 건물들은 사령부의 궁성 건축물을 제외하면 모두 대단히 낡고 퇴락한 상태였고, 찻집 건물 역시 그런 다른 건물들과 별반 다르지 않았지만, 여행가는 그래도 그 속에 역사적 기억이 담겨 있다는 인상을 받았고, 거기서 지나간 시대의 위세를 느낄 수 있었다. 그는 찻집 가까이 가서, 뒤따르는 동행자들과 함께 찻집 앞 길거리에 놓인 빈 테이블들 사이를 통과하며, 내부에서 나오는 서늘하고 습한 공기를 들이마셨다. "노인네는 여기 묻혔습니다. 사제의 반대로 묘지에 자리를 마련할 수 없었기 때문에 사람들은 그분을 어디에 묻어야 할지 한동안 결정하지 못하고 있었어요. 그러다가 결국 여기에 묻은 것이죠. 장교님한테서 이 얘기는 틀림없이 못 들으셨을 겁니다. 당연히 장교님으로서는 가장 수치스러운 일이었으니까요. 장교님은 심지어 몇 번이나 밤에 노인의 유해를 파내 가려고 시도하기도 했습니다. 번번이 쫓겨나긴 했지만요." "무덤이 어디 있다는 거지?" 여행가는 병사의 얘기를 믿지 못하고 이렇게 물었다. 그러자 병사와 죄수, 두 사람이

득달같이 여행가의 앞으로 달려 나가더니 팔을 뻗어 무덤이 있다는 쪽을 가리켰다. 그들은 여행가를 뒷벽 쪽 손님들이 앉은 몇몇 테이블까지 데리고 갔다. 손님들은 코에서 턱까지 짧고 윤기 있는 검은색 수염을 기른 건장한 사내들로, 아마도 항구 노동자들인 듯했다. 모두 재킷을 입지 않고 있었고, 셔츠는 헤져서 너덜너덜했다. 가난하고 비굴한 군상. 여행가가 다가가자 몇몇은 자리에서 일어나 벽에 등을 붙이고 그를 마주 보았다. "외국인이다." 여행가 주위에서 사람들이 숙덕거렸다. "무덤을 보려는 거야." 그들은 테이블 하나를 옆으로 치웠는데, 그 밑에 정말 비석이 있었다. 그것은 테이블 밑에 숨길 수 있을 정도로 충분히 낮은 키의 소박한 비석이었다. 거기에 매우 작은 글자로 비문이 적혀 있었다. 여행가는 비문을 읽기 위해 무릎을 굽혀야 했다. "여기 전임 사령관 잠들다. 그를 따르는 이들, 이제 이름을 드러낼 수 없게 된 이들이 그의 묘를 만들고 비석을 세웠다. 한 예언에 따르면 사령관은 일정한 햇수가 지난 뒤 부활하여 지지자들을 이 집에서 이끌고 나가 유형지를 다시 정복할 것이라고 한다. 믿고 기다릴지어다." 여행가가 비문을 다 읽고 몸을 일으켜 보니, 사람들이 그의 주위에 둘러서서 웃고 있었다. 마치 그들도 함께 비문을 읽고 가소롭게 여기고 있다는 듯이, 그래서 여행가도 그들의 견해에 동의하기를 바란다는 듯이. 여행가는 그런 눈치를 아예 모르는 척하고, 그들에게 동전 몇 개를 나누어 준 다음, 사람들이 무덤 위로 테이블을 다시 옮길 때까지 기다렸다가 찻집을 떠나서 항구로 갔다.

병사와 죄수는 찻집에서 아는 사람들을 만나는 바람에 거기 붙들려 있었다. 하지만 두 사람도 금세 뿌리치고 나온 모양이었다. 여행가가 배로 이어지는 긴 계단을 겨우 반쯤밖에 가지 못했는데 벌써 그들이 뒤쫓아 왔던 것이다. 그들은 아마도 마지막 순간에 여행가로 하여금 억지로 자기네를 함께 데려가게 만들려는 듯했다. 여행가가 다 내려와서 한 사공과 증기선까지 건너가는 뱃삯을 흥정하고 있을 때, 그들은 계단을 미친 듯이 뛰어 내려오고 있었다. 감히 소리를 지를 생각은 못하기 때문에 침묵을 지키면서. 하지만 그들이 다 내려왔을 때 여행가는 이미 배에 타고 있었고, 사공이 막 기슭에서 배를 출발시킨 참이었다. 그래도 그들은 아직 배로 뛰어들 수도 있는 상황이었다. 하지만 여행가는 매듭진 무거운 밧줄을 바닥에서 들어 위협함으로써 그들이 뛰어들지 못하게 막았다.

# 신임 변호사

우리에게 새 변호사가 왔다. 부세팔루스 박사다. 외모로 보아서는 그가 마케도니아의 왕 알렉산드로스의 군마였던 시절을 잘 떠올릴 수 없다. 그래도 사정을 잘 아는 사람에게는 몇 가지가 눈에 띈다. 나는 최근에 옥외 계단에서 허벅지를 들어 올리면서 대리석을 저렁저렁 울리는 발걸음으로 한 계단 한 계단 올라가는 변호사의 모습을 어느 순박한 법원 직원이 경마 팬의 전문가적 안목으로 경탄하며 바라보는 것을 본 적이 있다.

변호사회는 대체적으로 부세팔루스의 입회에 동의한다. 사람들은 놀라운 분별력으로, 부세팔루스가 오늘의 사회 질서에서 곤란한 처지에 놓여 있으며 그 때문에, 그리고 그의 세계사적 의미 때문에라도 어쨌든 잘 대접받을 자격이 있다고들 생각한다. 오늘날 — 이는 누구도 부인할 수 없을 것이다 — 위대한 알렉산드로스 왕은 존재하지 않는다. 물론 살인할 줄 아는 사람이 없는 것은 아니다. 창을 던져 연회석 테이블 건너편의 친구를 맞히는 기술이 떨어지는 것도 아니다. 게다가 마케도니아가 너무 좁아서 아버지 필리포스를 욕하는 사람도 많다. — 그러나 아무도, 아무도 인도로 진격할 수는 없다. 당시에도 이미 인도의 문은 도달할 수 없이 먼 곳에 있었으나, 그 방향만은 왕검으로 표시되어 있었다. 오늘날 그 문들은 다른 곳으로, 더 멀리, 더 높이 옮겨졌다. 아무도 방향을 가리켜 보이지 않는다. 많은 사람들이 칼을 쥐어 보지만, 그저 서투르게 휘저을 따름이다. 그러니 칼을 좇는 시선도 혼란에 빠진다.

아마도 그 때문에 부세팔루스가 한 것처럼 법률서에 침잠하는 것이 진짜 최선의 길인지도 모른다. 그는 자유롭게, 말 탄 자의 허벅지에 옆구리를 눌리는 일 없이, 조용한 등불 아래, 알렉산드로스 대왕이 싸우는 전장의 소음에서 멀리 떨어진 채, 우리의 오래된 책장들을 읽고 넘긴다.

# 시골 의사

나는 몹시 당황스러운 처지였다. 긴급한 여정이 눈앞에 닥쳐 있었다. 10마일 떨어진 마을에서 중환자가 나를 기다리고 있는 것이다. 심한 눈보라가 그와 나 사이의 넓은 공간을 채우고 있었다. 내게는 마차가 한 대 있는데, 가볍고, 바퀴가 커서, 우리 시골 도로에 전적으로 적합하다. 나는 모피 외투를 껴입고, 손에는 왕진 가방을 들고, 여행 채비를 완전히 갖추고서 벌써 마당에 나와 서 있다. 하지만 말이 없다. 말이. 내가 소유한 말은 간밤에 이 혹독한 겨울 추위에 과로한 끝에 죽어 버렸다. 내 하녀는 지금 말 한 마리를 빌려 보려고 마을을 돌아다니고 있다. 하지만 가망 없는 일이었다. 나는 그럴 줄 알고 있었다. 주위에 눈은 점점 더 쌓여만 가고, 점점 더 옴짝달싹할 수 없게 되어 가는 가운데 나는 허망하게 서 있을 뿐이었다. 대문에서 하녀가 나타났다. 혼자서, 등을 흔들면서. 당연하지, 그런 길을 떠나는데 누가 자기 말을 내주겠는가? 나는 다시 한 번 마당을 가로질러 걸었다. 아무런 방법도 보이지 않았다. 나는 정신이 산란한 상태에서, 괴로워하며, 이미 오랜 세월 동안 사용하지 않은 돼지우리의 허름한 문을 발로 찼다. 문이 열렸고, 문짝이 경첩과 함께 오락가락했다. 말에게서 느껴지는 것 같은 온기와 냄새가 밖으로 나왔다. 희미한 우리의 등불이 밧줄에 매달린 채 흔들리고 있었다. 한 사내가 낮은 칸막이로 된 공간 안에 웅크리고 앉아 있다가 천진하고 꾸밈없는 얼굴을 드러냈다. "말을 맬까요?" 그가 엉금엉금 기어 나오면서 물었다. 나는 무슨 말을 해야 할지 모른 채, 그저 우리 안에 뭐가 또 있나 보려고 허리를 굽혔다. 하녀가 내 옆에 서 있었다. 그녀는 "자기 집에 무슨 물건을 쌓아 두었는지도 모르고 있네요" 하고 말했고 우리는 함께 웃었다. "오, 형제여, 오, 자매여!" 하고 마부가 외쳤고, 두 마리의 말, 옆구리가 튼실한 힘센 동물들이 다리를 몸에 바싹 붙이고 잘생긴 머리를 낙타처럼 숙인 채로, 문구멍에 꽉 낀 상태에서 몸통을 비트는 힘만으로 차례로 밀고 나왔다. 그러나 이들은 곧바로 긴 다리로 꼿꼿이 섰고 몸에서는 짙은 김이 피어올랐다. "도와줘라." 내가 말했다. 그러자 고분고분한 하녀는 마부에게 마구를 갖다 주려고 달려갔다. 하지만 그녀가 그의 곁에 가기가 무섭게 마부는 그녀를 껴안고 자기 얼굴을 그녀의 얼굴에 부딪친다. 하녀는 비명을 지르며 나에게 도망쳐 온다. 하녀의 뺨에 두 줄의 잇자국이 붉게 파여 있다. "너 짐승 같은 녀석아," 나는 격분해서 고함을 친다. "채찍을 맞고 싶으냐?" 하지만 같은 순간 그가 낯선 사람이라는 것을 생각한다. 나는 그가 어디서 왔는지도 알지 못한다. 게다가 그는 다른 모든 사람들이 거절할 때 자청해서 나를 돕고 있는 것이다. 그는 마치 내 생각을 알고 있기라도 한 것처럼 내 위협에도 기분 나빠하지 않고, 계속 말을 매는 데 열중하면서, 그저 한 번 내 쪽을 돌아볼 뿐이다. "타시죠." 이어서 그가 말했다. 정말이다. 모든 준비가 되었다. 나는 그렇게 멋진 쌍두마차를, 그게 눈에 띈다, 한 번도 타 본 적이 없고, 그래서 기쁜 마음으로 마차에 올라탄다. "하지만 말은 내가 몰 것이다. 너는 길을 모르니까 말이야" 하고 나는 말한다. "물론이죠," 그가 말한다. "저는 아예 안 갈 겁니다. 전 로자하고 있을 거예요." "안 돼요." 로자가 이렇게 외치면서 자신의 운명이 되돌릴 수 없게 되었다는 것을 옳게 예감하고 집 안으로 달려 들어간다. 나는 그녀가 달그락거리며 문에 쇠사슬을 거는 소리를 듣는다. 나는 자물통이 찰칵하고 잠기는 소리를 듣는다. 나는 더 나아가서 그녀가 자기를 찾지 못하게 하려고 복도에서, 그리고 여러 방을 통해 달아나면서 모든 불을 꺼 버리는 것을 본다. "너도 같이 가는 거야." 나는 마부에게 말한다. "아니면 나는 아무리 다급하다 해도 떠나지 않을 거다. 마차 삯으로 하녀를 바칠 생각은 없으니까." "힘차게!" 그는 이렇게 말하고 손뼉을 친다. 마차는 물살 속의 나무토막처럼 휩쓸려 간다. 아직도 나는 마부의 습격으로 내 집의 문이 우지끈 부서지고 산산조각 나는 소리를 듣는다. 이어서 모든 감각에 똑같은 정도로 들이닥치는 윙윙 소리로 내 눈과 귀가 채워진다. 하지만 그것도 한순간뿐이다. 마치 내 집 마당의 문 앞에서 바로 내 환자의 집 마당이 열리기라도 한 것처럼 나는 벌써 거기에 있다. 말들은 조용히 서 있다. 눈은 그쳤다. 주위에 달빛이 비친다. 환자의 부모가 집에서 뛰어나온다. 그 뒤를 그의 누나가 따라온다. 그들은 나를 마차에서 거의 들어내다시피 한다. 그들의 혼란스러운 얘기를 나는 전혀 듣지 않는다. 병실의 공기는 숨 쉬기 어려울 정도다. 방치된 난로에서 연기가 난다. 나는 창문을 열어젖힐 것이다. 하지만 우선 환자를 보려 한다. 여위었고, 열은 없고, 차지도, 따뜻하지도 않으며, 멍한 눈빛이다. 소년은 셔츠도 입지 않은 채 깃털 이불 아래서 몸을 일으키더니 내 목에 매달리고서 귀에 대고 속삭인다. "의사 선생님, 날 죽게 내버려 둬요." 나는 뒤를 돌아본다. 아무도 듣지 않았다. 부모는 말없이 허리를 앞으로 숙이고 서서 나의 진단을 기다리고 있다. 누나는 손가방을 내려놓으라고 의자를 가져왔다. 나는 가방을 열어 진찰 도구를 뒤적인다. 소년은 계속해서 침대에서 나를 향해 손을 더듬으며 자신의 소원을 상기시키려 한다. 나는 핀셋 하나를 쥐어 촛불에 비추어 보다가, 다시 내려놓는다. '그래,' 나는 신성모독적인 생각을 한다. '이런 경우에는 신들이 도와주지. 없는 말도 보내 주고, 빨리 가라고 한 마리 더 붙여 주고, 그것도 모자라 마부까지 선사하다니.' 이제야 로자가 다시 생각난다. 나는 뭘 하고 있나. 어떻게 그녀를 구하지. 어떻게 마부한테서 그녀를 빼낼 수 있을까. 나는 10마일이나 떨어져 있고, 마차는 마음대로 다룰 수도 없는 말들이 끄는데? 이 말들이 이제 어떻게 한 셈인지 고삐를 느슨하게 풀고, 창문을, 나도 어떻게 그럴 수 있는지 모르겠으나, 밖에서 쳐서 열어젖힌다. 그들은 각자 자기가 연 창문으로 머리를 들이밀고는 식구들의 비명에도 꿈쩍하지 않고 환자를 바라본다. '당장 돌아가야지.' 마치 말들이 떠나자고 하기라도 한 듯이 나는 이렇게 생각한다. 하지만 내가 더위에 마비되었다고 믿은 누나는 내 모피 외투를 벗기고 나는 그렇게 하도록 내버려 둔다. 럼주 한 잔이 나온다. 노인은 내 어깨를 두드린다. 자기 보물을 헌납했으니 이렇게 친밀하게 굴어도 된다는 식이다. 나는 머리를 흔든다. 노인의 편협한 사고방식에 속이 메슥거릴 지경이다. 오직 이 이유에서 나는 술 마시기를 거절한다. 어머니는 침대 곁에 서서 나를 부른다. 나는 그 부름에 따르고, 말 한 마리가 방의 천장을 향해 히힝거리는 와중에 머리를 소년의 가슴에 댄다. 소년은 나의 젖은 수염 아래서 바르르 떤다. 내가 알고 있는 사실이 확인된다. 소년은 건강한 것이다. 약간 혈액 순환이 좋지 않고, 어머니가 돌보면서 가져다 준 커피에 절기는 했지만, 그래도 건강한 상태다. 그저 한 번 툭 차서 침대에서 쫓아내는 게 최선일 정도다. 나는 세상을 개혁하는 사람도 아니고, 소년이 그냥 누워 있게 내버려 둔다. 나는 군(郡)에 고용되어 변두리 지역까지, 거의 과하다 싶은 곳에 이르기까지 내 의무를 다하고 있다. 봉급도 형편없지만, 나는 그래도 인색하지 않고, 가난한 사람들을 기꺼이 돕는다. 거기다가 로자도 돌봐야 하니, 그러면 소년 말이 맞을지도 모른다. 나 역시 죽으련다. 이 끝없는 겨울에 여기서 무얼 하고 있는 것이냐! 내 말은 죽었고 마을에는 내게 말 한 마리 빌려 줄 사람이 없다. 그래서 마차 끌 말을 돼지우리에서 빼내야 한다. 우연히 말이 거기 없었다면 암퇘지를 몰고 왔어야 하리라. 이런 형편이다. 나는 식구들에게 고개를 끄덕인다. 그들은 이런 일은 알지도 못한다. 그리고 설사 안다 한들 믿으려 들지도 않을 것이다. 처방전을 쓰는 것은 쉽지만 그 외에 사람들과 소통하는 것은 어렵다. 자, 이것으로 내 왕진은 끝난 듯하다. 사람들이 또 한 번 불필요하게 나를 부른 것이다. 나는 이런 일에 익숙해 있다. 군 전체가 내 야간 벨을 이용해서 나를 괴롭힌다. 하지만 이번에는 로자까지 바쳐야 했다. 오랜 세월 동안 내 주의도 거의 끌지 못한 채 내 집에서 살아온 이 아름다운 처녀 — 이 희생은 너무나 크다. 그러니 나는 어떻게든 머릿속에서 임시변통으로 억지스런 궤변을 지어내서라도 상황을 합리화하여, 이 가족에게 달려들지 않도록 해야 한다. 이들이 아무리 선의를 가진다 해도 로자를 되돌려 줄 수는 없는 노릇이니까. 나는 손가방을 닫고 모피 외투를 향해 손짓을 한다. 식구들은 모여 서서 아버지는 손에 든 럼주 잔을 홀짝거리고, 어머니는 아마 내게 실망한 나머지 — 아니, 사람들은 무슨 기대를 하는 거야? — 눈물을 글썽이며 입술을 깨물고, 누나는 심하게 피 묻은 손수건을 흔든다. 그런데 그 순간 나는 어쩐지 경우에 따라서 소년이 혹시 아플지도 모른다는 것을 인정할 마음이 된다. 나는 그에게 간다. 그는 마치 내가 아주 진한 수프를 가지고 온다고 믿는 양 나를 향해 미소를 짓는다. 아, 이제 두 말이 히힝 하고 운다. 이 소리는 아마도, 높은 곳의 명령에 따라, 진찰을 더 쉽게 해 주기 위한 것이리라. 이제 나는 발견한다. 그래, 소년은 아프다. 오른쪽 옆구리, 허리께에 손바닥 크기만 한 상처가 벌어져 있다. 장밋빛, 다양한 음영, 깊은 곳은 어둡고, 가장자리로 오면서 밝아진다. 부드러운 돌기로 오돌토돌하고, 불규칙하게 피가 뭉쳐 있으며, 마치 땅 위의 광산처럼 열려 있다. 멀리서 보면 그렇다. 가까이서 보면 더 심각한 모습이 드러난다. 그 누가 그걸 바라보며 나직하게 한숨을 쉬지 않을 수 있으랴? 벌레들이다. 두께와 길이가 내 새끼손가락만 한, 자기 피와 바깥의 피로 얼룩져 장밋빛을 띤 벌레들, 상처의 안쪽에 붙은 채, 조그만 하얀 대가리들, 수많은 다리로 빛을 향해 꿈틀거리며 나온다. 불쌍한 애야. 너는 구해 줄 길이 없구나. 나는 네 커다란 상처를 발견했다. 네 옆구리에 있는 이 꽃 때문에 너는 파멸해 간다. 식구들은 행복해한다. 그들은 내가 뭔가 하는 것을 보고 있는 것이다. 누나는 어머니에게 말하고 어머니는 아버지에게, 아버지는 발꿈치를 들고 두 팔을 벌려 균형을 잡으면서 열린 문으로 비치는 달빛을 통해 들어오는 몇몇 손님들에게 말한다. "날 구해 줄 거예요?" 자기 상처 속의 생명에 완전히 눈이 먼 소년은 훌쩍거리며 이렇게 속삭인다. 내 지역 사람들은 이런 식이다. 늘 의사에게 불가능한 것을 요구하는 것이다. 그들은 과거의 신앙을 잃어버렸다. 사제는 집에 앉아서 제의(祭衣)를 차례차례 찢어 버리고 있다. 하지만 의사는 수술을 위해 훈련된 그 부드러운 손으로 모든 걸 해내야 한다. 그래, 그러려면 그러라지. 내가 그러겠다고 자청한 것은 아니다. 댁들이 나를 신성한 목적에 소모하고자 한다면, 나는 그렇게 하도록 내버려 두겠소. 나, 늙은 시골 의사가 무슨 더 좋은 걸 바라겠나. 내 하녀도 빼앗긴 마당에! 이제 그들이 온다. 식구들과 마을의 장로들이. 그이. 그리고 나의 옷을 벗긴다. 교사가 이끄는 학교 합창단이 집 앞에 서서 극도로 단순한 멜로디의 노래를 다음 가사에 맞추어 부른다.

그의 옷을 벗겨라, 그러면 그는 치유하리라,
치유하지 못한다면 그를 죽여라!
그저 의사일 뿐, 그저 의사일 뿐.

이어서 나는 옷이 벗겨졌고, 손가락을 수염 속에 넣고 고개를 기울인 채 사람들을 가만히 쳐다본다. 나는 전적으로 침착하고, 모든 사람보다 우위에 있으며, 그 상태를 유지한다. 그런다고 무슨 소용이 있는 것도 아니지만. 이제 그들은 내 머리와 발을 잡고서 나를 침대로 들고 가서는 벽 쪽, 상처 옆자리에 눕힌다. 그러고 나서 모두들 방에서 나간다. 문이 닫힌다. 노랫소리가 그친다. 구름은 달을 가리고 나선다. 이불이 따뜻하게 나를 감싼다. 창의 구멍 속에서 말들의 머리가 그림자처럼 흔들거리고 있었다. "알아?" 내 귀로 이런 말이 들린다. "나는 댁을 거의 신뢰하지 않아. 댁이야 그저 어디선가 떨쳐졌을 뿐이지, 제 발로 온 게 아니잖아. 돕기는커녕 내 임종의 자리만 비좁게 만들고. 댁의 눈을 후벼 파낸다면 소원이 없겠어." "맞아." 나는 말한다. "이건 치욕이야. 그런데 나는 의사거든. 내가 어떻게 해야겠니? 믿어줘. 나도 쉽지 않을 거야." "이런 변명에 만족하라는 말인가? 아, 아마 그래야겠지. 나는 항상 만족해야 해. 아름다운 상처를 가지고 나는 세상에 태어났어. 내가 가진 장비라고는 그게 전부지." "젊은 친구," 나는 말한다. "네 실수는 넓은 안목이 없다는 거야. 내가 넓은 세상 모든 병자들의 방에 가 본 사람으로서 너한테 말해 줄게. 네 상처도 그렇게 심한 건 아니야. 도끼의 각을 날카롭게 세우고 두 번 찍어서 만들어진 거지. 많은 이들이 옆구리를 대보지만 숲속의 도끼질 소리조차 거의 듣지 못해. 도끼가 접근해 오는 건 고사하고 말이야." "정말 그렇다고? 아니면 열병의 와중에 나를 기만하는 건가?" "정말이야. 공의의 명예를 걸고 하는 말을 받아들이고 가거라." 그는 내 말을 받아들이고 조용해졌다. 하지만 이제는 나의 구원을 생각해야 할 시간이었다. 말들은 아직 충직하게 제자리를 지키고 있었다. 옷, 모피, 가방을 급하게 쓸어 모았다. 옷을 입느라 지체할 생각은 없었다. 말들이 이리로 달려올 때처럼 서둘러 준다면야, 나는 이 침대에서 거의 바로 나의 침대로 뛰어들 것이다. 말 한 마리가 고분고분하게 창에서 물러섰다. 나는 짐 꾸러미를 마차 안으로 던졌다. 모피 외투는 너무 멀리 날아가서 한쪽 소매만 고리에 걸렸다. 그 정도면 됐다. 나는 말 위로 뛰어올랐다. 고삐는 느슨하게 질질 끌리고, 한 말은 다른 말과 거의 엮여 있지 않고, 마차는 우왕좌왕하며 뒤를 따르고, 맨 끝에 모피 외투가 눈에 묻힌 채 끌려왔다. "자, 힘차게!" 하고 내가 말했다. 하지만 힘차게 가지지 않았다. 마치 늙은이처럼 우리는 눈밭을 천천히 나아갔다. 우리 뒤에서 오랫동안 아이들의 새로운, 하지만 다른 노래가 울려왔다.

기뻐하라, 환자들아,
의사가 너희 침대 속에 눕혀졌으니!

그렇게 해서 나는 끝내 집에 돌아가지 못한다. 번창하는 내 진료소는 망했다. 후임자가 내 자리를 훔치지만, 쓸데없는 짓이다. 그는 나를 대신할 수 없기 때문이다. 내 집에서는 구역질 나는 마부가 날뛰고 있다. 로자는 그의 희생양이다. 나는 이에 대해 깊이 생각하고 싶지 않다. 이 늙은이는 벌거벗은 채, 극도로 불행한 시대의 서릿발을 맞으며 현세의 마차와 비현세적인 말들과 함께 이리저리 헤매고 있다. 내 모피 외투는 마차 뒤에 걸려 있지만, 내 손은 거기까지 닿지 않는다. 그리고 움직이는 환자들의 무리 가운데 그 누구도 손가락 하나 까딱하지 않는다. 속았다! 속았어! 한번 잘못 울린 야간 벨 소리에 따라나섰다가 — 다시는 되돌릴 수 없구나.

# 관람석에서

어떤 허약한 폐병쟁이 여자 곡마사가 무대 위에서 지칠 줄 모르는 관중을 앞에 두고 흔들리는 말 위에 앉아 가혹한 단장이 휘두르는 채찍에 쫓기며 몇 개월이고 쉴 새 없이 원을 그린다고 하자. 말 위에서 휙휙 돌며 키스를 보내고 허리를 흔들면서. 그리고 이 공연이, 오케스트라 소리, 환풍기의 소음은 쉼 없이 계속되고 그 사이로 잦아들었다가 다시 일어나곤 하는 박수갈채가 — 이때 박수치는 손은 실은 증기 해머지만 — 섞여 드는 가운데, 점점 더 넓게 열리는 잿빛 미래를 향해 계속된다고 하자. — 그러면 아마도 한 젊은 관람객이 모든 관람석을 지나치며 긴 계단을 내려가서 공연장으로 돌진하고, 계속 공연에 맞추어 울리는 오케스트라의 팡파르 소리를 뚫고 이렇게 외칠 것이다. 멈춰!

하지만 그렇지 않기 때문에, 제복을 입은 자부심 강한 하인들이 앞에서 커튼을 열면 희고 붉은 빛의 아름다운 숙녀가 사뿐히 들어오기 때문에, 무대 감독이 헌신적 태도로 그녀와 눈을 맞추려

하면서 동물 같은 자세로 그녀를 향해 숨을 쉬기 때문에, 마치 세상에 둘도 없이 사랑하는 손녀가 위험한 길을 떠나기라도 하는 듯이 그녀를 조심스럽게 백마 위로 들어 올리기 때문에, 채찍 신호를 주지 못하고 망설이기 때문에, 결국 거리낌을 극복하고 짝 하는 소리가 나도록 쳐서 신호를 주기 때문에, 말 옆에서 입을 벌린 채 함께 달리기 때문에, 여곡마사의 점프를 날카로운 시선으로 지켜보기 때문에, 그녀의 기교를 거의 이해할 수 없기 때문에, 영어로 외치며 경고하려고 시도하기 때문에, 성을 내면서 고리를 쥐고 있는 마부에게 세심한 주의를 요구하기 때문에, 대단한 공중제비 묘기를 선보이기 전에 손을 들어 오케스트라를 향해 침묵을 당부하기 때문에, 결국 그 작은 여자를 떨고 있는 말에서 들어 올려 두 볼에 키스하고 관중들의 어떤 찬사도 불충분한 것으로 여기기 때문에, 한편 그녀 자신은 그에게 의지하면서 까치발로 서서 주위에 먼지가 이는 가운데 팔을 뻗고 작은 머리를 뒤로 젖히며 그녀의 행복을 서커스단 전체와 함께하려고 하기 때문에. —사정이 이렇기 때문에 관람객은 얼굴을 난간에 대고 마치 깊은 꿈속에 잠기듯 마지막 행진곡 속에 잠기면서 운다. 운다는 의식도 없이.

# 낡은 책장

우리 조국의 방위는 소홀한 점이 많은 것 같다. 우리는 지금까지 이 문제에 별 신경을 쓰지 않고, 그저 각자 할 일을 하며 살아왔다. 하지만 최근의 사건들은 근심을 불러일으킨다.

나는 황궁 앞 광장에서 제화 공방을 운영하고 있다. 새벽에 가게 문을 열기가 무섭게 여기로 이어지는 모든 골목 입구마다 무장 군인들이 점령하고 있는 것이 보인다. 그런데 이들은 우리 군인이 아니고 분명 북방에서 온 유목민들이다. 나로서는 이해할 수 없는 방식으로 그들은 수도까지 침투해 왔다. 수도는 국경에서 상당히 멀리 떨어져 있는데도 말이다. 어쨌든 그들은 여기 와 있다. 그리고 아침마다 그 수는 늘어나는 것처럼 보인다.

그들은 본성에 맞게 노천에서 숙영하고 있다. 그들은 주택을 혐오하기 때문이다. 그들은 열심히 칼에 날을 세우고, 화살촉을 뾰족하게 갈고, 마상 훈련을 한다. 조용하고, 항상 세심한 관리로 청결이 유지되는 이 광장을 그들은 말 그대로 돼지우리로 만들어 버렸다. 우리는 때때로 가게에서 뛰쳐나와 적어도 너무 심한 오물이라도 치워 보려고 하지만 그런 일도 점점 드물어지고 있다. 왜냐하면 그렇게 해봤자 소용도 없고, 심지어 사나운 말발굽에 깔리거나 채찍에 맞아 다칠 위험까지 감수해야 하기 때문이다.

유목민들과 이야기하는 것은 불가능하다. 그들은 우리의 언어를 알지 못할 뿐만 아니라, 고유의 언어도 없는 것이나 마찬가지다. 그들이 서로 의사소통하는 방식은 까마귀들의 방식과 유사하다. 늘 들려오는 것은 이런 까마귀의 외침뿐이다. 그들은 우리의 생활 방식, 우리의 시설을 이해하지 못할 뿐만 아니라 그것에 관심을 보이지도 않는다. 따라서 그들은 모든 기호 언어에 대해서도 거부 반응을 보인다. 턱이 빠지도록 이야기를 하고, 팔이 삐도록 손짓을 해봤자 그들은 아무것도 이해하지 못하고, 앞으로도 결코 이해하지 못할 것이다. 그들은 자주 얼굴을 찡그린다. 그러면 눈의 흰자위가 돌아가고 거품이 입에서 뿜어져 나온다. 하지만 그렇게 해서 무슨 말을 하려고 하는 것도 아니고 그렇다고 겁을 주려는 것도 아니다. 그게 그들의 방식이니까 그렇게 할 뿐이다. 그들은 필요로 하는 것을 가져간다. 그들이 폭력을 행사한다고 말할 수는 없다. 그들이 공격하기 전에 이미 사람들은 옆으로 물러서며 모든 것을 그들에게 넘겨주기 때문이다.

그들은 내 재고 가운데서도 상당한 양을 집어 갔다. 하지만 예를 들어 건너편 고깃간에서 무슨 일이 벌어지는지 관찰해 보면 나는 그리 불평할 형편이 아니다. 고깃간 주인이 물건을 가져오기가 무섭게 유목민들이 다 빼앗아 먹어 치운다. 그들의 말도 고기를 처먹는다. 종종 기병이 자기 말 옆에 나란히 눕고 둘이 같은 고기 조각의 양쪽 끝을 뜯어 먹기도 한다. 푸주한은 무서워서 감히 고기 배달을 중단하지 못한다. 하지만 우리는 그걸 이해하고 함께 돈을 모아 그를 지원해 준다. 만일 유목민들이 고기를 못 구한다면 그들이 무슨 짓을 저지르게 될지 누가 알랴. 물론 그들이 매일 고기를 얻는다고 해도 또 무슨 짓을 할지 누가 알랴.

최근에 푸주한은 적어도 도축하는 수고는 덜 수 있을 거라는 생각에 아침에 살아 있는 황소를 데리고 온 적이 있다. 그는 두 번 다시 그런 시도를 해서는 안 될 것이다. 나는 내 공방 제일 뒤쪽에 족히 한 시간은 납작 엎드려 내 옷과 이불과 방석을 전부 꺼내 덮어쓰고 있었다. 수소의 비명 소리를 듣지 않기 위해서 말이다. 유목민들은 사방에서 수소에게 달려들어 따뜻한 고기 조각을 이로 뜯어 먹었던 것이다. 잠잠해진 지 한참이 지나서야 나는 겨우 바깥으로 나가 볼 엄두가 났다. 마치 술통 주위의 술꾼들처럼 그들은 소의 잔해 주위에 지쳐 널브러져 있었다.

바로 그때 나는 궁궐의 어느 창에 황제가 몸소 나와 있는 것을 본 듯했다. 황제는 보통 궁궐의 바깥쪽 방으로는 절대 나오지 않고 언제나 가장 내밀한 정원에만 기거한다. 하지만 이번에는 황제가, 적어도 내게는 그렇게 보였는데, 창가에서 고개를 숙인 채 궁성 앞에서 벌어지는 광경을 내려다보고 있었던 것이다.

"앞으로 어찌 될 것인가?" 우리는 모두 이렇게 자문해 본다. "얼마나 더 이런 고역을 견뎌 내야 할 것인가? 황궁은 유목민들을 꾀어 들였지만 그들을 다시 쫓아낼 방법은 알지 못한다. 문은 굳게 잠겨 있다. 예전에 늘 화려하게 행진하며 문을 드나들던 경비병들은 창살이 달린 창 뒤에서 나오지 않는다. 조국의 구원은 우리 수공업자와 상인들의 손에 맡겨져 있다. 그러나 우리는 그런 과업을 감당할 힘이 없는 것이다. 그럴 힘이 있다고 큰소리친 적도 없다. 그건 오해일 뿐이고 우리는 그런 오해로 인해 몰락해 간다."

# 법 앞에서

법 앞에 문지기가 한 명 서 있다. 이 문지기에게 어떤 시골 남자가 찾아와서 법 안으로 입장하게 해 달라고 청한다. 그러나 문지기는 지금은 입장을 허락할 수 없다고 말한다. 남자는 생각해 보다가 그럼 나중에는 들어갈 수 있겠느냐고 묻는다. "그건 가능하지" 하고 문지기는 대답한다. "하지만 지금은 안 돼." 그런데 법으로 가는 문은 언제나처럼 열려 있고 문지기도 옆으로 비켜서기에, 남자는 문을 통해 안을 들여다보기 위해 몸을 굽힌다. 문지기는 이를 알아차리고 웃으며 다음과 같이 말한다. "네가 거기에 그렇게 끌린다면 나의 금지령을 무릅쓰고 한번 들어가 봐. 하지만 내게 힘이 있다는 사실을 잊지 말게. 게다가 나는 최하급 문지기에 지나지 않지. 홀과 홀을 지날 때마다 문지기가 지키고 있는데, 그들의 힘은 갈수록 강해지지. 세 번째 문지기만 되어도 벌써 나조차 그 모습을 쳐다볼 수 없을 지경이거든." 남자는 그런 어려움이 있으리라고는 예상하지 못했다. 법은 언제나, 누구에게나 개방되어 있어야 한다고 그는 생각한다. 하지만 모피 외투를 입고 있는 문지기를, 그의 뾰족코와 길고 가늘고 검은 타타르식 수염을 더 자세히 바라보며, 그래도 입장 허가가 내려지기를 기다리기로 결심한다. 문지기는 그에게 걸상 하나를 주고 문 옆쪽으로 앉게 한다. 남자는 걸상에 앉아 오랜 세월을 보낸다. 그는 입장을 허락받기 위해 무수한 시도를 하며, 청원을 통해 문지기를 지치게 한다. 문지기는 종종 간단한 신문을 한다. 그는 남자의 고향이라든가 기타 등등의 사항에 대해 물어 보지만, 그건 모두 높으신 나리들이 하는 무심한 질문들에 지나지 않는다. 그리고 그는 끝에 가서는 언제나 아직 들여보내 줄 수 없다고 말한다. 여행을 위해 많은 것을 준비해 온 남자는 아무리 귀중한 것이라도 문지기의 마음을 움직이기 위해서라면 무엇이든 뇌물로 바친다. 문지기는 전부 받아 챙기면서도 이렇게 말한다. "이렇게 받아두는 건, 네가 혹시나 뭔가 할 수 있는 일을 하지 않았다고 생각하지 않도록 하기 위해서일 뿐이야." 여러 해 동안 남자는 문지기를 거의 쉬지 않고 관찰한다. 그는 다른 문지기는 잊어버린 채, 이 문지기가 법 안으로 들어가는 것을 막는 유일한 장애물이라고 생각한다. 그는 이런 불운을 저주하는데, 처음 몇 년 동안은 눈치 없이 크게 소리치지만, 나중에 늙어서는 그저 혼자 중얼거릴 뿐이다. 그는 어린애처럼 된다. 그는 오랜 세월 동안 문지기를 연구한 끝에 그의 모피 외투 깃에 사는 벼룩들도 알아보았기 때문에 이 벼룩들에게까지 자신을 도와 문지기의 마음을 바꾸어 달라고 간청한다. 결국 그는 시력이 약해져 주변이 정말 어두워진 것인지 아니면 자신의 눈이 착각을 일으킨 것인지도 구별할 수 없게 된다. 그러나 그는 이제 어두운 가운데 법의 문에서 꺼지지 않을 듯이 빛나는 광휘를 알아본다. 이제 살날도 얼마 남지 않았다. 죽음을 앞두고 그의 머릿속에서는 그동안의 모든 경험들이 한데 모여 지금까지 문지기에게 한 번도 하지 않았던 하나의 질문이 나온다. 그는 굳어 가는 몸을 더 이상 일으킬 수 없으므로 문지기에게 손짓을 한다. 문지기는 남자를 향해 몸을 깊이 숙여야 한다. 키 차이가 그동안 남자에게 불리한 쪽으로 훨씬 더 벌어졌기 때문이다. "뭘 또 알고 싶은가?" 문지기는 묻는다. "넌 욕심이 끝도 없구나." "모든 사람이 법을 추구하는데," 남자는 말한다. "어째서 그 오랜 세월 동안 나 말고 입장을 요구한 사람이 아무도 없었는가?" 문지기는 남자가 이미 생의 마지막에 와 있음을 알아차리고 자신의 말이 남자의 사라져 가는 청각에가 닿도록 소리를 지른다. "여기서는 너 외에 아무도 입장을 허락받을 수 없었어. 왜냐하면 이 입구는 오직 너만 들어가도록 정해진 입구였거든. 난 이제 가서 문을 닫아야지."

# 자칼과 아랍인

우리는 오아시스에서 야영을 했다. 동료들은 잠들어 있었다. 키 크고 흰 피부의 아랍인이 내 옆을 지나갔다. 그는 낙타를 돌봐 준 다음 잠자리로 갔다.

나는 풀밭에 몸을 던져 누웠다. 나는 자려 했으나 잘 수 없었다. 멀리서 들리는 자칼 한 마리의 애처로운 울부짖음. 나는 다시 일어나 앉았다. 그러자 그렇게 멀리 떨어져 있던 것이 순식간에 가까워졌다. 한 떼의 자칼이 내 주위에 와 있었던 것이다. 윤기 없는 금빛을 번득이는, 꺼져 가는 듯한 눈, 마치 채찍에 따르기라도 하듯 규칙적으로 움직이는 홀쭉한 몸.

한 녀석이 뒤에서부터 내 팔 아래를 통과하여 나한테 바싹 몸을 들이댔다. 마치 내 온기를 필요로 하기라도 하는 것처럼. 그러고는 내 앞으로 나서더니 나와 거의 정면으로 마주 보며 다음과 같이 말했다.

"나는 이 넓은 지역을 통틀어 가장 나이 많은 자칼일세. 여기서 그댈 만나 인사하게 된 것을 기쁘게 생각하네. 난 이미 희망을 접은 터였는데. 우린 그대를 벌써 끝도 없이 오래 기다려 왔으니까. 나의 어머니도 기다렸고 어머니의 어머니도, 그리고 그 위의 모든 어머니들도 기다렸지. 모든 자칼의 어머니에 이르기까지 말이야. 믿어주게!"

"이상한 일이로군." 나는 연기로 자칼들을 쫓기 위해 미리 준비된 장작더미에 불을 붙이는 것도 잊어버린 채 이렇게 말했다. "정말 놀라운 얘기로군. 난 하필이면 저 북쪽 끝에서 왔고 잠깐 여행 중일 뿐이네. 대체 무슨 일인가, 자칼들이여?"

자칼들은 어쩌면 지나치게 친절한 응대에 고무되기라도 한 듯 내 주위를 더 좁게 에워쌌다. 모두들 밭은 숨을 쉬며 씩씩대고 있었다.

"그건 우리도 알고 있다네." 가장 나이 많은 자칼이 말하기 시작했다. "그대가 북쪽에서 온 것이 바로 우리 희망의 근거일세. 북방은 이곳 아랍인들 사이에선 찾을 수 없는 이성이 있는 곳이니까. 이들의 냉혹한 오만에서는 이성의 한 점 불꽃도 일지 않는다네. 그들은 처먹기 위해 짐승을 죽이고 짐승의 시체를 모독하지."

"그렇게 큰 소리로 말하지 말게." 나는 말했다. "근처에 아랍인들이 자고 있으니까."

"그대는 정말 이방인이로군." 자칼이 말했다. "그렇지 않다면 세계 역사상 자칼이 아랍인을 두려워한 적은 한 번도 없다는 걸 알았을 텐데. 우리가 그들을 두려워해야 할까? 우리가 그런 족속 아래 내몰린 것만 해도 충분히 불행한 일이 아니란 말인가?"

"그럴 테지, 그럴 테지," 하고 나는 말했다. "나와 그렇게 거리가 먼 일에 관해 감히 어떤 판단을 내릴 생각은 없네. 아주 오래된 분쟁인 듯하군. 그러니까 아마 핏속에 흐르는 싸움일 테지. 결국 피로써만 끝날 것이고."

"그대는 매우 영리하군." 늙은 자칼이 말했다. 모두들 움직이지 않고 서 있었음에도 불구하고 헐떡이는 허파로 숨을 더 가쁘게 쉬었다. 잠시 이를 악물어야 겨우 견딜 수 있을 만한 고약한 냄새가 벌어진 주둥이에서 흘러나왔다. "그대는 아주 영리해. 그대의 말은 우리의 옛 가르침에 부합하는 것이라네. 그러니까 우리는 그들의 피를 빼앗고 그것으로 분쟁은 끝이 난다는 거야."

"오!" 나는 의도한 것보다 더 거칠게 말이 나왔다. "그들은 저항할 거야. 그들은 엽총을 쏘아 대며 자네들을 떼죽음시킬 거야."

"우리를 오해하는군," 그가 말했다. "저 북쪽 끝에서도 사라지지 않은 인간 특유의 방식으로 말이야. 우리는 그들을 죽이려는 게 아닐세. 그랬다가는 나일 강 물을 다 써도 우리 몸을 깨끗이 씻어 내지 못할 거야. 우리는 그들의 살아 있는 몸을 보기만 해도 더 깨끗한 공기를 찾아 사막으로 달아나지. 사막이 우리의 고향인 것은 그 때문이라네."

그리고 주위의 모든 자칼들은 — 그러는 사이에 멀리서 많은 자칼들이 더 와서 무리에 합류해 있었다 — 앞다리 사이로 머리를 숙이고 발로 머리를 닦았다. 마치 그렇게 해서 어떤 혐오감을 감추려는 듯했다. 그것이 너무나 끔찍해서 나는 펄쩍 뛰어 그들 무리에서 달아나고 싶은 심정이었다.

"그래서 자네들은 뭘 하겠다는 건가?" 나는 이렇게 묻고 일어서려 했다. 하지만 그럴 수가 없었다. 어린 녀석 두 마리가 뒤에서 나의 겉옷과 셔츠를 단단히 물어서 붙들고 있었던 것이다. 나는 그대로 앉아 있어야 했다. "녀석들은 자네의 옷자락을 물고 있네." 늙은 자칼은 진지하게, 해명하듯이 말했다. "존경의 표현이지." "나를 놓아주는 게 좋을 텐데!" 나는 한 번은 늙은 자칼에게, 한 번은 어린 자칼에게 시선을 돌리며 이렇게 소리쳤다. "물론 놓아줄 걸세." 늙은 자칼이 말했다. "그대가 요구한다면 말이야. 하지만 약간 시간이 필요하네. 녀석들은 예법에 따라 깊숙이 물었고 아래위의 이빨을 서서히 떼어야 하거든. 그러는 사이에 우리의 청원을 듣고 있게." "자네들의 행태를 보면 그런 걸 들을 기분이 많이 나지는 않는군" 하고 나는 말했다. "우리의 서투름을 용서해 주게나." 그는 이렇게 말하고 처음으로 비탄의 음조를 띤 자신의 본 목소리를 동원하기 시작했다. "우리는 불쌍한 짐승이라네. 우리가 가진 것이라고는 이빨밖에 없어. 우리가 무얼 하려 하든, 좋은 일이든 나쁜 일이든, 쓸 수 있는 게 이빨밖에 없단 말이네." "그러니 뭘 원하는 건가?" 하고 나는 물었다. 마음이 그리 많이 누그러지지는 않았지만.

"신사 양반," 그가 외쳤다. 모든 자칼들이 울부짖었다. 그것은 아주아주 먼 곳의 멜로디처럼 느껴졌다. "신사 양반, 세계를 분열시키는 이 분쟁을 종식시켜 주게나. 우리 조상들은 그 일을 해낼 사람을 묘사해 놓았는데, 바로 그대 모습 그대로라네. 우리는 아랍인에게서 벗어나 평화를 누려야 해. 숨 쉴 만한 공기가 필요하고,

지평선 멀리까지 그들이 보이지 않아야 하네. 아랍인들에게 도살당하는 숫양의 비명 소리가 사라지고, 모든 짐승들이 평온하게 죽어 가야지. 아무 방해 없이 우리가 그것들을 마지막 한 방울까지 마시고 뼈까지 깨끗이 해치워야 해. 깨끗함. 우리가 원하는 건 깨끗함뿐이니까." 그러자 모든 자칼들이 울고 훌쩍거리기 시작했다. "그대는 어찌 이 세상에서 견디고 있나? 그대, 고귀한 심장과 달콤한 내장이? 그들의 흰색도 더럽고, 그들의 검정도 더럽네. 그들의 수염은 공포야. 그들의 눈꼬리를 보면 침을 뱉을 수밖에 없다네. 그들이 팔을 들어 올리면 겨드랑이 움푹한 데서 지옥이 열리네. 그러니 오 신사여, 그러니 오 소중한 신사여, 모든 것을 할 수 있는 그대의 손으로, 모든 것을 할 수 있는 그대의 손으로 이 가위를 들어 그들의 목을 따게!" 그리고 그가 고개를 한 번 까딱하자 이 신호에 따라 자칼 한 마리가 송곳니로 오래된 녹이 덮인 작은 재봉 가위를 물고 달려왔다.

"그래, 결국 가위까지 나왔구나. 이제 그만해!" 우리 대상(隊商)을 이끄는 아랍인 안내인이 소리쳤다. 그는 바람을 맞으며 우리 쪽으로 살금살금 다가와서 거대한 채찍을 휘둘렀다.

모두들 후다닥 달아났다. 하지만 그들은 약간 떨어진 곳에 멈추고는 거기서 웅크린 채 서로 꼭 붙어 있었다. 그 많은 짐승들이 그렇게 꼭 붙어서 꼼짝하지 않고 있으니까 마치 주위로 도깨비불이 날아다니는 좁다란 울타리처럼 보였다.

"그래서, 신사 양반, 당신도 이 연극을 보고 들었군." 아랍인은 이렇게 말하고는 자기네 종족의 조심스런 성질이 허락하는 한도에서 유쾌하게 웃었다. "그럼 당신은 이 짐승들이 뭘 원하는지 아나?" 나는 물었다. "물론이지, 선생." 그는 말했다. "그건 누구나 다 알고 있는 일인걸. 아랍인이 존재하는 한 이 가위는 사막을 돌아다닐 거야. 우리와 함께 최후의 날까지. 유럽 인은 누구나 위대한 과업을 위해 이 가위를 제공받지. 녀석들에게는 모든 유럽 인이 바로 그런 소명을 받은 자로 보인다니까. 이 짐승들은 터무니없는 희망을 가지고 있다네. 미친놈들, 진짜 미친놈들이야. 그래서 우린 녀석들을 사랑한다네. 녀석들은 우리의 개야. 당신네 개보다 더 멋진. 자. 밤에 낙타 한 마리가 죽었네. 내가 그걸 이리로 가져오라 했지."

네 명의 인부가 와서 무거운 낙타의 사체를 우리들 앞에 던져 놓았다. 낙타가 오자마자 자칼들은 목소리를 높이기 시작했다. 마치 한 마리 한 마리 모두 밧줄에 묶여 거역하지 못하고 끌려오기라도 하는 것처럼 그들은 주춤주춤 바닥에 몸을 끌면서 다가왔다. 그들은 아랍인을 잊었고 증오도 잊었다. 강렬한 악취를 풍기는 사체가 눈앞에 나타나 다른 모든 것을 지워 버리고 그들을 매혹시켰다. 한 마리가 벌써 목 부분에 달라붙어서 이빨로 당장에 동맥을 찾아냈다. 마치 압도적인 불을 꺼 보려고 필사적이고도 절망적으로 미친 듯 몸부림치는 작은 펌프처럼, 녀석의 몸의 모든 근육은 제자리에서 불끈 불끈거렸다. 그리고 이내 모든 자칼들이 시체 위에서 똑같은 작업에 한창 열을 올리고 있었다.

이때 아랍인 안내자가 매운 채찍으로 그들을 마구 내리쳤다. 그러자 그들은 고개를 들고, 반쯤은 도취와 무기력 상태에 빠진 채,

아랍인들이 앞에 서 있는 것을 보았다. 주둥이로 채찍이 날아왔다. 그들은 펄쩍 뛰어 물러서며 한참을 뒤로 달려갔다. 그러나 낙타의 피가 이미 곳곳에 웅덩이져 김을 피워 올렸고, 사체는 곳곳이 활짝 벌어져 있었다. 그들은 유혹을 참지 못하고 다시 돌아왔다. 안내자가 다시 채찍을 들었다. 나는 그의 팔을 붙들었다.

"당신이 맞아, 선생," 그가 말했다. "저들이 제 일을 하게 내버려두지. 어차피 출발할 시간이군. 당신도 녀석들을 봤지. 정말 멋진 짐승들이 아닌가? 녀석들이 우리는 또 어찌나 미워하는지!"

# 광산의 방문

오늘은 고위 기술자들이 우리가 있는 이 아래쪽에 다녀갔다. 새로운 갱도를 건설하라는 경영진의 지시가 있었고, 기술자들이 일단 최초의 측량을 하기 위해 내려왔던 것이다. 이들은 얼마나 젊고 또 어찌나 서로 다른지! 그들은 모두 자유롭게 성장하여 젊은 나이에 벌써 뚜렷하고 분명한 성격을 분방하게 드러내고 있다.

그중 한 남자는 검은 머리에 활달한 성격으로, 눈길을 사방으로 돌려 댄다.

두 번째 남자는 노트를 들고 걸어가면서 노트에 뭔가 적어 넣는다. 이리저리 둘러보면서 비교하고 노트한다.

세 번째 남자는 손을 상의 주머니에 넣어 옷 전체를 아주 팽팽히 당기고는 꼿꼿한 자세로 걷는다. 그는 품위를 지킨다. 다만 입술을 끊임없이 깨무는 데서 억누를 수 없는 청춘의 초조함이 드러날 뿐이다.

네 번째 남자는 세 번째 남자가 요구하지도 않았는데 이런저런 설명을 해 준다. 그는 자기보다 큰 세 번째 남자 옆에서 마치 유혹자처럼 따라다니면서 검지를 늘 허공을 향해 들고는 보이는 모든 것에 대해 장황한 이야기를 늘어놓는 것처럼 보인다.

다섯 번째 남자는 아마 이들 중 제일 높은 사람인 것 같은데 누가 옆에 같이 가는 것을 용납하지 않고 한 번은 앞장을 서다가 한 번은 뒤따라 가다가 한다. 다른 기술자들은 걷는 속도를 그에게 맞춘다. 그는 안색이 창백하고 허약하다. 책임의 무게가 그의 눈을 멍하게 만들었다. 그는 숙고할 때면 종종 손으로 이마를 누른다.

여섯 번째 남자와 일곱 번째 남자는 다소 구부정한 자세로 머리를 서로 기대고 팔짱을 낀 채 친밀한 대화를 나누며 걷는다. 여기가 우리의 탄광이 아니라면, 가장 깊은 갱도 속에 있는 우리 작업장이 아니라면, 사람들은 깡마르고 수염이 없는 데다 코가 큰 이들 신사를 젊은 사제라고 믿을 수도 있을 것이다. 둘 중 한 명은 대개 고양이처럼 그르렁거리며 속으로 삼키듯이 웃는다. 다른 사람은 마찬가지로 미소를 지으면서 대화를 끌어가는데 이때 자신의 말에다 팔짱을 끼지 않은 손으로 어떤 박자를 넣는다. 이 두 신사는 스스로의 자리에 대해 얼마나 안심하고 있길래, 또는 어린 나이에도 불구하고 벌써 얼마나 많은 공적을 우리 광산을 위해 쌓았길래, 그토록 중요한 임무 수행 중에, 그것도 상관이 지켜보는 가운데 꿋꿋하게 그저 사적인 문제에, 혹시 사적인 것은 아니라 할지라도 적어도 당장의 과업과는 관련이 없는 문제에 골몰할 수 있는 것일까. 아니면 그들은 그렇게 웃어 대고 한눈을 팔면서도 필수적인 사항은 충분히 잘 파악하고 있는 것일까? 그런 신사들에 대해 감히 어떤 확정적인 판단을 내린다는 것은 거의 불가능하다.

그래도 역시 의심의 여지가 없는 것은 예컨대 여덟 번째 남자가 이 두 신사와는 비교할 수 없을 정도로, 그리고 다른 모든 신사들과 비교해도 더 열심히 작업에 임하고 있다는 사실이다. 그는 모든 것을 반드시 만져 보고 또 두드려 본다. 그러느라 작은 망치를 주머니에서 꺼냈다가 다시 집어넣기를 반복하는 것이다. 그는 우아하게 차려입었으면서도 때때로 무릎을 꿇고 더러운 바닥을 두드린다. 그러다가 다시 일어나 걸어가면서는 벽이나 머리 위의 천장을 두드린다. 한번은 그가 길게 눕더니 꼼짝하지 않고 그대로 있었다. 우리는 그가 무슨 변을 당한 게 틀림없다고 생각했다. 하지만 그때 그는 약간 움찔하며 그 호리호리한 몸을 벌떡 일으켜 세웠다. 그러니까 그는 그저 또 뭔가를 탐사했던 것이다. 우리는 우리 광산과 그 속의 암석을 잘 안다고 생각하지만, 이 기술자가 여기서 무엇을 이런 방식으로 끝없이 조사하는지는 잘 이해가 되지 않는다.

아홉 번째 남자는 측정 기구를 실은 무슨 유모차 같은 것을 밀고 간다. 굉장히 값비싼 기구들이 아주 부드러운 솜에 깊이 파묻혀 있다. 이런 수레는 원래 하인이 밀어야 마땅한 것이지만, 이 일은 하인에게 맡겨지지 않는다. 그 대신 기술자가 나서야 했고 보는 바와 같이 그는 기꺼이 이 일을 한다. 그는 아마도 제일 어린 것 같다. 어쩌면 아직 모든 기구들을 다 이해하지도 못할 것이다. 그러나 그의 시선은 줄곧 기구들에만 향하고 있어서 때때로 수레가 벽에 부딪힐 뻔하기도 한다.

그러나 또 한 명의 기술자가 수레 옆을 따라가면서 충돌을 막아 준다. 이 사람은 분명 기구들을 철저히 이해하고 있으며, 이 기구들의 원래 관리인인 것처럼 보인다. 그는 때때로 수레를 세우지 않은 채로 기구들에서 부품 하나를 꺼내어 들여다보고, 나사를 풀었다가 조이고, 흔들어 보고 두드려 보고 귀에 대고 소리를 들어 보기도 한다. 그러고는 마지막으로, 수레 미는 사람이 대체로 가만히 서 있는 동안, 멀리서는 거의 보이지도 않는 그 작은 물건을 아주 조심조심 다시 수레에 내려놓는다. 이 기술자는 다소 권위적이지만 다만 기구들의 명분으로만 그러하다. 우리는 수레 앞 열 발짝 거리에서부터 벌써 무언의 손가락 신호에 따라 옆으로 비켜서야 한다. 비킬 자리가 없는 곳에서조차 말이다.

이 두 신사 뒤로 하는 일이 없는 하인이 간다. 신사들은, 그들의 방대한 지식을 생각하면 당연한 일이지만, 이미 오래전에 모든 오만한 마음을 버렸다. 반면 하인은 오만한 마음을 속에 잔뜩 쌓아 올린 것처럼 보인다. 그는 한 손은 등 뒤에 두고 다른 손으로는 금단추나 제복 상의의 고운 천을 쓰다듬으면서, 가끔씩 왼쪽과 오른쪽으로 고개를 끄덕인다. 마치 우리가 그에게 인사를 하기라도 했다는 듯이, 또는 우리가 인사를 했을 거라고 짐작하지만 그가 서 있는 높은 곳에서는 정말 인사했는지 확인할 길은 없다는 듯이 말이다. 물론 우리는 그에게 인사하지 않는다. 하지만 그의 모습을 보고 있으면 광산 경영진의 사무국 하인이라는 지위가 뭔가 엄청난 것이라는 생각이 들 지경이다. 물론 우리는 그가 지나간 뒤에

웃는다. 하지만 천둥소리가 난다 해도 그는 뒤돌아보지 않을 것이기 때문에, 그는 우리에게 뭔가 이해할 수 없는 존재로서, 경의의 대상으로 남는다.

오늘은 더 이상 일하기 어렵다. 중단의 여파가 너무 크기 때문이다. 그런 방문은 일에 대한 생각마저 전부 휩쓸어 간다. 신사들이 시험 갱도 속으로 사라진 뒤에 그 어둠 속을 들여다보는 것은 대단히 유혹적이다. 우리 조의 작업 시간도 끝나간다. 그러니 우리는 신사들이 나오는 것을 보지는 못할 것이다.

# 이웃 마을

나의 할아버지는 이렇게 말씀하시곤 했다. "인생은 놀라울 정도로 짧구나. 이제 내 기억 속에서 삶은 너무나 작게 쪼그라들어서, 예컨대 어떻게 한 젊은이가 말을 타고 이웃 마을에 갈 결심을 할 수 있는지, 불행한 사고는 논외로 한다고 해도, 행복하게 흘러가는 평범한 인생의 시간조차 그런 나들이를 하기에는 턱없이 부족할 텐데 그게 두렵지도 않은지, 잘 이해하지 못할 지경이다."

# 황제의 전갈

황제가—그러하다고 한다—너, 한 개인, 보잘것없는 백성, 황제의 태양 앞에서 머나먼 곳으로 달아나는 하찮은 그림자, 바로 그런 너에게 황제가 임종의 침상에서 전갈을 보냈다. 그는 전령을 침상으로 불러 무릎을 꿇게 한 다음 그 전갈을 귀에다 속삭였다. 황제로서는 그 전갈이 너무나 중요한 것이었으므로 전령으로 하여금 다시 자기 귀에 대고 말해 보게 했고 고개를 끄덕임으로써 전령이 맞게 말했음을 확인해 주었다. 그러고 나서 그는 자신의 죽음을 지켜보는 모든 이들 앞에서—접근을 가로막는 모든 장벽은 해체되고 멀리 높이 감아 돌아가는 옥외 계단에 제국의 거물들이 빙 둘러 서 있다—이 모든 사람들 앞에서 전령의 출발을 명했다. 전령은 즉시 길을 떠났다. 강건하고 지칠 줄 모르는 사나이다. 그는 한 번은 이 팔을, 또 한 번은 저 팔을 내뻗으면서 군중들 사이로 길을 내며 나아간다. 그리고 저항에 부딪히면 가슴 위의 태양 표시를 가리킨다. 그는 또한 그 어떤 사람보다도 더 가볍게 전진한다. 하지만 군중은 엄청나다. 그들의 주거 지역도 끝날 줄을 모른다. 탁 트인 들판만 나온다면 그는 그야말로 날아갈 것이고 너는 그가 위풍당당하게 주먹으로 네 문을 두드리는 소리를 곧 듣게 되리라. 하지만 그러기는커녕 그는 얼마나 허망하게 힘을 빼고 있는지. 그는 아직도 몸을 비벼 대며 궁궐의 가장 깊은 내실들을 통과하느라 낑낑대고 있다. 그는 결코 이곳을 넘어서지 못할 것이다. 설사 넘어선다고 한들 나아질 것은 전혀 없다. 그는 계단을 내려가느라 고투해야 할 것이다. 그렇게 내려가는 데 성공한다 한들 나아질 것은 전혀 없다. 궁궐의 정원을 통과해야 한다. 정원들을 지나면 두 번째 궁궐이 둘러싸고 있다. 그리고 다시 계단과 정원이, 그리고 다시 궁전이 있다. 그렇게 계속 수천 년을 가야 한다. 그가 마침내 가장 바깥쪽 궁궐 문 밖으로 뛰쳐나온다면 — 하지만 그런 일은 절대 일어나지 않을 것이다 — 이제 그의 앞에는 겨우 제국의 수도가 나타날 뿐이다. 세계의 침전물이 잔뜩 쏟아져 높이 쌓여 있는 세계의 중심. 아무도 여기를 뚫고 지나갈 수 없다. 하물며 죽은 자의 전갈을 가지고서는. — 하지만 너는 저녁이 오면 너의 창가에 앉아 그 전갈을 꿈꾼다.

# 가장의 근심

어떤 사람들은 오드라데크라는 단어가 슬라브어에서 왔다고 하면서 그것을 근거로 단어의 형성을 해명하려고 시도한다. 다른 한편으로는 이 단어가 독일어에서 왔고 슬라브어는 영향을 미쳤을 뿐이라고 하는 사람들도 있다. 그러나 두 해석의 불확실성을 고려할 때 둘 다 틀렸다고 보는 게 타당할 것이다. 특히나 두 해석 중 어느 쪽을 취하더라도 단어의 의미를 알 수 없으니 말이다.

당연히 오드라데크라고 불리는 것이 실제로 존재하지 않는다면 아무도 그런 연구에 매달리지는 않을 것이다. 그것은 일단 평평한 별 모양의 실패처럼 보인다. 그리고 정말 실이 감겨 있는 것 같기도 하다. 하지만 사실은 그저 서로 묶이거나 뒤얽혀 있는 다양한 종류와 색깔의 낡은 실 쪼가리들에 지나지 않을 것이다. 그러나 그것은 단순한 실패가 아니다. 별의 중심에서 작은 가로 막대가 튀어나와 있고, 이 막대에 직각 방향으로 또 하나의 막대가 붙어 있다. 한쪽으로는 이 두 번째 막대가, 다른 쪽으로는 별의 광선들 중 하나가 받침이 되어, 전체가 마치 두 다리로 선 듯 똑바로 서 있을 수 있는 것이다.

이 구조물을 보고 있으면 예전에 어떤 목적에 합당한 형태를 갖추고 있다가 지금은 부서져서 이렇게 된 것이라고 믿고 싶어진다. 하지만 그건 사실이 아닌 듯하다. 적어도 그렇게 볼 만한 흔적은 남아 있지 않다. 그런 짐작을 가능하게 하는 단서가 되는 부분이나 부서진 자리 같은 것은 어디에도 보이지 않는다. 전체는 무의미해 보이지만 그 나름의 방식으로 완결되어 있다. 그런데 이에 관해서 더 상세하게 말할 수는 없다. 오드라데크는 대단히 민첩해서 붙잡을 수가 없기 때문이다.

그는 다락방, 계단실, 복도, 현관을 번갈아 가며 거처로 삼는다. 그는 가끔 몇 달씩이나 보이지 않기도 하는데, 그럴 땐 아마도 다른 집으로 거처를 옮긴 것이리라. 하지만 그러고 나면 반드시 우리 집으로 돌아온다. 때때로 우리가 문을 나서면 오드라데크가 바로 계단 아래 난간에 기대고 서 있는데, 그럴 땐 그에게 말을 걸고 싶어진다. 당연히 그에게 어려운 질문은 하지 않는다. 그의 자그마한 크기 때문에도 우리는 그를 아이 취급하게 된다. "너 이름은 뭐니?" 하고 물어본다. "오드라데크." 그가 대답한다. "어디 사니?" "주거 부정." 그는 이렇게 말하고 웃는다. 하지만 그것은 마치 폐 없이도 낼 수 있는 웃음소리에 지나지 않는 것처럼 들린다. 이를테면 낙엽들의 바스락거림 같은 소리다. 대개 이 정도로 대화는 끝난다. 하기야 이런 답도 늘 얻어낼 수 있는 것은 아니다. 그는 종종 오랫동안 나무처럼 침묵하고 있다. 그 자신이 이미 나무인 것 같기는 하지만.

나는 그가 어떻게 될지 자문해 보지만 답은 나오지 않는다. 그는 죽을 수 있을까? 죽는 모든 것은 죽음 이전에 일종의 목표, 일종의 활동이 있었고, 그것 때문에 닳아 없어지는 것이다. 하지만 그것은 오드라데크에게는 해당되지 않는 얘기다. 그는 장차 내 아이들, 또 그 아이들의 아이들의 발치에서 실타래를 질질 끌며 계단을 굴러 내려갈 것인가? 그는 누구에게도 해가 되지는 않는 것 같다. 하지만 그가 나보다 더 오래 살아남아 있을 거라는 상상을 하면 거의 고통스럽기까지 하다.

# 열한 명의 아들

나는 열한 명의 아들이 있다.

첫째는 겉모습은 아주 볼품이 없지만 진지하고 영리하다. 그런데도 나는 그 애를, 물론 자식으로서는 나머지 애들과 똑같이 사랑하기는 하지만, 그렇게 높이 평가하지 않는다. 내가 보기에 그 애는 생각이 너무 단순한 것 같다. 그 애는 오른쪽도 왼쪽도 보지 못하고 멀리 내다보지도 못한다. 그저 자신의 좁은 사고 범위 안에서 계속 맴돌고 있을 뿐이다. 또는 제자리에서 빙빙 돌고 있다고 하는 게 옳은 얘기일 것이다.

둘째는 잘생겼고, 날씬하며, 체격도 좋다. 그 애의 펜싱 자세를 바라보고 있으면 매혹되지 않을 수 없다. 그 애 역시 영리하지만, 거기에 더하여 세상 경험까지 많다. 그 애는 많은 것을 보았고, 그래서인지 고향의 자연도 그냥 고향에만 있었던 사람들보다는 그 애와 더 친밀한 대화를 나누는 것 같다. 하지만 분명 이러한 장점은 단지 여행 때문에만 얻어진 것은 아니고, 심지어 여행이 여기서 결정적 요인이라고 할 수도 없다. 그것은 누구도 모방할 수 없는 이 애의 특별한 자질 가운데 하나일 뿐이다. 그 애가 여러 번 공중제비를 하면서도 그야말로 거침없이 구사하는 다이빙 기술을 따라해 보려고 하는 사람이라면 누구나 그런 특별함을 인정한다. 모방자는 발판 끝에 다다를 때까지는 그래도 용기와 의욕이 남아 있지만, 일단 그 끝에 서면 뛰어내리는 대신 갑자기 주저앉으며 변명하듯 팔을 들어 올린다. — 그런데 이 모든 것에도 불구하고 나는 (사실 그런 아이를 둔 것에 대해 행복해해야 마땅하겠으나) 그 애와의 관계가 그리 좋은 편이라 할 수는 없다. 그의 왼쪽 눈은 오른쪽 눈보다 약간 작고, 많이 깜빡거린다. 그건 물론 작은 흠일 뿐이고, 심지어 그것 때문에 그의 얼굴은 그렇지 않았을 경우에 비해 더 대담해 보인다고 할 수도 있을 것이다. 그리고 감히 근접하기 어려운 완결성을 갖춘 이 인간을 보고 그 누구도 깜빡거리는 작은 눈 때문에 흠을 잡으려 하지는 않을 것이다. 그런데 아버지인 내가 그러고 있다. 물론 내 마음을 상하게 하는 것은 그런 신체적 결함이 아니라 어쩐지 거기에 호응하기라도 하듯이 정신이 약간 비정상적이라는 사실이다. 그 애의 핏속에 흘러 다니고 있는 어떤 독, 그 애의 삶 속에 들어 있지만 오직 내게만 보이는 싹을 온전하게 완성하지 못하는 무능력. 하지만 다른 한편으로 보면 바로 이 점이야말로 그 애를 나의 진정한 아들로 만드는 요인이다. 왜냐하면 이러한 결함은 동시에 우리 가족 전체의 결함이고, 다만 이 아들에게서는 그것이 너무나 두드러지게 나타나고 있을 뿐이기 때문이다.

셋째 아들 역시 잘생겼다. 하지만 그것은 내 마음에 드는 아름다움이 아니다. 그의 아름다움은 가수의 아름다움이다. 반달 모양의 입, 몽상적인 눈, 뒤쪽에 주름 장식이 있어야 살아나는 머리통, 과도하게 불룩 나온 가슴, 가볍게 치켜 오르다가 너무나 가볍게 아래로 떨어지는 손, 똑바로 걸을 줄 모르기 때문에 꾸물거리는 다리. 더구나 그의 목소리 톤은 풍성하지 못해서, 일순간 현혹시키고 전문가로 하여금 귀를 기울이게 하기는 하지만, 곧 숨이 빠져 버린다. 그럼에도 불구하고 대체로 이 아들을 사람들 앞에 내세우고 싶은 유혹은 아주 크지만, 나는 될 수 있는 한 그 애를 숨겨 두려 한다. 그 애 자신도 나서려 하지는 않는데, 그것은 자신의 결함을 알기 때문이 아니라 순진함 때문이다. 또한 그 애는 우리 시대에 대해 낯설어 한다. 그 애는 마치 우리 가족에 속하기는 하지만 이와 동시에 영원히 잃어버린 또 하나의 가족에도 속하기라도 하듯이, 종종 의욕이 없고, 그 무엇에도 기분이 밝아지지 않는다.

나의 넷째 아들은 아마도 모든 애들 가운데 가장 사교적이라고 할 수 있을 것이다. 진정한 자기 시대의 자식으로서 누구에게나 이해받을 만한 사람이다. 그 애는 모든 사람과 공통의 기반 위에서 있으며 누구나 그에게 고개를 끄덕이고픈 유혹을 느낀다. 아마도 이런 일반적인 인정 때문에 그의 성품은 뭔가 경쾌하고, 그의 움직임은 뭔가 자유로우며, 그의 판단은 뭔가 거리낌 없는 것처럼 보인다. 그의 경구들 가운데 어떤 것들은 따라서 말해 보고 싶은 마음이 종종 든다. 하지만 어떤 것들에 대해서만 그럴 뿐이다. 전체적으로 볼 때 그 애는 역시 지나친 경박성에서 벗어나지 못하고 있기 때문이다. 그 애는 경탄할 만한 모습으로 뛰어올라 제비처럼 하늘을 가르지만 이내 황량한 먼지 더미 속에서 절망적으로 끝나고 마는 사람과 닮았다. 그러니까 아무것도 아닌 것이다. 그런 생각 때문에 나는 이 아이의 모습에 넌더리가 난다.

다섯째 아들은 사랑스럽고 착하다. 그 애는 실제 약속한 것보다 이룬 것이 훨씬 더 많다. 그 애는 너무 눈에 띄지 않아서 사람들은 그와 함께 있으면서도 사실상 혼자 있다고 느낄 정도였다. 그럼에도 불구하고 그 애는 어느 정도 명망을 얻었다. 사람들이 어떻게 그런 일이 일어났는지 물어본다면 나는 거의 답변하지 못할 것이다. 아마도 폭풍우가 날뛰는 이 세계 속에 가장 쉽게 파고들 수 있는 것이 오히려 순진함인지 모르겠는데, 하여튼 그 애는 순진하다. 아마도 너무 순진한 것 같다. 누구에게나 친절하다. 아마도 너무 친절한 것 같다. 고백하건대 사람들이 내게 그 애 칭찬을 하면 나는 마음이 편치 않다. 내 아들처럼 그렇게 뻔히 칭찬할 만한 사람을 칭찬하면, 그런 칭찬은 어쩐지 너무 헤픈 듯이 여겨지는 것이다.

내 여섯째 아들은 적어도 첫눈에는 모든 애들 가운데 가장 생각이 깊은 것처럼 보인다. 고개를 떨구고 다니지만 그러면서도 수다쟁이다. 그래서 사람들은 그 애를 쉽게 가까이하지 못한다. 그 애는 자기가 열세에 있을 때는 극복할 길 없는 슬픔에 빠져 버린다. 반면 자기가 우위를 점하게 되면 수다를 부림으로써 그 상태를 유지한다. 그래도 나는 그 애가 어떤 몰아적 열정을 가지고 있다는 것을 부인하지는 않는다. 그 애는 종종 밝은 대낮에도 마치 꿈속에서처럼 생각을 헤치고 나아간다. 아픈 것도 아닌데 — 오히려 건강은 아주 좋다 — 때로 비틀거리기도 한다. 특히 어스름 속에서. 하지만 도움이 필요한 것은 아니다. 쓰러지지는 않으니까. 아마 이런 현상은 그 애의 신체적 발육 상태 탓일 수도 있다. 그 애는 나이에 비해 지나치게 큰 것이다. 이 때문에 전체적으로 못나 보인다. 비록 세부적으로는 예컨대 손이나 발처럼 눈에 띌 정도로 잘생긴 부분이 있음에도 말이다. 또한 이마도 못생겼다. 피부도 골격도 어딘지 쪼그라들어 있다.

일곱째 아들은 어쩌면 다른 어떤 아들보다도 더 내게 가깝다고 할 수 있다. 세상은 그의 가치를 높이 살 줄 모른다. 그 애의 특별한 위트를 사람들은 이해하지 못한다. 나는 그 애를 과대평가하지는 않는다. 그 애가 꽤나 하찮다는 건 나도 안다. 이 세상이 그 애의 가치를 알아보지 못하는 것 외에 다른 잘못만 없다면 그래도 세상은 흠잡을 데 없는 곳이라 할 수 있을 것이다. 하지만 나는 가족 안에서만큼은 그 애 없이 살고 싶지 않았다. 그 애는 불안뿐만 아니라 전통에 대한 경외심도 불러오며, 이 둘을, 적어도 내 느낌으로는, 이론의 여지가 없는 하나의 전체로 묶어 낸다. 하지만 정작 그 자신은 이 전체로 뭘 어떻게 해야 할지 전혀 알지 못한다. 그는 미래의 바퀴를 굴려 나아가게 하지 않을 것이다. 그러나 이러한 그의 성향은 대단히 고무적이고 대단히 희망적인 것이다. 나는 그 애가 자식을 가지고 그 자식들이 다시 자식을 가지기를 원했다. 아쉽게도 이 소원은 이루어지지 않을 것처럼 보인다. 그 애는 나로서도 이해는 되지만 그래도 역시 소망스럽다고 할 수는 없는 자기 만족감에 빠진 채 — 물론 그가 자기 만족감에 빠져 있다는 것은 그에 대한 주변의 판단을 멋지게 뒤집는다 — 혼자서 쏘다닐 뿐, 여자에는 관심도 두지 않으며 그렇다고 쾌활한 기분이 가시는 법도 결코 없다.

내 여덟째 아들은 내게 근심을 안겨 주는 아이이다. 그리고 나는 솔직히 그 이유를 알지 못한다. 그 애는 나를 낯선 사람처럼 본다. 그래도 나는 아버지로서 그 애와 아주 가깝게 연결되어 있다고 느낀다. 시간과 함께 많은 것이 회복되긴 했지만, 전에는 그 애 생각만 해도 때때로 전율에 사로잡히곤 했다. 그 애는 제 갈 길을 가면서 나와의 모든 관계를 끊어 버렸다. 그리고 틀림없이 단단한 두개골과 단련된 몸으로 — 다만 다리는 사내 치고 상당히 약한 편이었지만 그런 약점도 그사이에 이미 보강되었을 것이다 — 원하기만 하면 어디서든 성공할 것이다. 나는 종종 그 애를 다시 불러서 요즘 대체 어떤 처지인지, 왜 애비와 그렇게 관계를 끊고 사는지, 정말 의도하는 게 무엇인지 묻고 싶다. 그러나 그 애는 너무 멀리 있고 이미 너무 많은 시간이 지난 터라, 그냥 이대로 지내게 될 것 같다. 듣자 하니 그 애는 아들들 가운데서는 유일하게 수염을 수북하게 기르고 다닌다고 한다. 당연한 얘기지만 그렇게 키가 작은 남자가 수북한 수염을 하고 있는 게 보기 좋을 리는 없다.

내 아홉째 아들은 매우 우아하고, 여자들이 볼 때 사랑스러운 눈빛을 가지고 있다. 너무 사랑스러워서 때때로 나마저도 유혹에 빠질 지경이다. 그래도 나는 젖은 수세미 하나면 이 모든 천상의 광채를 지워 버릴 수 있다는 걸 안다. 이 녀석의 특별한 점은 유혹하고자 하는 마음이 전혀 없다는 것이다. 평생을 소파에 누워 그 눈빛을 방 천장이나 쳐다보는 데 허비하거나 아니면 차라리 눈꺼풀로 덮어 쉬게 하는 것만으로도 그 애는 충분히 만족할 것이다. 그 애는 일단 이렇게 좋아하는 자세가 되면 말도 즐겁게, 꽤 나쁘지 않게 하는 편이다. 간결하고도 명료하게. 하지만 그것 역시 좁은 한계 안에서일 뿐이다. 그 한계를 넘어가면 — 한계가 워낙 좁다 보니, 한계를 넘어가지 않는 것은 불가능하다 — 그의 말은 완전히 공허해진다. 그럴 때 사람들은 그에게 그만두라고 신호를 보내고 싶은 심정이 된다. 잠이 가득 들어 있는 그의 눈이 그걸 알아차릴 거라는 희망만 있다면 말이다.

나의 열째 아들은 불성실한 성격의 소유자로 알려져 있다. 나는 이런 결함이 있다는 것을 완전히 부인하지는 않지만, 또 완전히 긍정하고 싶지도 않다. 분명한 것은 그가 자기 나이에 비해 과도한 위엄을 부리며, 항상 프록코트를 단단히 여미고 다가올 때, 지나칠 정도로 세심하게 손질한 검은 모자, 굳어진 얼굴과 다소 튀어나온 턱, 눈 위로 두툼하고 무겁게 덮인 눈꺼풀에, 때때로 입가에 두 손가락을 대고 있는 그의 모습을 보면 누구나 그가 터무니없는 사기꾼이라고 생각하게 된다는 사실이다. 하지만 그가 말하는 걸 들어 보기만 한다면! 사려 깊음, 신중함, 퉁명스러움, 질문들을 끊어 버리는 심술궂은 활기, 필연적으로 목이 뻣뻣해지고 고개를 치켜들게 만드는, 세계 전체와의 놀랍고도 자명하며 유쾌한 일치. 자기가 매우 영리하다고 생각하는 사람들, 그리고 그들 스스로 믿는 것처럼 이런 이유에서 그의 외모에 혐오감을 느끼는 사람들은 그가 하는 말에 매혹된다. 그런데 이와 반대로 그의 외모에 대해서는 무심하면서도 그의 말에서는 위선을 느끼는 사람들도 있다. 나는 애비로서 이에 대해 뭐라고 판단을 내리고 싶지는 않다. 하지만 후자의 견해를 가진 사람들이 전자의 견해를 가진 사람들에 비해 더 주목할 만하다는 것만큼은 인정하지 않을 수 없다.

나의 열한 번째 아들은 여리다. 아마도 내 아들 가운데 가장 연약할 것이다. 하지만 그가 연약하다는 생각도 착각일 수 있다. 그도 가끔은 힘차고 결연할 때가 있기 때문이다. 하지만 그런 경우에도 어찌된 셈인지 그 근저에는 연약함이 깔려 있다. 그것은 수치스러운 연약함이 아니며, 우리가 살고 있는 이 지상에서만 연약하게 보이는 어떤 것이다. 예를 들면 날기 위한 준비도 연약함이 아니겠는가? 그것이 동요와 불확실성, 불안한 푸드덕거림이라면 말이다. 내 아들이 보여 주는 것도 뭔가 그런 것이다. 물론 그런 성질에 대해 애비로서 기뻐하고 있을 수는 없는 노릇이다. 그건 분명 가족의 파괴를 초래할 수 있는 것이니까. 때때로 그는 마치 이렇게 말하려는 듯이 나를 바라본다. "아버지도 함께 데려갈게요." 그럴 때 나는 생각한다. "내가 신뢰할 사람들을 꼽는다면 넌 맨 마지막일 거다." 그러면 그의 눈빛은 다시 이렇게 말하는 것 같다. "그러니까 내가 적어도 마지막 사람일 수는 있겠군요."

이상이 나의 열한 명의 아들이다.

# 형제 살해

살인은 다음과 같은 방식으로 저질러진 것으로 드러났다.

살인범 슈마르는 달 밝은 밤 아홉 시경 희생자인 베제가 자기 사무실이 있는 골목에서 자기 집이 있는 골목으로 돌아 들어가는 길모퉁이를 지키고 서 있었다.

그 누구라도 오싹하게 만드는 차가운 밤공기. 하지만 슈마르는 그저 얇은 파란 옷 한 벌만 걸치고 있었다. 게다가 웃옷의 단추마저 풀어진 채로. 그는 추위를 느끼지 못했다. 하기야 쉬지 않고 움직이고 있었으니까. 그는 반은 총검 같기도 하고 반은 식칼 같기도 한 살인 무기를 줄곧 굳게 쥔 채 꺼내 들고 있었다. 칼을 달빛에 비추어 보았다. 칼날이 번득였다. 슈마르로서는 아직 만족스럽지 않았다. 그는 도로의 포석을 칼로 쳐서 불꽃을 튀겼다. 하지만 아마도 그렇게 한 것이 후회되었던지, 칼의 손상을 완화하기 위해 칼을 바이올린 활처럼 장화의 바닥에 대고 문질렀다. 그는 한 발로 선 채 허리를 숙이고는, 한 번은 칼이 장화를 문지르며 내는 소리에, 한 번은 운명적인 옆 골목에서 나는 소리에 귀를 기울였다.

그런데 가까운 집의 3층 창가에 서서 모든 것을 지켜보던 퇴직자 팔라스는 왜 이 모든 일을 내버려 두었나? 인간의 본성을 탐구하라! 그는 칼라를 높이 세우고 뚱뚱한 몸을 잠옷으로 감싼 채 고개를 절레절레 흔들면서 내려다보고 있었다.

그리고 거기서 다시 다섯 채의 집을 지나, 팔라스와는 사선 방향 건너편 쪽에서 베제 부인이 나이트가운 위에 여우 모피를 두르고 오늘따라 이상하게 늦는 남편이 오는지 밖을 내다보았다.

마침내 베제의 사무실 문에 달린 종이 문에 달린 종 치고는 너무 큰 소리를 내며, 도시 위로, 하늘에까지 울려 퍼진다. 그리고 거기서 부지런한 야근자인 베제가, 아직 이편 골목에서는 보이지 않지만 종소리를 통해 스스로를 알리면서 건물 밖으로 걸어 나온다. 곧 도로의 포석이 그의 차분한 발소리를 하나둘 세기 시작한다.

팔라스는 몸을 숙이며 앞쪽으로 더 나온다. 그 어떤 것도 놓칠 수 없으니까. 베제 부인은 종소리에 안도하면서 딸깍 하고 창문을 닫는다. 이때 슈마르는 무릎을 꿇는다. 그는 이 순간 몸에서 맨살이 드러난 곳이 달리 없었으므로 얼굴과 손만을 포석에 갖다 댄다. 모든 것이 얼어붙는 이때 슈마르는 뜨겁게 타오른다.

바로 골목이 갈라지는 경계 지점에서 베제는 멈추어 선다. 그는 지팡이만 저쪽 편 골목에 짚은 채로 서 있다. 어떤 변덕스러운 기분. 밤하늘, 금빛 반짝이는 검푸른 하늘이 그를 유혹한 것이다. 아무것도 모른 채 그는 그런 하늘을 바라본다. 아무것도 모른 채 그는 모자를 살짝 들어 머리를 쓰다듬는다. 저 위에서는 그 무엇도

임박한 그의 미래를 예고하기 위해 모여들지 않는다. 모든 것이 무의미하고 불가해한 저마다의 자리를 지키고 있다. 베제가 가던 길을 계속 가는 것은 너무나 당연하다. 하지만 그가 간 곳은 슈마르의 칼 속이다.

"베제!" 슈마르는 소리친다. 발끝으로 선 채, 팔을 위로 뻗어 칼을 날카롭게 아래로 세우며. "베제! 율리아가 헛되이 기다리는구나!" 슈마르는 그렇게 말하고는 먼저 목의 오른쪽과 왼쪽에, 세 번째로 배 속 깊이 칼을 찔러 넣는다. 베제가 물쥐들의 배를 가를 때와 비슷한 소리를 낸다.

"해치웠다." 슈마르가 말하며 피 묻은 쓰레기에 지나지 않는 칼을 제일 가까운 건물 입구를 향해 던져 버린다. "살인의 축복이여! 타인의 피를 쏟는 안도감이여, 날아갈 듯한 가벼움이여! 베제, 늙은 밤그림자, 친구, 술집 동무야, 너는 어두운 길바닥으로 새어 나오는구나. 너는 왜 그저 피가 가득 담긴 거품이 아니니? 그러면 넌 내가 깔고 앉기만 해도 아주 사라져 버릴 텐데. 모든 것이 이루어지지는 못한다. 피어날 모든 꿈이 여물지는 못했다. 네 무거운 잔해만이 여기에, 이미 어떤 발길에도 닿을 수 없는 채로 누워 있구나. 네가 던지는 이 침묵의 물음은 다 무엇이냐?"

팔라스는 몸속에 온갖 독을 눌러 삼키면서 자기 집 대문의 두 문짝을 열어젖힌 채 서 있다. "슈마르! 슈마르! 다 봤다. 하나도 놓치지 않고." 팔라스와 슈마르는 의심스런 눈초리로 서로를 쳐다본다. 팔라스는 충분하다는 듯 시선을 거두지만 슈마르는 그칠 줄 모른다.

경악하여 완전히 늙은 얼굴이 된 베제 부인이 양옆에 한 떼의 사람들과 함께 달려온다. 모피 외투가 벌어지며, 그녀는 베제의 위로 엎어진다. 나이트가운을 입은 그녀의 몸은 베제의 것이고, 부부의 위를 마치 무덤의 잔디처럼 뒤덮은 모피 외투는 군중의 것이다.

슈마르는 마지막 구역질을 간신히 씹어 삼키며, 가벼운 발걸음으로 그를 끌고 가는 경관의 어깨에 입을 파묻고.

# 어떤 꿈

요제프 K는 이런 꿈을 꾸었다.

어느 화창한 날이었다. K는 산책을 하려 했다. 하지만 그는 채 두 발짝도 떼지 않아 벌써 묘지에 와 있었다. 그곳은 길이 매우 인공적이고 불편할 정도로 구불구불하게 나 있었지만, 그는 그런 길 위로 마치 거세게 흐르는 물살을 타듯이 줄곧 조금도 변함없이 유영하는 자세로 미끄러져 갔다. 벌써 멀리서 새로 쌓아 올린 무덤 하나가 눈에 들어왔다. 그는 거기서 일단 멈출 생각이었다. 이 무덤은 그를 거의 매혹시키다시피 했으며, 그는 조금이라도 더 빨리 거기에 가려고 안달이 날 지경이었다. 하지만 그는 때때로 무덤을 거의 볼 수 없었다. 깃발들이 펄럭이고 서로 거세게 부딪히면서 그의 시야를 가렸기 때문이다. 기수들은 보이지 않았지만 그쪽은 환호성으로 떠들썩한 듯했다.

그는 시선을 계속 먼 곳에 두고 있다가 갑자기 자기 옆 길가에서 바로 그 무덤을 발견했다. 아니 거의 지나치기 직전이었다. 그는 황급히 풀밭으로 뛰어들었다. 뛰어내릴 때 길은 발아래서 계속 질주하고 있었으므로, 그는 비틀거리다가 바로 무덤 앞에서 무릎이 꺾인 채로 쓰러졌다. 두 명의 사내가 무덤 뒤에서 비석 하나를 각각 양옆에서 붙잡아 들고 서 있었다. K가 나타나기가 무섭게 그들은 비석을 땅에 내리꽂았다. 비석은 마치 모르타르로 쌓아 올린 벽처럼 단단히 세워졌다. 그러자마자 관목 숲에서 또 한 명의 사내가 튀어나왔는데 K는 그가 예술가임을 당장 알아보았다. 그는 바지에다 단추도 제대로 잠그지 않은 셔츠만을 입고 있었다. 머리에는 비로드 모자를 쓰고 손에는 평범한 연필을 들고 있었는데, 다가오는 중에도 벌써 그 연필로 허공에다 이런저런 모양을 그려 댔다.

이제 그는 이 연필로 비석의 위쪽에서부터 작업을 시작했다. 비석이 매우 높았으므로 수그릴 필요는 전혀 없었지만 몸을 앞쪽으로 기울이기는 해야 했다. 왜냐하면 그는 자신과 비석을 갈라놓고 있는 봉분을 밟지 않으려 했기 때문이다. 그래서 그는 발꿈치를 든 채, 왼손으로는 비석 표면을 짚고 몸을 지탱했다. 그러고는 특별히 좋은 솜씨를 발휘하여 평범한 연필로 금글자를 만들어 내는 데 성공했다. 그는 이렇게 썼다. "여기 고요히 ―" 글자는 하나하나 깊이 새겨지고 완벽한 금빛을 띠어, 순수하고 아름다워 보였다. 남자는 두 단어를 쓰고는 K를 돌아보았다. 엄청난 호기심을 품고 비문이 계속 새겨지기를 기다리던 K는 남자에 대해서는 신경도 쓰지 않고 그저 비석만 바라볼 뿐이었다. 남자는 과연 다시 비문 쓰기를 시도해 보았지만, 작업을 진행할 수가 없었다. 뭔가

장애가 있었다. 그는 연필을 아래로 늘어뜨리고 다시 K를 돌아보았다. 이제는 K도 예술가를 쳐다보았고 이 남자가 대단히 곤혹스러워하고 있지만 그 이유를 말할 수 없는 형편이라는 것을 알아차렸다. 그가 좀 전에 보여 주던 생기 있는 모습은 싹 사라져 버렸다. 이 때문에 K도 당혹감에 빠져들었다. 뭔가 좋지 못한 오해가 있었고 아무도 그 오해를 풀 길이 없었다. 하필이면 그런 순간에 묘지 예배당의 작은 종까지 울리기 시작했다. 하지만 예술가가 손을 들어 휘둘러 대자 소리는 멈췄다. 잠시 후 종은 다시 울리기 시작했다. 이번엔 아주 작게, 특별히 뭔가 재촉하는 기색도 없이, 금세 중단되면서. 종은 마치 소리가 어떻게 나는지 시험해 보기 위해 울리는 것 같았다. K는 예술가의 처지를 생각하며 비참한 기분이 된 나머지 울기 시작했다. 오랫동안 얼굴을 두 손에 묻은 채 흐느꼈다. 예술가는 K가 진정할 때까지 기다렸다가, 결국 다른 출구가 없다고 보고 그래도 비문 쓰기를 계속하기로 결심했다. 짧은 첫 획이 그어졌는데, 그것은 K에게는 구원이었지만, 예술가로서는 극도로 내키지 않는 마음을 눌러 가며 해낸 작업이었다. 글씨는 더 이상 그렇게 아름답지 않았다. 특히 금색이 빠져 버린 듯했다. 획은 흐릿하고 불안정하게 그어졌고 글자 크기만 엄청나게 커져 있었다. 그것은 J였다. 그 글자가 다 쓰이자마자 예술가는 성을 내며 한 발로 무덤 위를 쿵쿵 굴러 댔고 흙이 사방으로 튀어 올랐다. K는 마침내 그를 이해했다. 더 이상 그를 말릴 시간은 없었다. 그는 열 손가락으로 거의 아무런 어려움 없이 땅속을 파헤쳤다. 모든 게 준비되어 있었던 것처럼 보였다. 단지 얇은 층의 굳은 흙만

이 걸치레로 덮여 있었던 것이다. 바로 그 뒤로 가파른 벽과 함께 커다란 구멍이 열렸고, K는 부드러운 물결에 뉘어진 채 그 구멍 속으로 빠져 들어갔다. 아래에서 그가 머리를 아직 곧추 세우고 측량할 길 없는 심연 속에 삼켜졌을 때, 위에서는 위풍당당한 장식이 달린 그의 이름이 비석 위로 질주하고 있었다.

그는 이 광경에 매혹된 채 잠에서 깨어났다.

# 학술원 보고

학술원의 고명한 신사 여러분!

여러분께서는 영광스럽게도 학술원에 원숭이였던 제 과거의 삶에 관한 보고를 제출해 달라고 요청하셨습니다.

하지만 유감스럽게도 저는 이런 의미에서는 그 요청을 따를 수가 없습니다. 거의 5년의 시간이 저와 원숭이 세계를 갈라놓고 있습니다. 달력으로 계산하면 길지 않은 시간인지 모르나 제가 한 것처럼 말을 달려 통과하기에는 무한히 긴 시간입니다. 물론 상당한 구간은 뛰어난 사람들, 조언, 박수갈채, 관현악단의 음악이 함께하긴 했지만, 근본적으로는 혼자 가는 길이었으니, 비유를 계속 사용하자면 모든 동행은 장벽에 이르기 훨씬 이전에 멈추었기 때문입니다. 제가 고집스럽게 제 출신과 청춘의 기억에 매달려 있었더라면, 이런 일을 해낼 수는 없었을 것입니다. 어떤 고집도 부리지 않겠다는 것, 그것이야말로 제가 스스로에게 부과한 최고의 계율이었습니다. 자유로운 원숭이인 제가 스스로에게 이런 족쇄를 채웠던 것입니다. 그러자 이번에는 기억 쪽에서 점점 더 저의 접근을 거부하게 되었습니다. 처음에는 제가 돌아갈 수 있는 문이, 사람들이 그걸 원했다면 말입니다만, 땅 위의 하늘만큼이나 활짝 열려 있었죠. 하지만 제가 채찍질 속에서 전진하며 발전할수록 이와 동시에 문은 더 낮고 좁아졌습니다. 저는 인간 세계 속에 더 편안히 감싸이는 느낌이었습니다. 과거로부터 제 뒤를 쫓아오던 태풍도 잔잔해졌습니다. 이제는 제 뒤꿈치를 서늘하게 하는 한줄기 미풍만 남았습니다. 그리고 미풍이 들어오는 먼 곳의 구멍, 한때 저도 여기 올 때 통과해야 했던 그 구멍은 이제 너무나 작아져서, 제가 설사 그리로 되돌아갈 만큼의 힘과 의지가 있다손 치더라도 그 구멍을 빠져나가려 한다면 제 가죽이 다 상해 버릴 것입니다. 솔직히 말씀드리면, 제가 이 일에 대해 이야기할 때 비유적인 표현을 즐겨 사용하기는 하지만, 솔직히 말씀드리면 신사 여러분, 여러분의 원숭이 시절과 여러분 사이의 거리가, 여러분의 과거에 그런 것이 있었다고 전제하고 말씀드립니다만, 저의 원숭이 시절과 저 사이의 거리보다 더 크다고 말할 수 없을 것입니다. 이 땅 위를 걷는 사람 모두는 뒤꿈치가 근질근질한 것입니다. 그건 조그마한 침팬지나 위대한 아킬레우스나 다 마찬가지입니다.

하지만 극히 제한적인 의미에서라면 여러분의 질문에 응답해 드릴 수도 있을 것 같습니다. 그것도 아주 기꺼이 말입니다. 제가 처음으로 배운 것은 악수하기였습니다. 악수는 열린 마음을 보여 줍니다. 제가 생애의 정점에 서 있는 오늘은 저 최초의 악수 외에 솔직한 말씀도 덧붙일 수 있을 것입니다. 그것은 물론 학술원에 근본적으로 새로운 얘기는 못될 터이고, 제게 주어진 요구에도 크게 못 미칠 것입니다. 제가 아무리 노력하더라도 그 요구에 부응하는 말씀을 드리지는 못할 테니까요. 어쨌든 저의 말씀은 한때 원숭이였던 자가 인간 세계로 진입하여 그곳에 정착할 때 따라야 했던 행동 지침을 보여 줄 것입니다. 하지만 다음에 이어질 사소한 내용조차, 제가 완벽하게 자신이 있지 않다면, 문명화된 세계의 모든 큰 보드빌 극장에서 제 위치가 절대 흔들리지 않을 만큼 확고해지지 않았다면, 결코 할 수 없는 이야기일 것입니다.

저는 황금 해안 출신입니다. 제가 어떻게 포획됐는지에 대해서는 다른 사람들의 보고에 의존할 수밖에 없습니다. 하겐베크사의 수렵 탐험대 — 생각난 김에 말씀드리면 그 탐험대장과는 그 후 좋은 레드 와인 병을 꽤나 많이 비웠지요 — 가 해안의 풀숲에서 사냥감을 노리고 기다리고 있었는데, 저는 저녁 무렵 한 무리의 원숭이들과 섞여 물을 마시러 왔습니다. 총이 발사됐습니다. 총에 맞은 건 오직 저뿐이었습니다. 저는 두 발을 맞았습니다.

한 발은 뺨에 맞았는데, 심각한 것은 아니었지만, 총에 맞은 자리는 털이 다 빠져 버리고 커다란 빨간 상처가 남았습니다. 그 상처로 인해 사실상 한 원숭이가 지어 낸 빨간 페터라는 전혀 적절하지 않은 역겨운 이름을 얻게 되었습니다. 마치 제가 조련된 원숭이로 얼마간 유명해진 페터, 최근에 죽은 그 페터와 다른 점이 오직 뺨 위의 빨간 흉터밖에 없기라도 하다는 듯이 말입니다. 이건 지나가는 김에 하는 얘깁니다만.

두 번째 총알은 허리 아래에 맞았습니다. 이건 심한 타격이었고 제가 오늘까지 약간 절뚝거리는 것도 이 때문입니다. 최근에 저는 저에 대해서 신문에 이러쿵저러쿵 떠드는 수많은 촉새들 중 하나가 쓴 기사를 읽었는데요, 이에 따르면 저의 원숭이 본성은 아직 완전히 제압되지 않았으며, 방문객이 찾아오면 제가 기꺼이 바지를 내리고 총알이 박혔던 자리를 보여 준다는 사실이 그 증거라는 겁니다. 그 자의 글 쓰는 손에 붙은 손가락 하나하나를 확 다 날려 버리고 싶네요. 제가 누구 앞에서 바지를 내리든 그건 제 마음입니다. 바지를 내려 봐야 잘 다듬어진 털과 흉터 — 여기서는 특정한 목적에 따라, 하지만 오해의 소지가 없게 특정한 단어를 골라 쓰도록 하겠습니다 — 방자한 총탄으로 생긴 흉터밖에는 볼 게 없습니다. 모든 게 공개되어 있고, 숨길 건 아무것도 없지요. 진리가 중요하다면 대범한 사람은 아주 섬세한 예절 같은 건 내던져 버리는 법입니다. 반면 그 기자가 찾아온 방문객 앞에서 바지를 벗는다면 그 모습은 저의 경우와 사뭇 다를 것이며, 그 자가 그런 짓을 하지 않는 것을 저는 이성의 징표로 인정해 주고 싶습니다. 그렇다면 그 자 역시 그 세심한 마음으로 날 귀찮게 굴지 않았으면 좋겠군요!

그렇게 총을 맞은 뒤 저는 — 여기서부터 저 자신의 기억이 서서히 시작됩니다 — 하겐베크사의 증기선 중갑판 안의 우리에서 깨어났습니다. 그것은 네 개의 벽이 있는 창살 우리가 아니었습니다. 세 개의 벽을 상자 하나에 고정시킨 꼴이었으니, 그 상자가 네 번째 벽을 이루고 있었습니다. 그 우리는 일어서기에는 너무 낮고 앉아 있기에는 너무 좁았습니다. 그래서 저는 계속 떨리는 무릎을 접은 채 — 아마도 제가 처음에 아무도 보지 않고 계속 어둠 속에만 있고자 했기 때문일 텐데 — 상자 쪽으로 몸을 돌리고 쪼그려 앉아 있었습니다. 등 뒤로는 창살들이 살을 파고들었죠. 사람들은 야생동물을 포획한 직후에 그렇게 가두어 두는 게 장점이 있다고 생각하는데요, 저도 이제 그간의 경험을 생각해 볼 때 인간적 관점에서 실제로 그러하다는 것을 부인하지는 못하겠습니다.

하지만 당시에는 그런 생각을 하지 못했습니다. 저는 생애 최초로 탈출구가 없는 처지였습니다. 적어도 똑바로 나아가는 것이 불가능했습니다. 제 바로 앞은 판자들을 단단히 이어 만든 상자였습니다. 판자들 사이에 길게 틈이 나 있긴 했습니다. 저는 그걸 처음 발견했을 때 무지의 소치로 기쁨의 탄성을 내질렀습니다만, 이 틈은 꼬리를 밖으로 내기에도 터무니없이 좁았고, 원숭이 힘을 다 써 봤자 조금도 벌어지지 않았습니다.

나중에 사람들이 말해 준 바에 따르면, 저는 이상하게도 거의 소란을 부리지 않았다고 합니다. 그래서 제가 금세 죽든지, 최초의 위기를 극복하여 살아남는다면 조련하기에 매우 적합한 놈일 거라고 추측했답니다. 저는 이 시기를 견디어 냈습니다. 멍하게 훌쩍거리거나, 고통스럽게 벼룩을 잡아내거나, 힘없이 야자열매를 빨거나, 머리통으로 상자의 벽을 두드리거나, 누가 다가올 때 혀를 내밀거나, 이런 게 새로운 삶에서 찾은 최초의 소일거리였습니다. 하지만 무엇을 하더라도 늘 감정은 하나였습니다. 탈출구가 없다는 것. 저는 물론 당시에 원숭이로서 느낀 것을 오늘에 와서는 오직 인간의 언어로 묘사할 수 있을 뿐이고 따라서 그 느낌을 왜곡하는 셈입니다. 하지만 제가 옛날의 원숭이 진실에 더 이상 도달할 수 없다 하더라도 진실은 적어도 제가 묘사한 방향에 놓여 있습니다. 그것만은 의심의 여지가 없습니다.

제게는 그전까지 그토록 많은 탈출구가 있었는데, 이제는 한 개의 탈출구도 없게 된 것입니다. 저는 옴짝달싹할 수 없었습니다. 사람들이 저를 못 박았다고 하더라도 그 때문에 저의 자유분방함이 줄어들지는 않았을 것입니다. 왜 그럴까요? 발가락들 사이의 살점을 뜯어내 본들, 그 이유를 알 수 없을 겁니다. 창살에 뒤를 대고 몸을 거의 두 쪽이 날 지경으로 들이밀어 본들, 그 이유를 알 수 없을 겁니다. 저는 탈출구가 없었고, 어떻게든 하나를 마련해야만 했습니다. 왜냐하면 탈출구 없이 저는 살 수 없었기 때문입니다. 영원히 이 상자 벽에 붙어 있어야 한다면 — 저는 아마도 도리 없이 뒈지고 말았을 것입니다. 그러나 하겐베크사에서 원숭이들은 마땅히 상자 벽에 붙어 있어야 했습니다. — 그래서 저는 원숭이이기를 그만둔 것입니다. 명쾌하고 멋진 사고의 논리. 그것을 저는 어떻게 어떻게 해서 배에서 짜낸 것이 분명합니다. 왜냐하면 원숭이는 생각을 배로 하기 때문입니다.

제가 말하는 탈출구의 의미가 사람들에게 제대로 이해될지 걱정이 됩니다. 저는 이 단어를 가장 평범하고 가장 완전한 의미에서 사용합니다. 저는 의도적으로 자유라고 말하지 않고 있습니다. 제가 말하는 것은 사방으로 열려 있는 이 위대한 자유의 감정이 아닙니다. 저도 어쩌면 원숭이일 적에 그 감정을 알았을 수도 있고, 그런 것을 동경하는 사람들을 만난 일도 있습니다. 하지만 저 자신의 경우를 생각해 보면, 저는 당시에도 지금도 자유를 갈망한 적이 없습니다. 말이 나온 김에 덧붙여 두자면, 사람들 사이에서는 자유에 관해 착각하는 경우가 너무 많습니다. 그리고 자유가 가장 숭고한 감정으로 여겨지듯, 그에 상응하는 착각 역시 가장 숭고한 감정으로 간주됩니다. 종종 저는 보드빌 극장에서 무대에 오르기 전에 어떤 곡예사 한 쌍이 저 위 천장에 달린 공중그네에서 재주를 부리는 걸 보곤 했습니다. 그들은 몸을 흔들고 그네를 구르고 뛰고 공중을 날아 서로의 품에 안기며, 한 사람이 다른 사람을 입으로 머리카락을 물어서 나릅니다. "저것도 인간의 자유로구나." 저는 이렇게 생각했습니다. "오만한 운동이야." 너, 신성한 자연의 조롱이여! 이런 광경을 보고 원숭이가 폭소를 터뜨린다면 남아날 건물이 없을 겁니다.

아니, 저는 자유를 원하지 않았습니다. 오직 하나의 탈출구만이, 오른쪽, 왼쪽, 어느 쪽이라도 상관없이. 저는 어떤 다른 요구도 내세우지 않았습니다. 그 탈출구가 그저 착각에 지나지 않는 것일지라도. 요구가 작았으니, 착각도 더 크지 않을 것이었습니다. 더 나아가자, 더 나아가자. 두 팔을 들고 상자 벽에 몸을 붙인 채 가만히 서 있는 일만은 없어야 한다.

오늘 저는 분명히 압니다. 엄청나게 큰 내적 평정이 없었다면 결코 거기서 빠져나올 수 없었으리라는 것을. 그리고 실제로 지금의 저를 이룬 모든 것은 그곳 배 안에서 처음 며칠 동안 제게 찾아온 평정 덕분일지도 모릅니다. 그런데 다시 이 평정은 아마도 배에 있던 사람들 덕분일 것입니다.

그 모든 일에도 불구하고, 그들은 좋은 사람들이었습니다. 저는 당시 반쯤 잠든 귓가에 울리던 그들의 무거운 발걸음 소리를 즐거운 마음으로 기억합니다. 그들은 모든 일을 극도로 천천히 시작하는 습관을 가지고 있었습니다. 그들은 눈을 비비려면 손을 마치 저울추 들듯이 들어 올립니다. 그들의 농담은 거칠었지만, 따뜻한 마음이 속에 담겨 있었습니다. 그들의 웃음은 언제나 듣기에 위험해 보이지만 사실은 아무 의미도 없는 기침과 섞여 나왔습니다. 그들은 언제나 입속에 뭔가 뱉어 낼 것이 들어 있었으며, 그걸 어디다 뱉어 버리는지는 그들로서는 아무래도 좋은 일이었습니다. 그들은 늘 저한테 있는 벼룩이 뛰어서 자기들에게 옮겨 온다고 불평했지만, 그것 때문에 제게 진심으로 화를 내지는 않았습니다. 그들도 내 털 속에 벼룩들이 번성하고 있다는 것, 벼룩이 뛰는 놈들이라는 것은 잘 알고 있었으니까요. 그들은 그런 사실을 체념적으로 받아들였습니다. 어떤 이들은 근무가 없을 때면 제 주위에 반원을 그리며 둘러앉아서는 거의 아무 말도 하지 않고 그저 서로 웅얼거리기만 했습니다. 그들은 상자 위에 몸을 뻗고 파이프 담배를 피우고, 제가 약간 움직이기라도 하면 서로 무릎을 치고, 때때로 누군가가 막대기를 집어 들고 제가 기분 좋아하는 부위를 간질여 주기도 했습니다. 만일 지금 이 배에 함께 타고 가자는 초대를 받는다면, 저는 초대를 거부할 것이 분명합니다. 하지만 이에 못지않게 확실한 것은 그곳 중갑판에서 떠오르는 추억이 추악하기만 한 것은 아니라는 사실입니다.

이 사람들 속에 둘러싸여 얻은 평정으로 인해 저는 무엇보다도 도망친다는 생각을 완전히 포기하게 되었습니다. 오늘의 시점에서 돌이켜 보면, 살기 위해서 반드시 탈출구가 있어야 하지만 도주함으로써 그런 탈출구에 도달할 수는 없다는 것을 저는 그때 적어도 어렴풋이나마 깨달은 듯합니다. 도대체 도주가 가능하기는 한 것이었는지는 저도 더 이상 알 수 없습니다. 하지만 가능했다고 믿는데, 왜냐하면 원숭이에게 도주는 언제나 가능하게 마련이니까요. 저는 지금의 이를 가지고는 평범한 호두를 깨는 것조차 조심하지 않으면 안 됩니다만, 당시에는 시간이 걸리더라도 이빨로 출구 자물쇠를 뜯어 버리는 정도는 틀림없이 해낼 수 있었을 겁니다. 하지만 저는 그런 짓을 하지 않았습니다. 그렇게 해서 어떤 소득이 있었겠습니까? 제가 머리를 내밀자마자 사람들은 저를 다시 잡아다가 더 나쁜 우리 속에 가두어 버렸을 것입니다. 아니면 저는 사람들 눈에 띄지 않고 다른 동물들에게 도망쳐 갔을지도 모릅니다. 이를테면 제 맞은편에 있던 거대한 뱀들한테 가서는 그들의 품속에서 마지막 숨을 내쉬었겠죠. 또는 심지어 갑판까지 몰래 올라가서 물에 뛰어들 수 있었을지도 모릅니다. 그랬으면 저는 한동안 대양의 바닷물 속에서 이리저리 떠밀리다가 익사하고 말았을 것입니다. 모두 절망적인 상태에서 저지르는 짓일 뿐입니다. 저는 그렇게 인간처럼 계산한 것은 아니었습니다만, 사람들 사이에 있다 보니 그 영향으로 마치 계산하기라도 한 것처럼 행동하게 되었던 것입니다.

저는 계산하지는 않았지만, 대단히 평온한 상태에서 주위를 관찰하게 되었습니다. 저는 이 사람들이 왔다 갔다 하는 것을 보았습니다. 늘 똑같은 얼굴들, 늘 똑같은 동작들. 그래서 마치 모두가 한 사람인 것처럼 생각될 때도 자주 있었습니다. 이 사람은, 또는 이 사람들은, 그러니까 아무 방해도 없이 다니고 있었습니다. 어떤 높은 목표가 제 머리에 어렴풋이 떠올랐습니다. 제가 그들처럼 된다면 창살을 열어 주겠다고 약속한 사람은 물론 없었습니다. 충족이 불가능해 보이는 조건을 걸고 약속을 하는 법은 없으니까요. 하지만 조건이 충족되는 순간, 전에는 찾아도 찾아지지 않던 바로 그 지점에서 약속은 사후적으로 모습을 드러냅니다. 이 사람들 자신만 놓고 본다면, 그들에게서 제 마음을 대단히 매혹시킬 만한 건 전혀 없었습니다. 제가 앞서 말씀드린 그런 자유의 신봉자였다면, 이 사람들의 흐릿한 눈길 속에서 제게 모습을 드러낸 탈출구보다는 차라리 대양을 선택했을 것입니다. 하지만 저는 어쨌든 그런 문제를 생각하기 이미 오래전부터 그들을 관찰해 왔고, 그렇게 축적된 관찰이 비로소 저를 정해진 방향으로 몰아갔습니다.

사람들 흉내 내기는 대단히 쉬운 일이었습니다. 침은 벌써 처음 며칠 만에 뱉을 수 있게 되었습니다. 그러다가 우리는 서로 얼굴에 대고 침을 뱉곤 했습니다. 차이가 있다면, 제가 나중에 얼굴을 깨끗이 핥아 닦아 낸 반면 그들은 그러지 않았다는 점뿐이었죠. 저는 이내 노인처럼 파이프 담배를 피우기 시작했습니다. 뒤에 가서 제가 파이프 대가리를 엄지손가락으로 누르는 동작까지 보여 주자, 중갑판은 온통 환호성으로 가득했습니다. 다만 비어 있는 파이프와 담배를 채운 파이프 사이의 차이를 이해하기까지는 오랜 시간이 필요했지요.

가장 힘이 많이 들었던 것은 화주(火酒) 병이었습니다. 그 냄새는 제게 고통을 주었습니다. 저는 온 힘을 다해서 참고 견뎌 보려 했지만, 그래도 그걸 감당해 낼 수 있기까지는 몇 주일이 걸렸습니다. 사람들은 이런 내적인 투쟁을 이상하게도 저의 어떤 다른 점보다 더 진지하게 받아들였습니다. 저는 기억 속에 있는 사람들도 잘 구별하지 못합니다만, 그래도 한 사람이 있었는데, 그는 때로는 혼자, 때로는 동료들과 함께, 낮이고 밤이고 아주 다양한 시간에 수시로 찾아와서는 병을 들고 제 앞에 서서 교육을 했습니다. 그는 나를 파악할 수 없었고, 내 존재의 수수께끼를 풀어 보고자 했습니다. 그는 천천히 병의 코르크 마개를 따고는 내가 이해했는지 확인하기 위해 나를 쳐다보았습니다. 고백하건대, 저는 언제나 거칠고 황망한 태도로 주의 깊게 그를 지켜보았습니다. 전 지구상에서 어떤 인간 선생도 그런 인간 학생을 만나지는 못할 것입니다. 병마개가 열린 뒤에 그는 병을 들어 입에 가져갔습니다. 저의 시선은 그의 목구멍 속까지 쫓아갔습니다. 그는 내게 만족한 듯 고개를 끄덕이고 병을 입술에 댑니다. 천천히 찾아오는 깨달음에 매혹된 저는 끽끽거리며 몸을 닥치는 대로 종으로 횡으로 긁어 대지요. 그는 기뻐하면서 병을 올려 한 모금 꿀꺽합니다. 저는 그를 따라 하고픈 절망적인 욕망에 조바심치다가 그만 우리 안에서 오줌을 싸고, 그것은 다시 그에게 큰 만족감을 줍니다. 이제 그는 병을 멀리 밖으로 내밀었다가 힘차게 다시 위로 들어 올리고 시범을 보이듯 과장되게 몸을 뒤로 재끼며 단숨에 병을 비웁니다.

저는 너무나 큰 갈망에 완전히 지쳐서 더 이상 그를 따라가지 못한 채 힘없이 창살에 매달려 있습니다. 그동안 그는 자기 배를 쓰다듬으며 히죽거리는 것으로 이론적 수업을 마칩니다.

이제 실제 연습이 시작됩니다. 이론 때문에 저는 이미 너무 지쳐 버린 것일까요? 네, 너무 지쳐 버렸습니다. 그것도 제 운명입니다. 그럼에도 불구하고 저는 최선을 다해서 그가 내민 병을 쥐어 봅니다. 덜덜 떨며 코르크 마개를 땁니다. 마개를 따는 데 성공하자 서서히 새 힘이 찾아옵니다. 저는 병을 들어 올리고, 원본과 벌써 거의 아무런 차이도 나지 않습니다, 입에 댑니다 — 그러고는 역겨움을 느끼며 병을 던져 버립니다. 병은 이미 비어 있고 그저 냄새만 속을 채우고 있을 뿐인데도 저는 역겨워서 병을 바닥에 내던집니다. 그렇게 제 스승에게 슬픔을 안기고, 그보다 더 큰 슬픔을 저 자신에게 안깁니다. 저는 병을 던져 버린 뒤에도 잊지 않고 배를 멋지게 쓰다듬으며 히죽거려 보지만, 스승도 저도 그것으로 마음이 달래지지는 않습니다.

수업은 번번이 그런 식으로 흘러갔습니다. 제 스승에게 경의를 표할 수밖에 없는 것이, 그는 제게 화를 내지 않았습니다. 물론 그는 때때로 불이 붙어 있는 파이프 담배를 가지고 어딘가 제 손이 닿기 어려운 부분에 털이 조금씩 타들어 가기 시작할 때까지 갖다 대곤 했습니다. 하지만 이내 그는 스스로 커다란 착한 손으로 불을 다시 꺼 주었지요. 그는 제게 화를 내지 않았습니다. 그는 우리가 한편이 되어 원숭이의 본성과 싸우고 있다는 것, 그리고 이 싸움에서 제가 더 어려운 역할을 담당하고 있다는 것을 잘 알고 있었던 것입니다.

하지만 저의 스승에게나, 제게나 뭐라 표현할 수 없는 승리가 찾아옵니다! 어느 날 저녁 많은 관객이 모인 자리였는데—아마도 무슨 축제였던 듯합니다. 전축이 켜 있었고, 장교 한 명이 사람들 사이를 왔다 갔다 하고 있었습니다—이날 저녁 누군가 실수로 제 우리 앞에 놓아둔 화주 병을 제가 마침 사람들이 잘 보고 있지 않은 동안 집어 들었고, 모여 있는 사람들의 관심이 점점 집중되는 가운데 저는 그 병을 정석대로 따고, 입에 갖다 댄 다음, 서슴지 않고, 입을 찌그러뜨리지도 않고, 전문적 술꾼처럼, 눈을 둥글둥글 굴리면서, 목은 꿀꺽꿀꺽 대면서, 진정, 정말로, 병을 다 비워 버렸습니다. 저는 더 이상 좌절한 자가 아니라, 곡예사처럼 병을 내던졌고, 배를 쓰다듬는 걸 잊어버리기는 했지만, 그 대신, 어떻게 달리 할 도리가 없었기 때문에, 충동이 저를 그리로 몰아갔기 때문에, 감각의 도취 속에 빠져들었기 때문에, 저는 짧고 분명하게 "안녕!" 하고 외치며 인간의 말문을 터뜨렸고 그 말로써 인간 사회 속으로 뛰어들게 된 것이니, "들어봐, 저 놈이 말을 하네!"라는 사람들의 반응은 흠뻑 땀에 젖은 제 온몸에 마치 입맞춤처럼 느껴졌습니다.

다시 말씀드립니다만, 제가 인간을 흉내 내는 일에 유혹을 느낀 것은 아닙니다. 제가 인간을 흉내 낸 것은 다른 이유 때문이 아니라 탈출구를 찾고 있었기 때문일 뿐입니다. 그날의 승리도 많은 것을 가져오지는 못했습니다. 인간의 목소리는 금세 사라졌다가 몇 달 후에야 다시 찾아왔습니다. 화주 병에 대한 거부감은 오히려 더 심해졌습니다. 하지만 제가 가야 할 방향만큼은 그날을 계기로 확고부동하게 정해진 것이지요.

함부르크에서 처음으로 조련사에게 넘겨진 저는 곧 제가 택할 수 있는 두 가지 가능성을 알아보았습니다. 동물원이냐 아니면 보드빌 극장이냐. 저는 망설이지 않았습니다. 그리고 속으로 이렇게 다짐했습니다. 보드빌 극장을 향해 전력을 다하자. 그것이 탈출구다. 동물원은 새로운 철창 우리에 지나지 않는다. 그리로 가는 순간 너는 끝이야.

그러고서 저는 공부를 했습니다, 신사 여러분. 아, 사람은 어쩔 수 없을 때 공부를 하는 법입니다. 탈출구를 원하면 공부를 하는 거죠. 물불 가리지 않고 공부를 합니다. 채찍질로 스스로를 감시하고, 조금만 하기 싫은 마음이 들어도 스스로를 가혹하게 꾸짖습니다. 원숭이 본성은 제게서 아주 빠른 속도로 재주넘기를 하며 제게서 떠나 버렸습니다. 그래서 제 첫 선생은 도리어 자기가 거의 원숭이처럼 되어 버릴 지경이었습니다. 그는 곧 수업을 그만두고 정신 병원에 보내지고 말았습니다. 다행히 곧 다시 거기서 나오긴 했지만요.

하지만 저는 많은 선생들을 소비했습니다. 심지어 동시에 여러 명을 쓰기도 했지요. 제 능력에 대해 좀 더 자신감이 붙고, 사회적으로 널리 저의 발전 과정이 주목받으며 제 장래가 밝아지기 시작했을 때, 저는 직접 선생들을 불러들여서 잇달아 있는 다섯 개의 방에 그들을 각각 앉혀 놓고 이 방 저 방을 뛰어다니며 동시에 배웠습니다.

이런 진보가 또 있을까요! 사방에서 지식의 빛살이 깨어나는 뇌 속으로 파고들었습니다! 저는 부인하지 않겠습니다. 그 과정이 제게 행복을 주었습니다. 하지만 또한 고백하건대 저는 그것을 과대평가하지도 않았습니다. 당시에도 벌써 그러지 않았고, 지금은 더더욱 안 그럽니다. 지금까지 지상에서 두 번 다시 없을 엄청난 노력을 통해 저는 유럽 인의 평균 교양 수준에 도달했습니다. 어쩌면 그것 자체는 별것 아니라고 할 수 있을지 모릅니다. 하지만 그렇게 해서 제가 우리에서 빠져나와, 이 특별한 길, 이 인간 탈출구를 얻을 수 있었다는 사실을 생각하면 그래도 뭔가 대단한 일인 것입니다. '수풀 속으로 들어가다"라는 멋진 독일어 숙어가 있는데, 제가 바로 그걸 한 겁니다. 전 수풀 속으로 슬쩍 들어갔습니다. 저는 다른 길이 없었습니다. 늘, 자유를 선택할 수는 없다는 전제하에서 말입니다.

저의 발전 과정과 지금까지 이룬 목표를 돌아볼 때, 저는 한탄하지도, 만족하지도 않습니다. 손은 바지 주머니에 찔러 넣고, 테이블 위에 와인 병을 놓아둔 채, 흔들의자에 반쯤 눕고 반쯤 앉아서 창밖을 내다봅니다. 방문객이 찾아오면 예의에 맞게 그를 맞아들입니다. 제 매니저는 대기실에 앉아 있습니다. 제가 벨을 울리면 그는 와서 제가 하는 말을 듣습니다. 저녁이면 거의 늘 공연이 있고, 저는 더 뛰어넘기 어려울 정도의 큰 성공을 누리고 있습니다. 제가 밤늦게 연회나 학회, 즐거운 사교 모임을 마치고 집으로 돌아오면, 반쯤 조련된 작은 암침팬지가 저를 기다리고 있는데, 저는 원숭이식대로 그것한테 가서 쾌락을 맛봅니다. 낮에는 그 암침팬지를 보지 않으려 합니다. 왜냐하면 혼란에 빠진 조련된 동물의 광기가 그 눈빛에 나타나기 때문입니다. 저만이 그걸 알아봅니다. 저는 그걸 참을 수가 없습니다.

어쨌든 저는 전체적으로 제가 이루려 한 것을 이루었습니다. 그런 노력을 들일 가치가 없었다고 말해서는 안 될 것입니다. 게다가 저는 어떤 인간의 판단도 구하지 않습니다. 저는 단지 인식을 확산시키고자 할 뿐입니다. 저는 그저 보고하는 것입니다. 여러분, 학술원의 높으신 나리들께도 저는 그저 보고를 드렸을 뿐입니다.

# 최초의 고뇌

공중그네 곡예사—잘 알려진 대로 커다란 보드빌 극장 무대의 높은 둥근 천장에서 행해지는 이 기예는 인간이 해낼 수 있는 모든 기예 가운데 가장 어려운 것에 속한다—는 처음에는 오직 자신의 기술을 완벽하게 하고자 하는 열망에서, 나중에는 독재자 같은 습관의 힘까지 더해져서, 동일한 공연 기획의 틀 속에서 일하는 동안은 밤이고 낮이고 공중그네 위를 떠나지 않고 지낼 수 있게 삶의 환경을 만들게 되었다. 그의 모든 욕구—모든 욕구라고 해 봐야 아주 적은 양에 지나지 않았지만—는 하인들의 도움으로 해결되었으니, 그들은 교대로 아래에서 대기하고 있다가 위에서 요구하는 것이 있으면 무엇이든지 특별 제작된 용기로 올려 보내고 내려 받는 일을 했다. 이러한 생활 방식이 주변에 특별한 폐를 끼치지는 않았다. 다만 무대에서 다른 순서가 진행되는 동안에는 약간 방해가 될 수 있었는데, 그가 위에 있다는 것은 숨길 수 없는 일이었고, 그는 물론 그런 시간에 대부분 조용히 있기는 했지만 때로 관람석의 시선이 그에게로 잘못 옮겨지는 것을 막을 수는 없었기 때문이다. 하지만 상부에서는 이를 문제 삼지 않고 이해해 주었으니, 그는 누구도 대신할 수 없는 뛰어난 곡예사였기 때문이다. 또한 사람들은 그가 별난 고집으로 그렇게 사는 것이 아니라 실제로 그렇게 해야만 지속적인 연습을 통해 실력을 유지할 수 있고, 기술을 그렇게 완벽하게 보존할 수 있다는 것을 잘 알고 있었다.

게다가 위에서의 삶은 건강에도 좋았으며, 비교적 따뜻한 계절에 둥근 천장에 빙 둘러 난 곁창이 전부 열리고 신선한 공기와 함께 햇빛이 어둑어둑한 공간 속을 힘차게 밀고 들어오면, 그곳은 심지어 아름답기조차 했다. 물론 사람들과의 교류는 제한적이었다. 다만 가끔씩 동료 곡예사가 밧줄 사다리를 타고 그에게로 올라와서 둘이 공중그네에 앉아 각각 왼쪽 오른쪽에 있는 밧줄 받침대에 기대고서 이런저런 이야기를 나누거나, 지붕을 고치러 올라온 건설 인부가 열린 창으로 그와 몇 마디 주고받거나, 소방관이 꼭대기 층의 비상 조명을 점검하면서 그를 향해 큰 소리로 경의를 담은, 하지만 잘 알아들을 수 없는 무슨 말을 던지는 게 고작이었다. 그런 경우가 아니면 그의 주위는 늘 고요했다. 때때로 오후에 길을 잘못 들어 빈 극장에 들어온 어떤 직원이 생각에 잠긴 표정으로, 보통은 시선이 거의 닿지 않는 높이까지 눈을 들어 공중그네 곡예사가 누군가에게 관찰당하고 있다는 것도 알지 못한 채 곡예 연습을 하거나 쉬고 있는 모습을 바라보는 일도 있기는 했지만.

공중그네 곡예사는 그렇게 아무런 방해도 받지 않고 계속 살아갈 수도 있었을 것이다. 어쩔 수 없이 이곳에서 저곳으로 너무나 성가신 여행을 다녀야 하는 처지만 아니었다면 말이다. 물론 매니저는 공중그네 곡예사의 고통이 불필요하게 연장되지 않도록 신경을 써 주었다. 도시에서 움직일 때면 그들은 경주용 자동차를 이용해서 되도록 밤이나 이른 새벽 시간에 텅 빈 도로를 질주했다. 물론 그래도 공중그네 곡예사의 갈망을 충족시키기엔 너무 느린 속도였지만. 열차에서는 객차 한 칸이 통째로 예약됐고, 열차가 달리는 동안 공중그네 곡예사는 초라하기는 해도 어쨌든 보통 때의 생활 방식과 그나마 흡사하게 짐 싣는 그물에 올라가 지냈다. 다음 초대 공연이 있는 극장에서는 공중그네 곡예사가 도착하기 훨씬 전에 이미 공중그네를 무대 위에 설치하고, 극장 내부로 들어가는 모든 문도 활짝 열고, 모든 통로도 개방해 두었다. 그래도 매니저에게는 역시 공중그네 곡예사가 발을 밧줄 사다리에 대고 순식간에, 마침내, 다시 자기 공중그네에 매달리는 때가 삶에서 가장 아름다운 순간이었다.

매니저로서 이미 그토록 많은 여행을 성공적으로 마쳤건만, 새로 여행을 떠날 때마다 그는 고통스러웠다. 왜냐하면 다른 모든 것은 논외로 하더라도 여행이 공중그네 곡예사의 신경에 파괴적인 작용을 하는 것은 틀림없는 사실이었기 때문이다.

그렇게 그들은 또 한 번 함께 여행을 하고 있었다. 공중그네 곡예사는 짐 싣는 그물에 누워서 꿈을 꾸고 있었고, 매니저는 맞은편 창의 구석에 기대어 책을 읽는 중이었다. 그때 공중그네 곡예사가 매니저에게 작은 소리로 말을 걸어왔다. 매니저는 즉시 대령했다. 공중그네 곡예사는 입술을 깨물면서 이제부터는 연기할 때 지금까지처럼 한 개의 그네가 아니라, 두 개의 그네, 마주 보고 있는 두 개의 그네가 필요하다고 말했다. 매니저는 즉시 동의했다. 하지만 공중그네 곡예사는 마치 이 경우에는 매니저가 동의를 하든, 또는 반대를 하든, 전혀 아무런 상관도 없다는 것을 보여 주기라도 하려는 것처럼, 이제는 결코, 그 어떤 상황에서도, 한 개의 공중그네 위에서는 연기를 하지 않겠노라고 말하는 것이었다. 그런 사태가 혹시라도 벌어질 수도 있다는 생각 때문에 그는 몸이 부르르 떨리는 듯했다. 매니저는 머뭇머뭇 관찰하면서 다시 한 번 전적인 동의를 표하고, 두 개의 그네가 하나보다 낫고, 게다가 새로운 시설은 공연을 더욱 다채롭게 해 주는 이점도 있을 것이라고 덧붙였다. 그 순간 공중그네 곡예사는 갑작스레 울기 시작했다. 깊은 충격을 받은 매니저는 벌떡 일어나서 대체 무슨 일이 있었는지 물어보았지만, 아무런 대답도 듣지 못했으므로, 좌석 위로 올라가서 곡예사를 쓰다듬고 그의 얼굴에 자기 얼굴을 갖다 댔는데, 그러자 공중그네 곡예사의 눈물이 매니저의 얼굴까지 뒤덮기에 이르렀다. 하지만 매니저가 여러 번 물어보고 말로 살살 달래자 결국 공중그네 곡예사는 흐느끼면서 이렇게 말했다. "손에 이 봉 하나만 들고 — 내가 어떻게 살아가란 말인가!" 이젠 매니저도 공중그네 곡예사를 달래기가 한결 쉬워졌다. 그는 바로 다음 역에서 공중그네 추가 설치를 위한 전보를 다음 초대 공연 장소에 보내겠다고 약속했다. 그리고 그렇게 오랫동안 공중그네 곡예사를 그네 한 개에서 일하게 방치한 자신을 책망하면서, 마침내 그가 그런 잘못을 지적해 준 데 대해 감사하고, 또한 크게 칭찬해 주었다. 매니저는 그렇게 해서 서서히 공중그네 곡예사를 진정시킨 다음, 원래 앉아 있던 구석 자리로 돌아갈 수 있었다. 하지만 매니저 자신은 마음이 진정되지 않았다. 그는 심각한 걱정에 잠겨 책 너머로 몰래 공중그네 곡예사를 바라보았다. 한번 그런 생각으로 괴로워하기 시작한 이상, 그런 생각이 완전히 그칠 수 있을 것인가? 그것은 계속해서 더 고조되어 가지 않을까? 그러다가 삶을 위태롭게 만들지 않을까? 실제로 매니저는 울음을 그치고 평온하게 잠든 것처럼 보이는 공중그네 곡예사의 어린애처럼 매끄러운 이마 위에 첫 주름살이 새겨지기 시작하는 것을 봤다고 믿었다.

# 단식술사

지난 수십 년 사이에 단식술사에 대한 관심은 크게 줄어들었다. 예전에는 스스로의 연출로 그런 공연을 크게 벌이면 수입이 좋았지만, 오늘날엔 생각도 할 수 없는 일이 되었다. 지금과는 다른 시절이었다. 당시에 단식술사는 도시 전체의 관심사였다. 단식 일수가 늘어날수록 관람객도 많아졌다. 모두가 적어도 하루 한 번씩은 단식술사를 보려고 했다. 나중에는 며칠이고 작은 철창 우리 앞에 앉아 있는 정기 관람객도 생겨났다. 밤에도 공연이 있었는데, 이때는 효과를 고조시키기 위해 횃불을 밝혀 놓기도 했다. 화창한 날에는 우리가 야외로 옮겨지곤 했는데, 이때 단식술사를 구경하는 것은 주로 아이들이었다. 단식술사가 어른들에게는 대체로 유행 따라 관심을 갖게 되는 흥밋거리에 지나지 않았지만, 아이들은 입을 벌린 채 대단히 놀라워하며, 안전을 위해 서로 손을 꼭 잡고 단식술사의 모습을 지켜보았다. 몸에 달라붙는 검은 옷을 입고 툭 튀어나온 갈비뼈를 드러낸 창백한 단식술사는 심지어 의자도 마다하고 짚을 깔아 놓은 바닥에 앉아 한 번 공손하게 고개를 끄덕인 다음, 애써 미소 지으며 질문에 대답하고, 창살 사이로 팔을 내밀어 얼마나 말랐는지 만져 볼 수 있게 해 주었다. 하지만 그러고 나서는 다시 완전히 자기 속에 침잠하여 다른 누구에게도 신경 쓰지 않았고, 심지어 그에게 매우 중요한 시계 소리에도 무심한 채 — 시계는 우리 안에 있는 유일한 가구였다 — 눈을 거의 감고 코앞만 바라보면서 때때로 아주 작은 물 잔을 홀짝거리며 입술을 적실 뿐이었다.

오가는 구경꾼 외에 관객이 뽑은 상주 감시인이 있었는데, 그들은 기이하게도 보통 푸주한이었으며, 늘 셋이 함께 밤낮으로 단식술사를 감시하며 그가 혹시라도 비밀리에 음식물을 섭취하지 못하게 하는 것이 그들의 임무였다. 하지만 그것은 그저 대중을 안심시키기 위해 취해진 형식적 조치일 뿐이었다. 왜냐하면 관계자들은 단식술사가 단식 기간 중에는 절대로, 어떤 일이 있더라도, 설사 누가 강제하려 한다 해도, 털끝만큼의 음식도 입에 대지 않는다는 것을 잘 알고 있었기 때문이다. 그의 기술에 걸려 있는 명예가 그런 짓을 허용하지 않았던 것이다. 물론 모든 감시인이 이 점을 이해할 수 있는 것은 아니었다. 야간 감시조가 감시를 대단히 느슨하게 하는 경우도 있었다. 그들은 일부러 멀리 떨어진 구석에 모여 앉아서 카드놀이에 몰두했는데, 그것은 단식술사에게 가벼운 요기의 기회를 주려는 의도임이 분명했다. 그들은 단식술사가 어떤 비밀 장소에서 비축해 둔 음식을 가져올 수 있으리라고 믿었던 것이다. 그런 감시인들만큼 단식술사에게 큰 고통을 안겨 주는 것도 또 없었다. 그런 감시인들이 오면 단식술사는 비참한 기분이 되었고 단식이 끔찍하게 어려운 일로 느껴졌다. 그는 때때로 쇠약한 몸에도 불구하고 사람들에게 자신을 얼마나 부당하게 의심하고 있는지 보여 주기 위해 감시 시간 동안 버틸 수 있는 한 계속해서 노래를 불렀다. 하지만 그것도 소용이 없었다. 그들은 그저 노래를 하면서 동시에 먹는 그의 재주를 놀라워할 뿐이었다. 단식술사에게는 차라리 철창에 바싹 붙어 앉아서 홀의 흐릿한 야간 조명에 만족하지 않고 매니저가 제공한 손전등을 안에 비추어 대는 감시인이 훨씬 더 반가웠다. 눈부신 빛은 전혀 방해가 되지 않았으니, 어차피 잠이야 전혀 잘 수 없는 터였고, 조금씩 조는 건 언제라도, 조명이나 시간에 관계없이, 심지어 사람들로 꽉 찬 시끄러운 홀에서조차 가능했기 때문이다. 그는 그런 감시인들과 밤새도록 자지 않고 함께 보내고 싶어 했다. 그는 기꺼이 그들에게 자신의 유랑 생활에 대해 이야기해 주고, 또 그들의 이야기를 듣고자 했다. 그렇게 해서 그들이 잠들지 않아야만, 우리 안에 먹을 것이 전혀 없다는 것, 자신이 그들 중 누구도 할 수 없을 단식을 실행하고 있다는 것을 계속 보여 줄 수 있었기 때문이다. 하지만 그가 가장 큰 행복을 느끼는 것은, 아침이 와서 그의 비용으로 풍성한 아침 식사가 차려 나오고 감시인들이 힘든 철야 근무를 마친 건강한 남자답게 왕성한 식욕으로 음식에 달려드는 때였다. 물론 이 아침 식사에 부당한 방식으로 감시인을 조종하려는 의도가 들어 있다고 보는 사람들도 있기는 했다. 하지만 그건 지나친 생각이었으니, 그런 사람들에게 그럼 당신은 그 일만을 위해 아침 식사 없이 야간 경비 근무를 맡을 의사가 있느냐고 물어보면 그들은 대답을 못하고 머뭇거렸다. 그러면서도 좀처럼 의심을 거두려 하지는 않았다.

아무튼 이 정도는 단식 자체에 불가피하게 따라오는 의심이라고 할 수 있었다. 그 누구도 단식술사 곁에 밤낮으로 붙어서 감시하고 있을 수는 없는 노릇이었다. 즉 그 누구도 중단 없이, 흠결 없이 단식이 이루어지고 있다는 것을 직접 경험을 통해 알 수는 없었다는 것이다. 그것은 오직 단식술사 자신만이 알 수 있는 일이었다. 그러니까 오직 그만이 그 자신의 단식에 완벽한 만족을 느끼는 관람객일 수 있었던 것이다. 하지만 그는 이와는 다른 이유에서 결코 만족을 느끼지 못했다. 그의 모습을 견디고 볼 수가 없어서 아쉽게도 공연을 보러 오지 못하는 이들도 꽤 있을 정도로 그가 그토록 심하게 마른 것은 어쩌면 전혀 단식 때문이 아니었는지도 모른다. 그는 그저 자기 자신에 대한 불만 때문에 그토록 말라비틀어졌던 것이다. 오직 그만이 단식이 얼마나 쉬운 것인지 알고 있었다. 그것은 다른 어떤 관계자도 모르는 일이었다. 세상에서 단식만큼 쉬운 일은 없었다. 그는 그런 사실을 굳이 숨기려 하지도 않았다. 하지만 사람들은 그의 말을 믿지 않았고, 그나마 호의적으로 보는 사람들은 겸손해서 그러는 거라고 했지만, 대부분은 그를 자기 과시욕이 있는 사람으로 보았고, 심지어는 사기꾼으로 몰아가기까지 했다. 단식을 쉽게 하는 요령을 부릴 줄 알기에 단식이 쉬운 것이며, 게다가 그런 사실을 스스로 반쯤 고백할 정도로 뻔뻔스럽기까지 하다는 것이었다. 그는 이 모든 것을 감내해야 했고, 또 세월이 흐르면서 거기에 익숙해지기도 했다. 하지만 속으로는 항상 이런 불만이 그의 마음을 괴롭혔다. 그 때문에 단식 기간이 끝나고서도 — 그것만큼은 누구나 인정할 수밖에 없는 일이었는데 — 그가 자발적으로 우리를 나온 적은 한 번도 없었다. 매니저는 단식의 상한선을 40일로 정해 놓고 그 이상 단식을 계속하는 것은 결코 허용하지 않았다. 세계적 대도시에 갔을 때도 예외가 아니었는데, 거기에는 충분한 이유가 있었다. 경험상 약 40일 동안은 서서히 홍보를 확대해 가면서 도시 전체의 관심을 고조시킬 수 있었지만 그 후부터는 관객 동원이 잘되지 않았다. 방문객 숫자는 눈에 띄게 감소했다. 물론 이 점에서 도시와 시골 사이에 약간의 차이는 있었다. 다만 일종의 법칙처럼 확인되는 것은 40일이 최상의 시간이라는 점이었다. 그래서 40일째가 되면 화환으로 장식된 우리의 문이 열렸다. 열광하는 관객들이 원형 극장을 가득 메운 가운데, 군악대의 음악이 울리고, 두 명의 의사가 우리 안으로 들어가 단식술사의 건강 상태를 점검하기 위해 필요한 측정을 수행하면, 이어서 메가폰으로 그 결과가 홀에 공표되었다. 마지막으로 두 명의 젊은 숙녀가 등장하는데, 그들은 이렇게 선발된 데 행복해하며 단식술사를 우리에서 데리고 나와 병자를 위해 세심하게 선별된 음식이 차려져 있는 작은 탁자 쪽으로 몇 계단을 내려오려 한다. 하지만 단식술사는 이 순간에 항상 고집을 부리며 따라 나오기를 거부했다. 숙녀들이 몸을 굽히고 친절하게 손을 뻗으면 단식술사는 그 손에 자신의 앙상한 팔을 선선히 올려놓기는 했다. 하지만 자리에서 일어서려고 하지는 않았다. 왜 하필이면 지금, 40일이 지나고서 그만두어야 한단 말인가? 그는 아직도 더 오래, 한정 없이 오래 견딜 수 있었을 텐데. 대체 왜, 그의 단식이 최상의 상태에 이른 순간, 아니 아직 최상에 이르지도 못한 시점에서, 그만두어야 한단 말인가? 단식을 계속하면 역사상 가장 위대한 단식술사가 되고, 더 나아가 ― 아마도 그는 이미 가장 위대한 단식술사일 것이다 ― 자기 자신을 뛰어넘어 불가사의한 경지에까지도 이를 수 있을 터였다. 왜냐하면 그는 도무지 단식 능력의 한계를 느끼지 못했기 때문이다. 그런데 왜 사람들은 그에게서 그런 명성을 빼앗는 것인가? 이 군중들은 겉으로는 그토록 그를 찬탄하면서 왜 그를 참고 기다려 줄 마음은 없는 것일까? 그는 단식을 더 견디어 낼 수 있는데, 왜 그들은 견디려 하지 않는 것일까? 게다가 그는 피곤하기도 했고, 그래서 짚이 깔린 바닥에 잘 앉아 있었는데, 이제 몸을 높이 일으켜 세워서 음식을 먹으러 가야 하는 것이다. 음식은 생각만 해도 구역질이 났지만 오직 숙녀들을 배려해서 꾹꾹 참고 표가 나지 않도록 했다. 그는 겉으로는 친절한 듯하지만 사실은 잔인하기 짝이 없는 숙녀들의 눈을 올려다보며 빈약한 목 위에 너무나 무겁게 얹혀 있는 머리를 흔들었다. 하지만 결국 늘 일어나는 일이 일어났다. 매니저가 와서 말없이, ― 음악 때문에 말하는 것은 불가능했다 ― 마치 하늘을 향해 짚 위에 놓인 당신의 작품을, 이 가련한 순교자를 한번 보라고 청하기라도 하는 듯이 ― 물론 단식술사는, 이와는 완전히 다른 의미에서이긴 하지만 순교자라고 할 수 있었다 ― 팔을 단식술사 위로 들어 올렸다. 그러고서 매니저는 마치 깨질 듯한 물건을 다루고 있다는 인상을 주려는 듯 과장되게 조심스러운 태도로 단식술사의 가는 허리를 감싸 쥐고 — 몰래 그를 약간 흔들어서 단식술사가 다리와 상체를 가누지 못하고 이리저리 휘청거리게 하기도 하면서 — 그를 그사이에 시체처럼 창백해진 숙녀들에게 넘겨주었다. 이제 단식술사는 무엇이든 하는 대로 내버려 두었다. 머리는 가슴 위로 쳐져 있었는데, 마치 굴러 내려가다가 거기서 불가사의하게 멈춘 것처럼 보였다. 몸은 속이 텅 빈 껍데기가 되어 있었고, 두 다리는 자기 보존 본능에서 무릎을 꼭 붙이고 있었지만, 그러면서도 바닥을 긁어 대고 있었다. 마치 그것이 진짜 바닥이 아니고 진짜 바닥은 이제 비로소 찾아내야 한다는 듯이. 그러다가 비록 그 무게가 정말 얼마 안 되기는 하지만 몸 전체가 한 명의 숙녀에게로 쏠렸는데, 그러자 그녀는 숨을 헐떡이며 도움을 청하고 — 그녀는 이 명예직이 이런 것이리라고는 생각지 못했다 — 우선 목을 최대한 빼서 적어도 얼굴만이라도 단식술사와 닿지 않게 하려고 했다. 하지만 이런 시도도 실패로 돌아간 데다가, 운이 좀 더 좋은 그녀의 파트너는 도우러 오지 않고 그저 덜덜 떨면서 단식술사의 손, 그 작은 뼈 묶음을 앞에 받쳐 들고 갈 뿐이었으므로, 그녀는 홀 안에 즐거운 웃음소리가 왁자한 가운데 그만 울음을 터뜨렸고, 진작부터 대기 중이던 하인으로 교체되어야 했다. 그러고 나면 음식이 왔고, 매니저는 기력을 잃고 반쯤 잠들어 있는 단식술사에게 음식을 약간 떠먹였다. 그는 이때 사람들의 주의가 단식술사의 상태에 쏠리지 않도록 쾌활하게 수다를 떨었고, 이어서 관객을 향해 단식술사가 자기한테 귀엣말로 전해 줬다는 건배사를 했다. 악단은 우렁찬 팡파르로 모든 것을 강렬하게 마무리했다. 사람들은 뿔뿔이 흩어졌고, 그 누구도 행사에 불만을 품을 이유가 없었다. 그 누구도. 단식술사만 빼면 말이다. 항상 단식술사만이 문제였다.

그렇게 그는 주기적으로 잠깐씩 휴식을 취하면서, 겉으로는 화려하게, 세상 사람들의 칭송을 받으며 긴 세월을 보냈다. 그럼에도 불구하고 그는 대개 우울한 기분이었고, 그 누구도 그를 진지하게 생각할 줄 몰랐기 때문에 우울은 더 깊어만 갔다. 그를 어떻게 위로해 줄 수 있었겠는가? 그가 더 바랄 수 있는 게 뭐가 있었을까? 한번은 어떤 마음 좋은 사람이 그를 동정하면서 그의 슬픔이 아마도 단식 때문일 거라고 설명해 주려 했다. 특히 단식이 상당히 진척된 때라 그럴 수 있었겠지만, 단식술사는 그 말에 분노를 폭발시키며 마치 짐승처럼 철창을 잡고 마구 흔들어 대서 모두를 놀라게 했다. 하지만 매니저는 그런 사태에 즐겨 사용하는 징벌 수단을 가지고 있었다. 그는 모여 있는 관중 앞에서 단식술사를 대신하여 사과하고, 이러한 단식술사의 행태는 오직 단식이 초래한, 배부른 사람들은 쉽게 이해할 수 없는 신경과민 탓이기에 용서될 수 있는 일임을 인정했다. 또한 이와 관련하여 단식술사가 실제로 단식하는 것보다 훨씬 더 오래 단식할 수 있다고 주장하는 것도 마찬가지로 이해할 수 있다고 말했다. 매니저는 일단 이 주장 속에 담겨 있음에 틀림없는 고귀한 추구, 선의, 위대한 자기 부정을 찬양했다. 하지만 이어서 사진들을 보여 줌으로써 — 그 사진들은 그 자리에서 판매하기도 했는데 — 단식술사의 주장을 반박하려고 시도했다. 왜냐하면 사진 속에는 40일 단식 끝에 꺼져 버릴 듯 무력한 상태로 침대에 누워 있는 단식술사의 모습이 들어 있었기 때문이다. 익히 알고 있지만 늘 새삼스럽게 그의 기력을 빼앗아 가는 이러한 진실의 전도는 그가 감당할 수 있는 한계를 넘어서는 것이었다. 단식 조기 중단으로 초래된 결과를 단식 중단의 원인이라고 내놓다니! 이런 몰이해, 이렇게 이해해 주지 않는 세상에 맞서 싸운다는 것은 불가능했다. 그래도 그는 거듭 희망을 품고 철창에 매달려 매니저의 말에 열심히 귀를 기울였다. 하지만 사진이 나오면 그는 늘 철창에서 손을 떼고 한숨을 쉬며 짚 속에 주저앉았다. 그제야 마음이 놓인 관중은 다시 다가와 그를 구경하는 것이었다.

그런 장면을 목격한 이들은 몇 년이 지나 당시를 돌이켜 보면서 종종 그걸 보고 있던 자기 자신도 잘 이해할 수 없다고 느꼈다. 왜냐하면 앞에서 언급한 대로 그사이에 분위기가 완전히 바뀌어 버렸기 때문이다. 변화는 거의 눈 깜짝할 사이에 일어났다. 이러한 변화에는 어떤 심층적인 원인이 있었을지도 모른다. 하지만 그걸 찾아내는 게 대체 누구의 관심사가 될 수 있었겠는가? 어쨌든 인기에 젖어 있던 단식술사는 어느 날 갑자기 군중의 버림을 받은 것이다. 오락에 중독된 군중은 다른 구경거리를 찾아 떠나 버렸다. 매니저는 혹시 어디엔가 아직 과거의 관심이 남아 있지 않을까 하는 심정에서 단식술사와 함께 다시 한 번 거의 온 유럽을 돌아다녔다. 마치 어떤 비밀 약속이라도 있었던 것처럼 어디서나 단식 쇼에 대한 혐오감이 확고히 자리 잡고 있었다. 당연한 말이지만 현실에서 그런 일이 그렇게 갑자기 생길 수 있는 것은 아니었다. 다 지난 지금에 와서 돌이켜 보면 이미 여러 가지 조짐이 있었지만, 당시에는 성공에 도취되어 거기에 충분히 주목하지 않았고, 문제가 커지기 전에 충분히 예방하지 못했던 것이다. 그리고 지금은 어떤 대책을 강구해 보기에는 이미 너무 늦은 시점이었다. 물론 분명 언젠가 다시 단식의 시대가 돌아오기는 할 것이었다. 하지만 살아가는 자들에게 그것은 위안이 되지 못했다. 이제 단식술사는 무엇을 할 것인가? 수천 관중의 환호성에 싸여 있던 사람을 작은 대목장의 가설무대에 내놓을 수는 없는 노릇이었다. 단식술사는 그렇다고 다른 직업을 구하기에는 이미 나이가 너무 많았을 뿐만 아니라, 단식에 광적으로 빠져 있었다. 그래서 그는 세상에 둘도 없는 그의 특별한 경력을 줄곧 함께해 온 매니저와 작별하고 어느 큰 서커스단에 들어가게 되었다. 이때 과민한 신경을 보호하기 위해 계약 조건은 아예 쳐다보지도 않았다.

수많은 사람들, 동물들, 기구들이 늘 서로 보충하고 보완해야 하는 큰 서커스단에서는 누구든지, 언제라도 쓸모가 있었다. 단식술사도, 물론 과도하게 높은 보수를 요구하지 않는 한, 쓸모가 있었던 것이다. 게다가 이 특수한 경우에 서커스단에 고용된 것은 단식술사 자신만이 아니었고, 옛날의 유명한 이름까지 함께 따라오는 셈이었다. 또한 나이가 든다고 해서 기량이 떨어지는 것이 아닌 단식술의 고유한 특성을 고려할 때, 기량의 정점을 이미 지나 퇴물이 된 곡예사가 서커스단의 편안한 자리로 도피하는 것이라고 할 수도 없었다. 오히려 반대로 단식술사는 예전과 똑같이 굶을 수 있다고 장담했고, 그것은 충분히 신빙성이 있는 말이었다. 그는 심지어 자기가 원하는 대로 할 수 있게만 해 준다면—사람들은 두말없이 그렇게 해 주겠다고 약속했다—이제야 비로소 세상을 제대로 깜짝 놀라게 해 줄 수 있다고 주장하기까지 했다. 단식술사는 흥분한 탓에 쉽게 잊어버렸지만, 지금의 시대 분위기를 생각할 때 전문가들은 그런 주장을 듣고 그저 웃을 수밖에 없었다.

그러나 사실은 단식술사 역시 현실 상황을 정말 보지 못하고 있는 것은 아니어서, 사람들이 그와 그의 우리를 이를테면 하이라이트 프로그램으로서 공연장 한가운데 두지 않고, 바깥에, 동물 우리 가까이, 그나마 사람들이 쉽게 찾아올 수 있는 장소에 갖다 놨을 때, 그는 당연히 그러겠거니 하고 받아들였다. 우리의 테두리에는 무엇을 구경할 수 있는지 알리는 화려한 색깔의 커다란 안내 문구가 적혀 있었다. 관객들은 공연 중 쉬는 시간에 동물들을 관람하기 위해 동물 우리로 몰려갈 때 단식술사 앞을 지나가야 했고, 거의 틀림없이 거기서 잠시 멈칫거리기 마련이었다. 사람들은 어쩌면 더 오래 그의 앞에 머무를 수도 있었겠지만, 좁은 통로로 뒤이어 밀려오는 군중은 어서 보고 싶은 동물 우리로 가는 길이 왜 이렇게 막혀 있는지 이해할 수 없었고, 그런 상황에서 오래오래 천천히 그를 관찰하는 것은 불가능했다. 이것은 또한 단식술사가 당연히 이 방문 시간을 삶의 목적으로서 간절히 기다리면서도 그 시간이 오기 전에 다시 벌벌 떨게 되는 이유이기도 했다. 초기에는 공연 휴식 시간이 너무 기다려져서 참기 어려울 지경이었고, 군중이 밀려오면 황홀한 시선으로 그들을 바라보곤 했다. 하지만 너무나 빨리—극도로 집요하고 거의 의도적이기까지 한 자기 기만도 경험 앞에서는 당해 낼 수 없었다 — 그는 그들이 적어도 의도로만 보면 언제나, 예외 없이, 동물 우리를 찾아가는 사람들임을 확신하게 되었다. 그래도 그들이 멀리서 올 때가 가장 아름다운 광경이었다. 왜냐하면 일단 그들이 가까이 오면 당장에, 뭔가 이해해서가 아니라 그저 변덕스러운 기분과 반항심 때문에 단식술사를 좀 편안히 보고 있으려는 측 — 단식술사에게는 곧 그들이 더 곤란한 존재가 되었다 — 과 우선 먼저 동물 우리 쪽으로 가자고 요구하는 측, 두 패가 계속 새로 형성되면서 이들 사이에 고함과 욕설이 난무했기 때문이다. 한 무더기의 사람들이 지나가고 나면, 뒤처진 사람들이 하나둘 다가왔는데, 이들은 마음만 있다면 더 이상 방해받지 않고 서서 볼 수 있었겠지만, 늦지 않게 동물들을 구경하기 위해서 큰 보폭으로 거의 옆도 보지 않고 서둘러 지나가 버렸다. 자주 일어나는 행운은 아니었지만, 아버지가 아이들을 데리고 와서 손가락으로 단식술사를 가리키며 지금 뭘 하고 있는 것인지 자세히 설명하고, 예전에 자신이 이와 비슷한, 물론 이보다 훨씬 더 근사한 공연에 가 봤던 경험을 이야기해 주는 일도 더러 없지는 않았다. 아이들은 학교나 생활 속에서 충분히 준비가 되어 있지 못한 까닭에 얘기를 듣고도 아무것도 이해하지 못했지만 — 그들에게 단식이 대체 뭐란 말인가? — 그래도 탐구하는 듯한 그들의 반짝이는 눈빛 속에서 다가오는 새로운 시대, 좀 더 희망적인 시대의 기미가 엿보이기도 했다. 그럴 때면 가끔씩 단식술사는 자기 자리가 동물 우리에 그렇게 가깝지만 않다면 모든 게 조금은 더 나아지지 않을까 혼자 생각해 보기도 했다. 지금의 자리 때문에 사람들은 별로 선택의 고민도 하지 않게 된 것이다. 동물 우리에서 나는 냄새, 한밤중 소란스런 동물들, 육식 동물을 위해 운반되는 고깃덩어리들, 먹이를 줄 때의 꽥꽥 소리, 이 모든 것이 단식술사를 괴롭히고 지속적으로 그의 기분을 짓눌렀다는 것은 두말할 나위도 없었다. 하지만 경영진에게 이 문제를 가지고 갈 생각은 감히 하지 못했다. 어쨌거나 많은 방문객들이 지나가는 것도 동물들 덕택이었고, 그들 중에서 때때로 그에게 관심을 가지는 사람도 나왔던 것이다. 게다가 만일 그가 사람들에게 자신의 존재를 상기시킴으로써 따지고 보면 그가 동물 우리로 가는 길목을 막는 장애물에 지나지 않는다는 것을 깨닫게 한다면, 그를 또 어디에 치워 버릴지 누가 알겠는가?

그는 물론 사소한 장애물, 날로 더 사소해지는 장애물이었다. 요즘 시대에 단식술사 같은 것에 주의를 끌어 보려는 것도 신기한 일이었지만, 그러한 신기함도 사람들에겐 어느새 익숙한 것이 되어 버렸다. 그리고 이렇게 익숙해짐과 아울러 그의 운명도 판가름 나고 말았다. 할 수 있는 만큼 아무리 단식을 잘해 보아도, 그를 구원할 수 있는 것은 더 이상 아무것도 없었다. 이제 사람들은 그를 그냥 지나쳐 버렸던 것이다. 누군가에게 단식술을 설명할 테면 설명해 보라지. 하지만 느낌이 없는 사람에게 뭔가를 이해시킨다는 것은 불가능한 일이다. 멋진 안내판은 더러워졌고, 읽을 수 없게 되었다. 사람들은 그것을 뜯어냈고, 새것으로 교체할 생각은 그 누구의 머리에도 떠오르지 않았다. 처음에는 그가 수행한 단식 일을 적는 숫자판에 날마다 세심하게 새 기록이 기입되었지만,

불과 몇 주 되지 않아서 담당 직원은 이런 작은 일조차 하기 싫어졌다. 이제 단식술사는 한때 꿈꾸었던 대로 단식을 계속했고, 당시에 그가 장담했던 것처럼 어렵지 않게 성공적으로 단식을 수행해 냈지만, 아무도 날짜를 세지 않았다. 아무도, 심지어 단식술사 자신조차 그가 이미 얼마나 큰 기록을 세웠는지 알지 못했다. 그의 마음은 무거워졌다. 언젠가는 어떤 한가한 사람이 우리 앞에 멈춰서서 오래된 숫자를 보고 사기 운운하며 조롱한 적이 있는데, 그것은 이런 의미에서 무관심과 타고난 심술이 빚어낼 수 있는 가장 어리석은 거짓말이었다. 왜냐하면 단식술사가 속인 것이 아니라, 진심으로 일한 그를 세상이 기만하고 그에게서 보상을 빼앗아 간 것이기 때문이다.

하지만 다시 많은 날들이 흘렀고, 그런 상황에도 끝이 찾아왔다. 한번은 단식술사의 우리가 한 감독관의 눈에 띄었다. 그는 하인에게 왜 이렇게 쓸 만한 우리를 썩은 짚만 담아 놓고 사용하지 않은 채 세워 두고 있는지 물었다. 아무도 답을 하지 못했다. 그러다가 누군가가 숫자판 덕택에 단식술사를 기억해 냈다. 사람들이 막대로 짚을 헤치자 그 속에서 단식술사가 나타났다. "아직도 단식 중인가?" 감독관이 물었다. "모두들 날 용서해 주시오." 단식술사가 속삭였다. 귀를 철창에 대고 있던 감독관만이 그의 말을 알아들었다. "물론이지." 감독관은 이렇게 말하고 손가락을 이마에 대면서 직원들에게 단식술사의 정신이 정상이 아님을 암시했다. "우린 자넬 용서하네." "나는 언제나 당신들이 나를 보고 찬탄하기를 바랐소." 단식술사가 말했다. "우린 물론 찬탄하네." 감독관이 호의적으로 대답해 주었다. "하지만 찬탄하지 않는 게 좋겠소." 단식술사가 말했다. "그래, 그럼 찬탄하지 않겠네." 감독관이 대답했다. "그런데 왜 우리가 찬탄하지 말아야 하는 거지?" "왜냐하면 난 단식할 수밖에 없으니까. 다르게 할 수가 없소." 단식술사가 말했다. "허, 이거 좀 보게," 감독관이 말했다. "왜 그럴 수밖에 없다는 건가?" "왜냐하면 나는," 단식술사는 이렇게 말한 다음, 그 작은 머리를 약간 들고서, 말이 조금도 옆으로 새어 나가서는 안 된다는 듯이, 키스할 때처럼 입술을 뾰족 내밀고 감독관의 귓속에 대고 이야기했다. "내 입에 맞는 음식을 찾을 수가 없었기 때문이오. 내가 그런 음식을 찾았다면 떠들썩한 일을 벌이지 않았을 것이고, 당신이나 다른 모든 사람들과 마찬가지로 배불리 먹고 살았을 거요." 그것이 그의 마지막 말이었다. 하지만 흐트러진 그의 눈 속에는 아직도 단식을 계속할 거라는 확고한 신념이 남아 있었다. 더 이상 이에 대해 자랑스러워하는 빛은 없었지만.

"이제 정리해라!" 감독관이 말했다. 사람들은 단식술사를 짚과 함께 땅에 묻었고, 우리 속에는 새끼 표범을 집어넣었다. 그렇게 오랫동안 황폐한 상태였던 우리 속에서 이 야생동물이 펄펄 돌아다니는 모습은 바라보는 사람에게, 설사 아무리 둔감한 자라 할지라도 느낄 수 있는 회생의 기운을 전해 주었다. 감시인들은 표범에게 입에 맞는 음식을 가져다주는 데 오랜 생각이 필요하지 않았다. 표범은 자유조차 그리워하지 않는 것 같았다. 거의 터져 버릴 듯 모든 필요한 것을 갖추고 있는 이 몸뚱어리는 자유도 함께 달고 다니는 것처럼 보였다. 그것은 이빨 속 어딘가에 숨겨져 있는 듯했다. 생에 대한 환희는 그의 목구멍에서 너무나 강렬한 열기와 함께 뿜어져 나왔고, 그것이 너무나 강렬해서 관람객들은 거의 견디어 내기 어려울 지경이었다. 그래도 그들은 결국은 견디어 내고, 우리 주위에 몰려들어 떠날 줄을 모르고 있었다.

# 주

**58** **베르트하임 금고** 오스트리아의 베르트하임사에서 제작한 짙은 갈색의 보관함. 중요 문서를 보관하는 데 널리 사용됨.

**216** **수풀 속으로 들어가다** sich in die Büsche schlagen. 슬쩍 사라지다라는 의미임.

해설

## 합리성 너머의 세계에 대한 탐색

김태환(서울대학교 독어독문학과 교수)

이 책은 카프카의 주요 중단편 소설들을 골라 번역한 것이다. 카프카의 중단편들은 이미 많이 번역되었기에, 새로운 번역을 시도하는 것은 매우 부담스러운 일이었다. 최선의 번역을 만들어 보자는 욕심으로 일을 맡았지만 막상 작업을 시작하고 보니 카프카의 복합적이고 암시가 풍부한 문장을 한국어로 옮기는 게 생각만큼 간단하지 않았다. 어쨌든 역자 나름대로 지키려고 노력한 것은 원문에의 충실성에 대한 요구와 한국어로 자연스럽게 잘 읽혀야 한다는 요구를 최대한 조화시킨다는 원칙이었다. 나름대로는 많은 시간과 공을 들인 셈이지만, 과연 얼마나 의미 있는 번역이 되었는지는 자신할 수 없다. 독자들의 냉정한 평가와 질정을 바란다.

여기에 수록된 작품은 모두 카프카가 생전에 발표하고 출간한 것들이다. 『선고』와 『변신』, 『유형지에서』는 단행본으로 출간되었고, 나머지 작품은 『시골 의사』와 『단식술사』라는 단편집에 수록되었던 것이다. 『시골 의사』의 경우는 전편(全篇)을 이 책에 실었고, 『단식술사』에서는 본래 네 편 가운데 두 편(「최초의 고뇌」와 「단식술사」)을 골랐다.

카프카는 1883년 프라하에서 유대-독일계 가정에서 태어났다. 카프카가 태어날 당시 프라하는 오스트리아-헝가리 이중 제국 내 보헤미아 왕국(오늘의 체코)의 수도였으며, 제국 전체의 주요 도시들 가운데 하나였다. 하지만 제1차 세계대전에서 오스트리아-헝가리 제국이 패망하자(1918년) 보헤미아 왕국도 역사의 뒤안길로 사라지고, 프라하는 새로 건국된 체코슬로바키아 공화국의 수도가 된다.

프라하는 많은 저명한 독일계 문인들을 배출했다. 카프카와 동시대 프라하 출신 작가 가운데 가장 유명한 사람은 라이너 마리아 릴케(1875년 프라하 출생)일 것이다. 카프카가 처음 작품 발표를 시도하던 1910년대 초에 릴케는 이미 프라하를 떠난 지 오래였고, 시인으로서 국제적 명성을 높이고 있었다. 릴케가 일찍이 프라하를 떠나 유럽 주요 도시를 다니며 당대의 저명한 예술가, 작가와 교유하고 수많은 후원자들에게 의지했다면, 카프카는 이와는 매우 대조적인 삶을 살았다. 그는 내성적이어서 거의 고립된 상태로 살아갔고, 프라하를 거의 떠나지 않았으며, 병으로 퇴직할 때까지 노동자 재해 보험국에 근무하며 생계를 꾸렸고, 근무가 끝난 뒤 밤이 되어야 창작에 매달릴 수 있었다. 또한 카프카는 작품을 발표하고 스스로를 알리는 데 많이 망설였기 때문에, 그의 세계적 명성은 사후에야 비로소 얻어진 것이었다. 잘 알려진 대로 이 과정에서 결정적 역할을 한 것은 카프카의 유언에도 불구하고 그의 유고를 불태우지 않고 출판한 친구 막스 브로트였다.

그럼에도 불구하고, 카프카는 고향뿐만 아니라 모더니즘 문학의 개척자라는 명성을 릴케와 공유한다. 릴케가 20세기 시에 광범위하고 깊은 영향력을 미쳤다면, 카프카는 카프카를 제외한 20세기 소설의 역사를 생각할 수 없을 정도로 현대 소설에 큰 변화를 가져왔다. 카프카의 뚜렷한 영향을 받은 것으로 알려진 세계적 작가만 하더라도 카뮈, 사르트르, 베케트, 이오네스코, 로브그리예, 보르헤스, 마르케스 등을 들 수 있고, 이들의 이름에서도 드러나듯이, 카프카의 영향은 소설을 넘어서 연극, 더 나아가 철학에까지 미친다. 카프카는 카뮈, 사르트르 외에도 아도르노, 벤야민, 블랑쇼, 데리다, 들뢰즈 등, 수많은 현대 철학자, 사상가들이 깊은 관심을 가지고 논의해 온 작가이기도 하다.

카프카는 소설에 대한 전통적 관념에 도전했고, 다양한 방식으로 새로운 글쓰기를 시험하는 가운데 이전까지 사람들이 존재할 수 있을 거라고 생각하지 못한 새로운 세계를 창조해 냈다. 부조리하고 환상적이며 그로테스크한 분위기를 가리키는 형용사 'kafkaesk(독일어)/kafkaesque(영어)'가 존재한다는 사실은 카프카의 소설 세계가 얼마나 개성적이고 독창적인지, 그리고 그러한 개성과 독창성이 현대적 의식에 얼마나 깊은 영향을 미쳤는지를 보여 준다.

다음에서는 카프카적 세계의 특징을 여기 수록된 몇몇 주요 작품들을 통해 살펴보기로 한다.

## 선고

1912년에 발표된 이 소설 속에는 작가 자신의 자전적 요소가 상당히 많이 담겨 있다. 카프카는 이 작품을 "펠리체 B. 양"에게 헌정하고 있는데, 이는 물론 카프카의 훗날의 약혼녀 펠리체 바우어를 가리킨다. 소설의 주인공 게오르크 벤데만은 프리다 브란덴펠트와 결혼을 눈앞에 두고 있다. 카프카는 장래 약혼녀의 이니셜(F. B.)을 소설 속 주인공의 약혼녀에게 그대로 사용한 것이다. 그뿐만이 아니다. 카프카는 아버지와의 관계가 순탄하지 못한 것으로 유명한데, 소설에서는 주인공이 아버지와 충돌한 끝에 아버지로부터 익사형을 선고받고 스스로 강물에 투신한다. 즉, 아버지와의 어려운 관계가 소설 속에서 매우 과장된 형태로 재현되어 있다고 할 수 있을 것이다.

이 소설에서 매우 특징적인 점은 비교적 이해하기 쉽고 합리적이며 현실적인 전반부(게오르크가 친구에게 쓴 편지를 들고 아버지의 방을 찾아가는 부분까지)와 터무니없는 악몽을 연상시킬 만큼 부조리하고 모순적이며 비현실적인 후반부(아버지의 뜻하지 않은 반발에 게오르크가 당혹해하다가 결국 아버지의 선고에 따라 강물에 몸을 던지기까지) 사이의 극명한 대조이다. 전반부를 지배하는 것은 자신의 삶을 장악하고 독립(결혼)과 성공을 향해 나아가고 있는 젊은 사업가 게오르크 벤데만의 모습이다. 하지만 순탄한 것처럼 보이는 삶의 이면에는 불안 요소가 도사리고 있다. 그의 독립과 성공은 아버지와 러시아로 이민 간 어릴 적 친구가 그의 삶에서 점점 밀려 나가고 몰락한다는 것을 의미한다. 이 사실은 게오르크의 마음을 괴롭히고 있으며, 이 문제 때문에 그는 결국 친구에게 보내는 결혼 초대 편지를 쓴 다음, 이 편지를 들고 아버지의 방을 찾아간다. 그 순간 아버지의 반격이 시작된다. 아버지는 자신이 러시아에서 몰락해 가고 있는 친구, 돌아가신 어머니와 연대하고 있다고 주장하면서, 그들의 이름으로 게오르크와 약혼녀를 비난하고, 그에게 익사형을 선고한다. 게오르크는 앞뒤가 맞지 않고 때로 이해하기도 어려운 아버지의 비난에 무기력하게 굴복하며, 아버지가 내린 형벌을 스스로 집행한다. 소설의 전반부에서 자신의 성공에서 배제되고 몰락해 가는 아버지와 친구를 걱정하던 게오르크가 후반부에서는 오히려 그들에 의해 몰락하고 만다.

『선고』는 삶에 대해 카프카가 품었던 근원적인 불안과 공포, 즉 자신이 결코 정상적인 시민적 주체로서 행복하고 성공적인 삶에 안착할 수 없을 것이라는 비관적 관념을 드러내고 있다. 소설이 표현하고 있는 아버지에 대한 과도한 공포와 죄의식, 그럼에도 불구하고 집을 떠나서는 영영 몰락할 것이라는 불안감, 결혼과 독립에 대한 공포 등은 그대로 카프카 내면의 이야기이기도 하다. 그런 의미에서 카프카가 이 소설을 펠리체 바우어에게 헌정한 것은 의미심장하다. 그것은 그녀와의 파혼을 예고하는 듯하다.

하지만 소설에 대한 더욱 일반적인 차원의 해석도 가능할 것이다. 소설의 전반부가 시민적 합리성을 갖춘 주체의 의식 세계를 나타낸다면, 후반부는 그것이 감추고 억누르고자 하는 비합리적 무의식의 세계에 대한 표현으로 이해할 수 있을 것이다. 이 소설의 전개 속에서 우리가 보는 것은 합리적 의식의 약한 고리에서부터 부조리하고도 광적이며 환상적인 무의식의 세계가 솟아 나오는 과정이다. 합리적 의식의 세계를 빙산의 일각으로 보이게 만들 만큼 광대한 비합리적·충동적 무의식이라는 새로운 영역의 발견이 20세기 정신사를 특징짓는 가장 중요한 사건 가운데 하나라면, 카프카는 이 새로운 세계에 대한 완벽한 소설적 표현을 제공한 최초의 작가라고 해도 과언이 아닐 것이다.

## 변신

『선고』에서 주체의 몰락이 소설의 끝에 오는 사건이라면 『변신』은 주체의 몰락에서 시작된다. 주인공 그레고르 잠자는 어느 날 아침 갑자기 거대한 갑충으로 변신한다. 그레고르의 몰락이 무엇 때문에 초래된 것인지, 어떤 죄에 대한 대가인지는 전혀 불투명하다. 여러 가지 차이점에도 불구하고 『변신』과 『선고』 사이에는 기본적인 유사성이 있다. 그레고르는 게오르크만큼 성공적인 사업가는 아니고 외판 사원에 지나지 않지만, 어쨌든 경제적으로 가족의 삶을 꾸려 가면서 거의 가장의 지위에 올라왔고, 이를 더욱 공고히 하려는 순간에 있었다. 게오르크의 경우 프리다 브란덴펠트와의 결혼이 시민적 주체성의 완성을 의미하는 사건이었다면, 크리스마스이브에 가족이 모인 가운데 자신의 힘으로 누이동생 그레테를 음악 학교에 보내주겠다고 선언하려는 그레고르의 계획 역시 그가 완전한 가장으로서의 지위에 올랐음을 알리는 상징적 의미를 지닌다. 하지만 두 주인공 모두 그 지점에 이르지 못하고 몰락한다. 게오르크는 아버지의 벽에 부딪혀 죽음에 이르고, 그레고르는 벌레로 변신함으로써 모든 꿈을 잃어버린다.

『변신』에서 중요한 것은 시민적 합리성이 지배하는 현실 세계와 비합리적이고 초현실적인 세계의 대립이다. 소설이 비합리적·초현실적 세계의 갑작스러운 출현(그레고르의 변신)으로 시작된 이후 그레고르가 죽음에 이를 때까지 두 세계의 기묘한 공존 상태가 지속된다. 그레고르의 가족은 변신 이후에도 현실적 삶을 계속 이어가며, 벌레가 된 그레고르(초현실적 세계)를 철저하게 방 안에 가둠으로써 최대한 정상성의 외관을 유지하려 한다. 동일한 태도는 그레고르 자신에게서도 나타난다. 그레고르는 가족의 경제 상황에 대한 걱정에 몰두할 뿐, 자신의 벌레로서의 실존에 대한 고민은 조금도 하지 않는다. 그의 의식 역시 초현실적 세계를 억압하는 것이다. 하지만 억압된 초현실적 세계는 주기적으로 경계선을 넘어서 분출하며 시민적 일상의 삶을 위협한다. 그레고르는 반쯤 정신이 홀린 상태에서 방 밖으로 나와 식구들을 경악하게 하곤 한다. 『변신』에서 주인공이 벌레로 살아가는 초현실적 세계는 『선고』의 부조리하고 광적이며 비합리적인 무의식 세계와 일맥상통한다. 어두운 게오르크 아버지의 방만큼이나, 현실적 세계에서 일탈한 그레고르의 방 또한 불안과 공포를 촉발한다. 하지만 그레고르의 방은 아주 잠깐 동안이나마 비인간적이고 어리석고 지루

한 일상적 현실 세계를 넘어설 수 있게 해 주는 도피처, 탈출구로 생각되기도 한다. 예컨대 그레고르가 아무런 관심도 보이지 않는 세 명의 하숙인 앞에서 바이올린을 연주하는 누이동생을 자기 방으로 데리고 들어와야겠다고 생각하는 순간, 그는 자신의 초현실적 공간을 그러한 도피처로 생각한 것이다. 요컨대, 그레고르 잠자의 비합리적·초현실적 세계는 시민적·현실적 세계를 위협하는 불안과 공포의 요인이자, 이 세계의 굴레를 넘어설 수 있는 구원의 가능성으로 나타나기도 한다.

## 유형지에서

합리적 세계와 비합리적 세계의 대립은 중편소설 『유형지에서』에서도 중요한 의미를 지닌다. 이 소설은 유형지에서 행해지는 한 죄수에 대한 형 집행에 관해 이야기한다. 유형지에는 기괴하고 잔혹한 처형의 전통이 내려오고 있다. 죄수는 자신을 변론할 수 있는 기회도 갖지 못한 채, 자신에게 어떤 형벌이 내려졌는지도 모르는 상태에서, 정교하게 제작된 처형 기계에 올라야 한다. 이 기계는 긴 시간 동안 바늘로 등에 죄명을 새기는 끔찍한 고문을 가한 끝에 죄수를 찍어 죽이도록 설계되어 있다. 유형지의 잔혹한 재판 및 형 집행 관습은 새로운 사령관이 부임한 이후 위기에 봉착하는데, 이 전통의 마지막 수호자를 자처하는 장교는 여행가를 설득하여 사령관에게 맞서고자 한다. 하지만 여행가는 합리적이고 근대적인 유럽 인의 입장에서 단호하게 야만적 관습에 대해 반대 의견을 표명한다. 이로써 장교는 자신의 시대가 다했음을 깨닫고 죄수에 대한 형 집행을 중단시킨 뒤 스스로 처형 기계에 올라 끔찍한 종말을 맞이한다. 여행가는 배를 타고 악몽 같은 유형지를 떠난다.

우리는 이 소설을 읽으면서 쉽게 여행가의 합리적·계몽적·휴머니즘적 의식과 장교의 광적·몽매적·비인간적 의식 사이의 대립을 설정할 수 있다. 하지만 여행가가 합리적·휴머니즘적 정신에 입각하여 장교와의 협력을 거부하고 이로 인해 장교가 자살하는 소설의 줄거리를 야만에 대한 계몽의 승리로 해석할 수 있을까? 『유형지에서』를 이방인을 죽이라는 토아스 왕의 명령을 거역한 이피게네이아의 이야기, 즉 괴테의 휴머니즘적·계몽적 드라마(『타우리스의 이피게네이아』)와 동일시할 수 있을까? 그럴 수 없을 것이다. 왜냐하면 카프카의 소설에서는 야만적 관습의 중단이 대단히 모호하게 이야기되고 있을 뿐이기 때문이다. 그 모호성은 다음과 같은 점에서 볼 수 있다.

첫째, 장교의 죽음은 가장 야만적인 처형이라는 형태로 실현된다. 역설적이게도 처형 기계는 자신을 가장 아끼고 보살펴 주던 장교를 처형시킨다. 장교의 자기 처형이 곧 기계의 자체 붕괴로 이어지는 것은 우연이 아니다.

둘째, 장교가 죽은 뒤 여행가가 죄수와 병사와 함께 방문한 찻집의 테이블 밑에는 전임 사령관 — 그는 장교의 우상이며 처형 기계의 발명자다 — 의 묘가 숨어 있는데, 그 묘비에는 의미심장하게도 그의 재림에 대한 예언이 새겨져 있다. 찻집의 다른 손님들이 묘비에 새겨진 어처구니없는 시대착오적 주장을 비웃을 때, 여행가는 오히려 그런 사람들에게서 거리감을 느낀다. 이는 합리성과 계몽의 도래와 함께 비합리와 야만이 단순히 사라지거나 그저 지나간 과거의 일이 될 수 없음을 시사한다. 비합리적 세계는 언제든지 다시 귀환할 수 있다. 근대적 합리성은 비합리성을 제거하고 세계의 지배권을 획득하는 것처럼 보이지만, 비합리성은 억압될 뿐 결코 사라지지 않는다.

셋째, 처형 기계 자체가 가지는 모호성이다. 기계는 바늘로 죄수를 극심하게 고문하지만, 그것의 작용은 단순히 죄수에게 육체적 고통을 가하는 데 그치지 않는다. 기계는 바늘로 죄수의 등 위에 죄명을 새겨 넣고 이로써 죄수에게 죄에 대한 의식을 만들어 낸다. 죄수는 등으로 자신의 죄명을 읽고서야 비로소 자기가 무슨 죄를 지었는지 알게 된다. 처형 기계는 처형을 통해 판결을 내린다. 죄가 처형을 부르는 것이 아니라 처형이 죄를 생산한다. 이러한 기묘한 역전에서 우리는 단순히 야만과 잔혹성의 맥락으로 이해할 수 없는, 어떤 불가해한 비합리의 세계를 발견한다. 그것은 카프카의 미완성 장편소설 『소송』이 보여 주는 부조리의 세계와 연결된다.

## 시골 의사

분량이 짧은 편에 속하는 「시골 의사」는 카프카의 소설 가운데서도 가장 난해하고, 가장 환상적인 작품으로 알려져 있다. 이 소설 속에는 현실적인 것과 초현실적인 것, 일상적인 것과 기이한 것, 합리적인 것과 비합리적인 것, 이성적인 것과 광적인 것이 지금까지 논의한 작품들에서보다 훨씬 더 혼란스럽게 뒤얽혀 있다.

시골 의사는 소설 시작에서부터 '커다란 당혹감'에 빠져 있다. 멀리 왕진을 가야 하지만 악천후와 말의 죽음이 그의 길을 가로막고 있는 것이다. 그래도 여기까지는 그에게서 자신이 직면한 현실적 어려움을 합리적으로 해결하려고 노력하는 주체의 면모를 볼 수 있다. 그는 하녀를 보내서 마차를 끌 말을 빌려 보려고 한다. 하지만 아무도 말을 빌려 주지 않는다. 그가 정신이 산란한 상태에서 돼지우리 문을 걷어차자 돼지우리에서 낯선 마부와 두 마리 말이 나오는데, 적어도 이때부터 초현실적이고 부조리한 몽환적 세계가 활짝 펼쳐지고, 시골 의사는 이 세계의 자의적 흐름에 무기력하게 휩쓸려 간다. 이 세계 앞에서 시골 의사의 모든 합리적 계산은 좌절되는데, 그것은 합리적 주체성이 작용하기 위한 필수적인 조건, 즉 세계의 지속성과 안정성, 예측 가능성이 사라져 버렸기 때문이다. 시골 의사는 발아래 단단한 땅바닥을 상실한 사람처럼 변덕스럽게 흘러가는 기이한 세계의 물살 속에서 무의미하게 허우적거릴 뿐이다. 그가 그 속에서 느끼는 커다란 당혹감은 부조리한 악몽이 우리에게 안겨 주는 불안과 유사하다.

시골 의사가 빠져든 몽환적 세계는 어떤 세계일까? 그것은 폭력적인 성욕과 죽음의 충동, 끔찍하게 벌어져 있는 상처, 마법의 말과 고대적 희생 제의 등이 어지럽게 뒤섞여 있는 세계이며, 그 속에서 근대적·시민적 주체인 의사의 전문적 의학 지식 및 기술은 아무런 쓸모도 없게 된다. 소설 시작에서 모피 외투로 몸을 단단히 감싸고 왕진 가방을 들고 있던 주인공은 소설 끝에서 벌거벗은 채로, 마음대로 다스릴 수 없는 말 등 위에 올라탄 영원한 방랑자의 신세가 된다. 이제 그에게는 돌아갈 집도 사라져 버렸다. 그는 야간 벨 소리에 속아 따라 나왔다가 모든 것이 돌이킬 수 없게 되었다고 한탄한다.

분명 시골 의사는 자신을 무력하게 만드는 초현실적 세계에 대해 부정적인 감정과 거리감을 느끼고 있다. 하지만 소설의 많은 대목은 바로 이 세계 자체가 시골 의사 자신의 무의식적 환상의 산물이며 그가 적대시하거나 거리를 두는 인물들은 바로 그의 분신임을 암시한다. 하녀 로자를 겁탈하는 짐승 같은 마부는 오랫동안 로자와 함께 살아오면서도 그녀에게 어떤 관심도 보이지 않은 의사와 극단적 대조를 이루지만, 그러한 극단적 대조는 오히려 두 인물을 서로 짝패로 이어 준다. 두 인물의 깊은 연관성은 의사-화자가 하녀를 중성 대명사 es(그것)로 지칭하다가 그녀의 이름이 낯선 마부의 입에서 처음 튀어나온 때부터 비로소 그 이름과 함께 여성 대명사 sie(그녀)를 사용하기 시작한다는 사실에서 강하게 암시된다. 유사한 의미에서 병을 치료하는 늙은 의사와 초현실적 상처를 안고 죽음을 갈망하는 소년도 서로 짝패를 이룬다. 소년은 초현실적인 분홍빛(로자) 상처를 허리에 지니고 있으며, 그것은 로자에 대한 의사의 에로스적 갈망과 소년의 타나토스적 충동을 이어 준다. 그렇다면 「시골 의사」에서 그려지는 비합리적이고 초현실적이며 몽환적인 세계는 합리적 주체가 억압하고 극복하고자 하는 비합리적 불안과 공포뿐만 아니라, 그 주체의 이면에 숨겨져 있는 본능적 충동, 더 나아가 주체의 자기 해체의 욕망까지도 표현하고 있다고 할 수 있으리라. 우리가 『변신』에서 확인한 비합리적·초현실적 세계의 양가성은 여기서 더욱 확연하게 모습을 드러내고 있다.

## 법 앞에서

카프카는 이 짧은 단편을 단편집 『시골 의사』 속에 수록했고, 미완성 장편소설 『소송』 속에 삽입하기도 했다. 소설의 등장인물은 단 두 명뿐이다. 시골에서 온 남자와 법을 지키는 문지기. 시골에서 온 남자는 한평생을 바쳐 법 안으로의 입장을 시도한다. 하지만 문지기는 나중에는 입장이 가능하지만 지금은 안 된다고 하면서 거듭 입장을 거부한다. 그리고 남자가 죽기 직전이 되었을 때 문지기는 이 입구가 오직 남자만을 위한 것이었다고 밝힌다. 남자의 죽음으로 문지기는 자신의 임무에서 해방되고 입구는 폐쇄된다.

법과 법의 입구를 지키는 문지기는 풀리지 않는 수수께끼를 던져 준다. 문지기는 왜 남자에게 끝까지 입장을 허락하지 않았는가? 왜 그러면서도 아예 쫓아 보내지 않고 나중에는 입장이 가능하다는 말로 그를 유혹했는가? 문지기가 남자를 끝까지 들여보내주지 않을 것이었고, 그의 말대로 그 입구가 남자를 위해 정해진 것이어서 그 외에 다른 누구도 들어오려 하지 않은 것이라면, 왜 문지기는 처음부터 입구를 폐쇄해 버리지 않았는가? 왜 그는 문을 열어 놓고서 그 긴 세월 동안 남자 때문에 자리를 비우지도 못하고 그의 입장을 막기 위한 수고를 마다하지 않았는가? 왜 문지기는 남자를 확실히 거부하거나 확실히 받아들이거나 하지 않고, 거부하면서 받아들이는 듯한, 또는 받아들이면서 거부하는 듯한 모순적 태도를 취했는가? 그러한 모순적 태도 때문에 결국은 남자뿐만 아니라 문지기 자신도 인생을 허비한 것이 아닌가? 무엇을 위해 문지기는 그 오랜 세월 동안 쉬지도 못하고 남자와 옥신각신하며 그의 끝없는 청원에 시달리는 길을 택한 것일까?

수수께끼적이기는 시골에서 올라온 남자도 마찬가지다. 그는 왜 법 안으로 들어가려 하는가? 법은 그에게 어떤 가치가 있는가? 남자는 밑도 끝도 없이 법 앞에 나타나 입장을 청한다. 그가 원래 살던 세계는 어떤 곳이었는지, 무엇이 그를 법 앞으로 인도했는지, 그는 법 안에 들어가서 무엇을 하려 했는지, 그는 왜 문지기의 부조리한 태도에 의문을 제기하기는커녕 평생 문지기의 말을 고분고분 따르며 평생을 기다렸는지, 소설의 서술자는 이러한 질문들에 대해 어떤 설명도 제공하지 않는다.

시골에서 온 남자와 문지기가 벌이는 부조리극은 카프카가 인간의 실존적 상황을 합리성의 원리 너머에서 포착하고 있음을 보여 준다. 합리성의 원리는 인간의 행위와 삶을 합목적성이라는 틀 속에서 이해하고, 어떤 정해진 목표에 도달하는 것에서 인간 행위와 삶의 지향점과 의미를 찾고자 한다. 그런데 합리성과 합목적성의 원리가 안고 있는 한계는 목표가 달성된 이후, 목표 너머의 삶에 대한 답을 알지 못한다는 데 있다. 목표가 달성된 삶, 삶의 의미를 이룬 삶은 역설적이게도 더 이상 의미를 지니지 못한다. 왕자와 공주의 결혼이라는 목표를 향해 달려가는 동화가 주인공들의 결혼이 성사된 이후에 언제나 "그 후 두 사람은 오래오래 행복하게 살았습니다" 하고 얼버무리는 것은 바로 이 때문이다. 결혼 이후에는 이야기할 것이 없다. 목표 이후의 삶은 무의미하다. 삶의 의미는 목표에 의존하지만 목표가 달성되는 순간 그 의미도 사라져 버리기 때문에, 궁극적으로 삶을 의미 있게 해 주는 것은 달성되지 않을 목표라는 역설이 나온다. 하지만 달성이 완전히 불가능한 것이라면 아예 목표가 될 수도 없는 까닭에, 인간에게는 달성할 수 있을 것 같으면서도 달성할 수 없는 모순적 목표가 필요한 것이다. 문지기는 법으로의 입구를 완전히 막아 버리지도 않고, 그렇다고 입장을 허용하지도 않음으로써, 시골에서 온 남자에게 바로 이러한 모순적 목표를 제공해 준다. 남자는 평생을 법을 향한 추구에 바쳤다는 믿음 속에서 마지막 숨을 거둔다. 하지만 결국 목표를 이루지 못하고 끝나는 삶 역시 허망한 것이 아닐까? 설사 남자가 자기 삶에서 어떤 의미를 보았다고 하더라도, 그것은 의미의 가상에 불과한 것이 아니었을까? 아니면 남자는 의미의 가상만으로 삶을 지속하기에 충분하다는 것을, 삶에서 그 이상을 바랄 수는 없다는 것을 알고 있었던 걸까?

## 단식술사

카프카의 소설에서는 서커스 공연이나 곡예사의 모티브가 자주 등장한다. 이러한 작품들은 대체로 예술가라는 존재 양식에 대한 탐구로 해석된다. 「학술원 보고」에서 황금 해안에서 붙잡혀 온 원숭이 빨간 페터는 인간 세계에 적응하면서 보드빌 극장의 배우가 된다. 빨간 페터는 짐승 우리에서 벗어나기 위해 스스로 각고의 노력을 기울인 끝에 인간을 흉내 내는 데 성공하고 거의 인간이 되기에 이른다. 하지만 카프카의 후기 작품인 「단식술사」에서는 사태가 반대 방향으로 전개된다. 단식술 공연은 단식술사가 철창 우리에 갇힌 상태에서 이루어진다. 단식술에 대한 인기가 하락하면서 단식술사는 결국 우리 속에 방치된 채 동물이나 다름없는 존재로, 심지어 그보다 못한 존재로 전락한다.

단식술 공연은 실제로 미국과 유럽에서 19세기 말부터 20세기 초까지 상당한 인기를 끌었지만, 그 후로 여러 차례 사기 단식 시도가 발각되면서 신빙성을 잃고 점차 사람들의 관심에서 멀어져 갔다. 카프카의 화자가 이 소설에서 단식술에 관해 서술한 내용은 적어도 부분적으로는 역사적 사실에 부합한다고 할 수 있다. 그렇다면 카프카는 왜 단식술에 관심을 가지고 이를 소재로 하여 일종의 예술가 소설을 쓴 것일까?

예술이란 무엇인가? 예술가가 보통 사람들이 하지 못하는 무언가를 적극적으로 이루어 내고 그 결과를 세상에 발표할 때, 예술은 비로소 예술로서 인정된다. 그런데 단식술에서는 보통 사람들이 하는 무언가를 하지 않는다는 것이 예술의 내용이 된다. 그것은 실제 단식술 공연의 역사에서 단식의 진실성을 둘러싼 많은 의혹과 스캔들이 발생한 원인이기도 했다. 무엇을 하지 않은 것을 보여 준다는 것은 간단한 일이 아니기 때문이다. 단식술은 지속적인 감시를 통해서만 증명될 수 있었다.

이는 카프카의 소설에서도 중요하게 다루어지는 문제이다. 단식술 공연의 관건은 어떻게 예술가가 하지 않는 것을 보여 줄 수 있느냐에 있다. 모든 사람들이 단식술사를 24시간 관찰하지 않는 한 단식의 완전 증명은 불가능하다. 이 때문에 단식술 흥행사는 오직 단식의 가상을 만들어 내는 데만 공연의 초점을 맞춘다. 감시인들은 그런 가상을 만들어 내기 위한 수단일 뿐이다. 단식 기간 40일도 가상으로서의 단식에 대한 사람들의 관심 정도에 따라 산정된 것이다. 이때 단식술사가 정말로 얼마나 오래 먹지 않을 수 있느냐는 중요하지 않다. 단식술사는 의미 있는 가상을 만들기 위해 오히려 강제로 단식을 중단당하는 수모를 겪는다. 단식술사의 진짜 기술과 업적은 부작위적이고 비가시적이라는 단식의 부정적 특성으로 인해 단식술사 자신 외에는 아무도 확인할 수 없는 어떤 것으로 남는다.

역설적이게도 단식술사는 단식술에 대한 인기가 수그러든 뒤에야, 즉 단식의 가상에 대한 수요가 사라진 뒤에야, 누구의 방해도 받지 않고 진정으로 자신의 예술을 추구해 갈 수 있었다. 하지만 아무도 관심을 두지 않고 아무도 알지 못하는 예술은 더 이상 예술일 수가 없었다. 왜냐하면 사람들에게 전시되고 인정받는다는 것이야말로 예술의 최소한의 조건이기 때문이다.

단식술사는 오직 자기 자신만이 확인하고 인정하고 평가할 수 있는 예술의 세계 속에 완전히 고립된다. 그는 이런 고립의 결과로 결국 인간 세계 바깥으로 밀려나 그레고르 잠자처럼 폐쇄된 자기만의 공간 속에서 굶어 죽는다. 자신이 단식을 한 것은 아무것도 입맛에 맞는 것이 없기 때문이었다는 단식술사의 유언 역시 입맛이 없어서 아무것도 먹지 못하고 죽은 그레고르 잠자를 강하게 연상시킨다. 단식술사의 유언 속에는 현실 세계의 극단적 부정이라는 미의 이념이 포함되어 있다. 이 미의 이념을 철저히 지켜 나갈 때 예술가는 세계에서 완전히 망각되고 사라져 버릴 것이다. 하지만 그는 세계의 인정을 얻을 때만 예술가일 수 있다. 카프카가 막스 브로트에게 자신의 유고를 불태워 줄 것을 부탁했을 때, 그는 어쩌면 현실 세계의 부정을 추구해 온 근대적 예술의 딜레마를 가장 첨예하게 느끼고 있었던 것인지도 모른다. 그는 그대로 사라져야 한다고 생각한 것일까? 그가 이미 병이 깊어져 있던 1922년에 쓴 작품 「단식술사」는 이런 의미에서 카프카의 문학적 유언으로 읽을 수 있을 것이다.

카프카는 폐결핵으로 1924년 빈 근교의 요양원에서 사망한다.

## 판본 소개

번역에 사용한 판본은 Franz Kafka, *Die Erzählungen*, 2. Auflage(Frankfurt a. M.: S. Fischer Verlag, 2013)이다.

## 카프카 연보

**1883** **7월 3일** 보헤미아 왕국의 수도 프라하에서 헤르만 카프카와 율리(결혼 전 성은 뢰비)의 첫아들로 태어남. 부모는 프라하에서 고급 양품점을 운영.

**1889~1893** 독일계 초등학교에 다님. 누이동생 가브리엘레(1889), 발레리에(1890), 오틸리에(1892) 출생.

**1893~1901** 알트슈타트 독일계 국립 김나지움에 다님. 훗날 미술사가가 될 오스카 폴락과 교유.

**1901~1906** 카를 대학에 다님. 독문학, 미술사, 법학 수학.

**1902** 평생 친구이자 문학적 지지자로 남을 막스 브로트를 만남.

**1904~1905** 『어떤 투쟁의 기록』 집필.

**1906** 알프레트 베버의 지도 아래 법학 박사 학위를 받음. 이후 법원에서 1년간 수습 기간을 마침.

**1907** 「시골에서의 결혼 준비」 집필.

**1908** 노동자 재해 보험국 근무 시작. 1922년 은퇴할 때까지 이 직장에서 계속 근무함. 잡지 『휘페리온』에 8편의 산문을 처음으로 발표.

**1911** 유태인 극단의 이차크 뢰비를 만남.

**1912** 『실종자』 구상, 일부 집필. 첫 번째 책 『관찰』을 출간. 펠리체 바우어를 만남. 『선고』, 『변신』 집필. 프라하에서 최초로 『선고』 공개 낭독.

1913 베를린에 있는 펠리체 바우어를 방문함. 『실종자』의 일부인 『화부』 출간.

1914 펠리체 바우어와 약혼하고, 파혼함. 『소송』 집필 시작. 『유형지에서』 집필. 제1차 세계대전 발발. 직장 필수 인력으로 징집에서 제외됨.

1915 펠리체 바우어와 재회. 『변신』 출간.

1916 『선고』 출간. 뮌헨에서 『유형지에서』 공개 낭독. 단편집 『시골 의사』 집필. 펠리체와 마리엔바트에서 휴가를 보냄.

1917 펠리체와 두 번째 약혼. 폐결핵 진단. 펠리체와 파혼. 오틸리에가 사는 보헤미아의 작은 마을 취라우에서 체류. 여기서 이른바 '취라우 아포리즘'을 씀.

1918 종전. 체코슬로바키아 공화국의 성립. 율리에 보리체크를 만남.

1919 『유형지에서』 출간. 율리에 보리체크와 약혼. 단편집 『시골 의사』 출간. 「아버지에게 드리는 편지」 집필. 저널리스트이자 작가인 밀레나 예젠스카에 의해 『화부』 외 몇몇 단편이 체코어로 번역됨.

1920 아포리즘 「그(Er)」 집필. 밀레나 예젠스카와 서신 교환. 「포세이돈」, 「법의 문제들」 등의 단편 집필. 율리에와 파혼. 밀레나 예젠스카를 만남.

1921 「최초의 고뇌」 집필.

1922 『성』 집필. 「단식술사」, 「어떤 개의 탐구」 집필.

1923 도라 디아만트를 만남. 도라 디아만트와 베를린으로 이주. 「작은 여인」, 「굴」 집필.

1924 「가수 요제피네, 또는 쥐의 종족」 집필. 빈 교외의 키얼링 요양소에서 6월 3일에 사망. 사후에 네 편의 단편을 수록한 『단식술사』 출간.

# 새롭게 을유세계문학전집을 펴내며

을유문화사는 이미 지난 1959년부터 국내 최초로 세계문학전집을 출간한 바 있습니다. 이번에 을유세계문학전집을 완전히 새롭게 마련하게 된 것은 우리가 직면한 문화적 상황에 적극적으로 대응하기 위해서입니다. 새로운 을유세계문학전집은 세계문학의 역할이 그 어느 때보다 중요해졌다는 인식에서 출발했습니다. 오늘날 세계에서 타자에 대한 이해는 우리의 안전과 행복에 직결되고 있습니다. 세계문학은 지구상의 다양한 문화들이 평등하게 소통하고, 이질적인 구성원들이 평화롭게 공존할 수 있는 문화적인 힘을 길러 줍니다.

을유세계문학전집은 세계문학을 통해 우리가 이런 힘을 길러 나가야 한다는 믿음으로 만들어졌습니다. 지난 5년간 이를 준비하기 위해 많은 노력을 기울였습니다. 세계 각국의 다양한 삶의 방식과 문화적 성취가 살아 있는 작품들, 새로운 번역이 필요한 고전들과 새롭게 소개해야 할 우리 시대의 작품들을 선정했습니다. 우리나라 최고의 역자들이 이들 작품 속 한 문장 한 문장의 숨결을 생생히 전하기 위해 심혈을 기울였습니다. 또한 역자들은 단순히 번역만 한 것이 아니라 다른 작품의 번역을 꼼꼼히 검토해 주었습니다. 을유세계문학전집은 번역된 작품 하나하나가 정본(定本)으로 인정받고 대우받을 수 있도록 최선을 다했습니다. 세계문학이 여러 경계를 넘어 우리 사회 안에서 주어진 소임을 하게 되기를 바라며 을유세계문학전집을 내놓습니다.

# 을유세계문학전집

1. 마의 산(상) 토마스 만 | 홍성광 옮김
2. 마의 산(하) 토마스 만 | 홍성광 옮김
3. 리어 왕 · 맥베스 윌리엄 셰익스피어 | 이미영 옮김
4. 골짜기의 백합 오노레 드 발자크 | 정예영 옮김
5. 로빈슨 크루소 대니얼 디포 | 윤혜준 옮김
6. 시인의 죽음 다이허우잉 | 임우경 옮김
7. 커플들, 행인들 보토 슈트라우스 | 정항균 옮김
8. 천사의 음부 마누엘 푸익 | 송병선 옮김
9. 어둠의 심연 조지프 콘래드 | 이석구 옮김
10. 도화선 공상임 | 이정재 옮김
11. 휘페리온 프리드리히 횔덜린 | 장영태 옮김
12. 루쉰 소설 전집 루쉰 | 김시준 옮김
13. 꿈 에밀 졸라 | 최애영 옮김
14. 라이겐 아르투어 슈니츨러 | 홍진호 옮김
15. 로르카 시 선집 페데리코 가르시아 로르카 | 민용태 옮김
16. 소송 프란츠 카프카 | 이재황 옮김
17. 아메리카의 나치 문학 로베르토 볼라뇨 | 김현균 옮김
18. 빌헬름 텔 프리드리히 폰 쉴러 | 이재영 옮김
19. 아우스터리츠 W. G. 제발트 | 안미현 옮김
20. 요양객 헤르만 헤세 | 김현진 옮김
21. 워싱턴 스퀘어 헨리 제임스 | 유명숙 옮김
22. 개인적인 체험 오에 겐자부로 | 서은혜 옮김
23. 사형장으로의 초대 블라디미르 나보코프 | 박혜경 옮김
24. 좁은 문 · 전원 교향곡 앙드레 지드 | 이동렬 옮김
25. 예브게니 오네긴 알렉산드르 푸슈킨 | 김진영 옮김
26. 그라알 이야기 크레티앵 드 트루아 | 최애리 옮김
27. 유림외사(상) 오경재 | 홍상훈 외 옮김
28. 유림외사(하) 오경재 | 홍상훈 외 옮김
29. 폴란드 기병(상) 안토니오 무뇨스 몰리나 | 권미선 옮김
30. 폴란드 기병(하) 안토니오 무뇨스 몰리나 | 권미선 옮김
31. 라 셀레스티나 페르난도 데 로하스 | 안영옥 옮김

32. 고리오 영감　오노레 드 발자크 | 이동렬 옮김
33. 키 재기 외　히구치 이치요 | 임경화 옮김
34. 돈 후안 외　티르소 데 몰리나 | 전기순 옮김
35. 젊은 베르터의 고통　요한 볼프강 폰 괴테 | 정현규 옮김
36. 모스크바발 페투슈키행 열차　베네딕트 예로페예프 | 박종소 옮김
37. 죽은 혼　니콜라이 고골 | 이경완 옮김
38. 워더링 하이츠　에밀리 브론테 | 유명숙 옮김
39. 이즈의 무희 · 천 마리 학 · 호수　가와바타 야스나리 | 신인섭 옮김
40. 주홍 글자　너새니얼 호손 | 양석원 옮김
41. 젊은 의사의 수기 · 모르핀　미하일 불가코프 | 이병훈 옮김
42. 오이디푸스 왕 외　소포클레스 | 김기영 옮김
43. 야쿠비얀 빌딩　알라 알아스와니 | 김능우 옮김
44. 식(蝕) 3부작　마오둔 | 심혜영 옮김
45. 엿보는 자　알랭 로브그리예 | 최애영 옮김
46. 무사시노 외　구니키다 돗포 | 김영식 옮김
47. 위대한 개츠비　프랜시스 스콧 피츠제럴드 | 김태우 옮김
48. 1984년　조지 오웰 | 권진아 옮김
49. 저주받은 안뜰 외　이보 안드리치 | 김지향 옮김
50. 대통령 각하　미겔 앙헬 아스투리아스 | 송상기 옮김
51. 신사 트리스트럼 섄디의 인생과 생각 이야기　로렌스 스턴 | 김정희 옮김
52. 베를린 알렉산더 광장　알프레트 되블린 | 권혁준 옮김
53. 체호프 희곡선　안톤 파블로비치 체호프 | 박현섭 옮김
54. 서푼짜리 오페라 · 남자는 남자다　베르톨트 브레히트 | 김길웅 옮김
55. 죄와 벌(상)　표도르 도스토예프스키 | 김희숙 옮김
56. 죄와 벌(하)　표도르 도스토예프스키 | 김희숙 옮김
57. 체벤구르　안드레이 플라토노프 | 윤영순 옮김
58. 이력서들　알렉산더 클루게 | 이호성 옮김
59. 플라테로와 나　후안 라몬 히메네스 | 박채연 옮김
60. 오만과 편견　제인 오스틴 | 조선정 옮김
61. 브루노 슐츠 작품집　브루노 슐츠 | 정보라 옮김
62. 송사삼백수　주조모 엮음 | 김지현 옮김
63. 팡세　블레즈 파스칼 | 현미애 옮김
64. 제인 에어　샬럿 브론테 | 조애리 옮김
65. 데미안　헤르만 헤세 | 이영임 옮김

66. 에다 이야기　스노리 스툴루손 | 이민용 옮김
67. 프랑켄슈타인　메리 셸리 | 한애경 옮김
68. 문명소사　이보가 | 백승도 옮김
69. 우리 짜르의 사람들　류드밀라 울리츠카야 | 박종소 옮김
70. 사랑에 빠진 여인들　데이비드 허버트 로렌스 | 손영주 옮김
71. 시카고　알라 알아스와니 | 김능우 옮김
72. 변신 · 선고 외　프란츠 카프카 | 김태환 옮김
73. 노생거 사원　제인 오스틴 | 조선정 옮김
74. 파우스트　요한 볼프강 폰 괴테 | 장희창 옮김
75. 러시아의 밤　블라지미르 오도예프스키 | 김희숙 옮김
76. 콜리마 이야기　바를람 샬라모프 | 이종진 옮김
77. 오레스테이아 3부작　아이스퀼로스 | 김기영 옮김
78. 원잡극선　관한경 외 | 김우석 · 홍영림 옮김
79. 안전 통행증 · 사람들과 상황　보리스 파스테르나크 | 임혜영 옮김
80. 쾌락　가브리엘레 단눈치오 | 이현경 옮김
81. 지킬 박사와 하이드 씨 · 존 니컬슨　로버트 루이스 스티븐슨 | 윤혜준 옮김
82. 로미오와 줄리엣　윌리엄 셰익스피어 | 서경희 옮김
83. 마쿠나이마　마리우 지 안드라지 | 임호준 옮김
84. 재능　블라디미르 나보코프 | 박소연 옮김
85. 인형(상)　볼레스와프 프루스 | 정병권 옮김
86. 인형(하)　볼레스와프 프루스 | 정병권 옮김
87. 첫 번째 주머니 속 이야기　카렐 차페크 | 김규진 옮김
88. 페테르부르크에서 모스크바로의 여행　알렉산드르 라디셰프 | 서광진 옮김
89. 노인　유리 트리포노프 | 서선정 옮김
90. 돈키호테 성찰　호세 오르테가 이 가세트 | 신정환 옮김
91. 조플로야　샬럿 대커 | 박재영 옮김
92. 이상한 물질　테레지아 모라 | 최윤영 옮김
93. 사촌 퐁스　오노레 드 발자크 | 정예영 옮김
94. 걸리버 여행기　조너선 스위프트 | 이혜수 옮김
95. 프랑스어의 실종　아시아 제바르 | 장진영 옮김
96. 현란한 세상　레이날도 아레나스 | 변선희 옮김
97. 작품　에밀 졸라 | 권유현 옮김
98. 전쟁과 평화(상)　레프 톨스토이 | 박종소 · 최종술 옮김
99. 전쟁과 평화(중)　레프 톨스토이 | 박종소 · 최종술 옮김

100. 전쟁과 평화(하) 레프 톨스토이 | 박종소 · 최종술 옮김
101. 망자들 크리스티안 크라흐트 | 김태환 옮김
102. 맥티그 프랭크 노리스 | 김욱동 · 홍정아 옮김
103. 천로 역정 존 번연 | 정덕애 옮김
104. 황야의 이리 헤르만 헤세 | 권혁준 옮김
105. 이방인 알베르 카뮈 | 김진하 옮김
106. 아메리카의 비극(상) 시어도어 드라이저 | 김욱동 옮김
107. 아메리카의 비극(하) 시어도어 드라이저 | 김욱동 옮김
108. 갈라테아 2.2 리처드 파워스 | 이동신 옮김
109. 마담 보바리 귀스타브 플로베르 | 진인혜 옮김
110. 한눈팔기 나쓰메 소세키 | 서은혜 옮김
111. 아주 편안한 죽음 시몬 드 보부아르 | 강초롱 옮김
112. 물망초 요시야 노부코 | 정수윤 옮김
113. 호모 파버 막스 프리쉬 | 정미경 옮김
114. 버너 자매 이디스 워튼 | 홍정아 · 김욱동 옮김
115. 감찰관 니콜라이 고골 | 이경완 옮김
116. 디칸카 근교 마을의 야회 니콜라이 고골 | 이경완 옮김
117. 청춘은 아름다워 헤르만 헤세 | 홍성광 옮김
118. 메데이아 에우리피데스 | 김기영 옮김
119. 캔터베리 이야기(상) 제프리 초서 | 최예정 옮김
120. 캔터베리 이야기(하) 제프리 초서 | 최예정 옮김
121. 엘뤼아르 시 선집 폴 엘뤼아르 | 조윤경 옮김
122. 그림의 이면 씨부라파 | 신근혜 옮김
123. 어머니 막심 고리키 | 정보라 옮김
124. 파도 에두아르트 폰 카이절링 | 홍진호 옮김
125. 점원 버나드 맬러머드 | 이동신 옮김
126. 에밀리 디킨슨 시 선집 에밀리 디킨슨 | 조애리 옮김
127. 선택적 친화력 요한 볼프강 폰 괴테 | 장희창 옮김
128. 격정과 신비 르네 샤르 | 심재중 옮김
129. 하이네 여행기 하인리히 하이네 | 황승환 옮김

을유세계문학전집은 계속 출간됩니다.

# 을유세계문학전집 연표

BC 458 **오레스테이아 3부작**
아이스퀼로스 | 김기영 옮김 | 77 |
수록 작품 : 아가멤논, 제주를 바치는 여인들, 자비로운 여신들
**그리스어 원전 번역**
서울대 선정 동서고전 200선
시카고 대학 선정 그레이트 북스

BC 434 /432 **오이디푸스 왕 외**
소포클레스 | 김기영 옮김 | 42 |
수록 작품 : 안티고네, 오이디푸스 왕, 콜로노스의 오이디푸스
**그리스어 원전 번역**
「동아일보」 선정 '세계를 움직인 100권의 책'
서울대 권장 도서 200선
고려대 선정 교양 명저 60선
시카고 대학 선정 그레이트 북스

BC 431 **메데이아**
에우리피데스 | 김기영 옮김 | 118 |

1191 **그라알 이야기**
크레티앵 드 트루아 | 최애리 옮김 | 26 |
국내 초역

1225 **에다 이야기**
스노리 스툴루손 | 이민용 옮김 | 66 |

1241 **원잡극선**
관한경 외 | 김우석·홍영림 옮김 | 78 |

1400 **캔터베리 이야기**
제프리 초서 | 최예정 옮김 | 119, 120 |

1496 **라 셀레스티나**
페르난도 데 로하스 | 안영옥 옮김 | 31 |

1595 **로미오와 줄리엣**
윌리엄 셰익스피어 | 서경희 옮김 | 82 |
미국대학위원회 선정 SAT 추천 도서

1608 **리어 왕·맥베스**
윌리엄 셰익스피어 | 이미영 옮김 | 3 |

1630 **돈 후안 외**
티르소 데 몰리나 | 전기순 옮김 | 34 |
국내 초역 「불신자로 징계받은 자」 수록

1670 **팡세**
블레즈 파스칼 | 현미애 옮김 | 63 |

1678 **천로 역정**
존 번연 | 정덕애 옮김 | 103 |

1699 **도화선**
공상임 | 이정재 옮김 | 10 |
국내 초역

1719 **로빈슨 크루소**
대니얼 디포 | 윤혜준 옮김 | 5 |

1726 **걸리버 여행기**
조너선 스위프트 | 이혜수 옮김 | 94 |
미국대학위원회가 선정한 고교 추천 도서 101권
서울대학교 선정 동서양 고전 200선

1749 **유림외사**
오경재 | 홍상훈 외 옮김 | 27, 28 |

1759 **신사 트리스트럼 섄디의 인생과 생각 이야기**
로렌스 스턴 | 김정희 옮김 | 51 |
노벨연구소 선정 100대 세계 문학

1774 **젊은 베르터의 고통**
요한 볼프강 폰 괴테 | 정현규 옮김 | 35 |

1790 **페테르부르크에서 모스크바로의 여행**
A. N. 라디셰프 | 서광진 옮김 | 88 |

1799 **휘페리온**
프리드리히 횔덜린 | 장영태 옮김 | 11 |

1804 **빌헬름 텔**
프리드리히 폰 쉴러 | 이재영 옮김 | 18 |

1806 **조플로야**
샬럿 대커 | 박재영 옮김 | 91 |
국내 초역

1809 **선택적 친화력**
요한 볼프강 폰 괴테 | 장희창 옮김 | 127 |

1813 **오만과 편견**
제인 오스틴 | 조선정 옮김 | 60 |

1817 **노생거 사원**
제인 오스틴 | 조선정 옮김 | 73 |

1818 **프랑켄슈타인**
메리 셸리 | 한애경 옮김 | 67 |
뉴스위크 선정 세계 명저 10
옵서버 선정 최고의 소설 100
미국대학위원회 선정 SAT 추천 도서

1831 **예브게니 오네긴**
알렉산드르 푸슈킨 | 김진영 옮김 | 25 |

1831 **파우스트**
요한 볼프강 폰 괴테 | 장희창 옮김 | 74 |
서울대 권장 도서 100선
미국대학위원회 SAT 권장 도서

**디칸카 근교 마을의 야회**
니콜라이 고골 | 이경완 옮김 | 116 |

1835 **고리오 영감**
오노레 드 발자크 | 이동렬 옮김 | 32 |
서머싯 몸 선정 세계 10대 소설
연세 필독 도서 200선

1836 **골짜기의 백합**
오노레 드 발자크 | 정예영 옮김 | 4 |

**감찰관**
니콜라이 고골 | 이경완 옮김 | 115 |

1844 **러시아의 밤**
블라지미르 오도예프스키 | 김희숙 옮김 | 75 |

1847 **워더링 하이츠**
에밀리 브론테 | 유명숙 옮김 | 38 |
서머싯 몸 선정 세계 10대 소설
서울대 선정 동서 고전 200선
미국대학위원회 SAT 권장 도서

**제인 에어**
샬럿 브론테 | 조애리 옮김 | 64 |
연세 필독 도서 200선
미국대학위원회 SAT 권장 도서
BBC 선정 영국인들이 가장 사랑하는 소설 100선
「가디언」 선정 가장 위대한 소설 100선

**사촌 퐁스**
오노레 드 발자크 | 정예영 옮김 | 93
국내 초역

1850 **주홍 글자**
너새니얼 호손 | 양석원 옮김 | 40 |

1855 **죽은 혼**
니콜라이 고골 | 이경완 옮김 | 37 |
국내 최초 원전 완역

1856 **마담 보바리**
귀스타브 플로베르 | 진인혜 옮김 | 109 |

1866 **죄와 벌**
표도르 도스토예프스키 | 김희숙 옮김 | 55, 56 |
미국대학위원회 SAT 권장 도서
하버드 대학교 권장 도서

1869 **전쟁과 평화**
레프 톨스토이 | 박종소·최종술 옮김 | 98, 99, 100 |
뉴스위크, 가디언, 노벨연구소 선정
세계 100대 도서

1880 **워싱턴 스퀘어**
헨리 제임스 | 유명숙 옮김 | 21 |

1886 **지킬 박사와 하이드 씨 · 존 니컬슨**
로버트 루이스 스티븐슨 | 윤혜준 옮김 | 81 |

**작품**
에밀 졸라 | 권유현 옮김 | 97 |

1888 **꿈**
에밀 졸라 | 최애영 옮김 | 13 |
국내 초역

1889 **쾌락**
가브리엘레 단눈치오 | 이현경 옮김 | 80 |
국내 초역

1890 **인형**
볼레스와프 프루스 | 정병권 옮김 | 85, 86 |
국내 초역

**에밀리 디킨슨 시 선집**
에밀리 디킨슨 | 조애리 옮김 | 126 |

1896 **키 재기 외**
히구치 이치요 | 임경화 옮김 | 33 |
수록 작품 : 섣달그믐, 키 재기, 탁류, 십삼야, 갈림길, 나 때문에

**체호프 희곡선**
안톤 파블로비치 체호프 | 박현섭 옮김 | 53 |
수록 작품 : 갈매기, 바냐 삼촌, 세 자매, 벚나무 동산

1899 **어둠의 심연**
**조지프 콘래드 | 이석구 옮김 | 9 |**
수록 작품 : 어둠의 심연, 진보의 전초기지, 『청춘과 다른 두 이야기』 작가 노트, 『나르시서스호의 검둥이』 서문
미국대학위원회 SAT 권장 도서
연세 필독 도서 200선

**맥티그**
**프랭크 노리스 | 김욱동·홍정아 옮김 |102|**

1900 **라이겐**
**아르투어 슈니츨러 | 홍진호 옮김 | 14 |**
수록 작품 : 라이겐, 아나톨, 구스틀 소위

1903 **문명소사**
**이보가 | 백승도 옮김 | 68 |**

1907 **어머니**
**막심 고리키 | 정보라 옮김 | 123 |**

1908 **무사시노 외**
**구니키다 돗포 | 김영식 옮김 | 46 |**
수록 작품 : 겐 노인, 무사시노, 잊을 수 없는 사람들, 쇠고기와 감자, 소년의 비애, 그림의 슬픔, 가마쿠라 부인, 비범한 범인, 운명론자, 정직자, 여난, 봄 새, 궁사, 대나무 쪽문, 거짓 없는 기록
**국내 초역 다수**

1909 **좁은 문 · 전원 교향곡**
**앙드레 지드 | 이동렬 옮김 | 24 |**
1947년 노벨 문학상 수상 작가

1911 **파도**
**에두아르트 폰 카이절링 | 홍진호 옮김 | 124 |**

1914 **플라테로와 나**
**후안 라몬 히메네스 | 박채연 옮김 | 59 |**
1956년 노벨 문학상 수상 작가

**돈키호테 성찰**
**호세 오르테가 이 가세트 | 신정환 옮김 |90 |**

1915 **변신 · 선고 외**
**프란츠 카프카 | 김태환 옮김 | 72 |**
수록 작품 : 선고, 변신, 유형지에서, 신임 변호사, 시골 의사, 관람석에서, 낡은 책장, 법 앞에서, 자칼과 아랍인, 광산의 방문, 이웃 마을, 황제의 전갈, 가장의 근심, 열한 명의 아들, 형제 살해, 어떤 꿈, 학술원 보고, 최초의 고뇌, 단식술사
서울대 권장 도서 100선
연세 필독 도서 200선
미국대학위원회 SAT 권장 도서

**한눈팔기**
**나쓰메 소세키 | 서은혜 옮김 | 110 |**

1916 **청춘은 아름다워**
**헤르만 헤세 | 홍성광 옮김 | 117 |**
1946년 노벨 문학상 및 괴테 문학상 수상 작가

1919 **데미안**
**헤르만 헤세 | 이영임 옮김 | 65 |**
1946년 노벨 문학상 및 괴테 문학상 수상 작가

1920 **사랑에 빠진 여인들**
**데이비드 허버트 로렌스 | 손영주 옮김 | 70 |**

1924 **마의 산**
**토마스 만 | 홍성광 옮김 | 1, 2 |**
1929년 노벨 문학상 수상 작가
서울대 권장 도서 100선
연세 필독 도서 200선
「뉴욕타임스」 선정 '20세기 최고의 책 100선'
미국대학위원회 SAT 권장 도서

**송사삼백수**
**주조모 엮음 | 김지현 옮김 | 62 |**

1925 **소송**
**프란츠 카프카 | 이재황 옮김 | 16 |**

**요양객**
**헤르만 헤세 | 김현진 옮김 | 20 |**
수록 작품 : 방랑, 요양객, 뉘른베르크 여행
1946년 노벨 문학상 수상 작가
**국내 초역 「뉘른베르크 여행」 수록**

**위대한 개츠비**
**프랜시스 스콧 피츠제럴드 | 김태우 옮김 | 47 |**
미 대학생 선정 '20세기 100대 영문 소설' 1위
모던 라이브러리 선정 '20세기 100대 영문학' 중 2위
미국대학위원회 추천 '서양 고전 100
「르몽드」 선정 '20세기의 책 100선'
「타임」 선정 '20세기 100대 영문 소설'

**아메리카의 비극**
**시어도어 드라이저 | 김욱동 옮김 |106, 107|**

**서푼짜리 오페라 · 남자는 남자다**
**베르톨트 브레히트 | 김길웅 옮김 | 54 |**

1927 **젊은 의사의 수기·모르핀**
미하일 불가코프 | 이병훈 옮김 | 41 |
국내 초역

**황야의 이리**
헤르만 헤세 | 권혁준 옮김 | 104 |
1946년 노벨 문학상 수상 작가
1946년 괴테상 수상 작가

1928 **체벤구르**
안드레이 플라토노프 | 윤영순 옮김 | 57 |
국내 초역

**마쿠나이마**
마리우 지 안드라지 | 임호준 옮김 | 83 |
국내 초역

1929 **첫 번째 주머니 속 이야기**
카렐 차페크 | 김규진 옮김 | 87 |

**베를린 알렉산더 광장**
알프레트 되블린 | 권혁준 옮김 | 52 |

1930 **식(蝕) 3부작**
마오둔 | 심혜영 옮김 | 44 |
국내 초역

**안전 통행증·사람들과 상황**
보리스 파스테르나크 | 임혜영 옮김 | 79 |
원전 국내 초역

1934 **브루노 슐츠 작품집**
브루노 슐츠 | 정보라 옮김 | 61 |

1935 **루쉰 소설 전집**
루쉰 | 김시준 옮김 | 12 |
서울대 권장 도서 100선
연세 필독 도서 200선

**물망초**
요시야 노부코 | 정수윤 옮김 | 112

1936 **로르카 시 선집**
페데리코 가르시아 로르카 | 민용태 옮김 | 15 |
국내 초역 시 다수 수록

1937 **재능**
블라디미르 나보코프 | 박소연 옮김 | 84 |
국내 초역

**그림의 이면**
씨부라파 | 신근혜 옮김 | 122 |
국내 초역

1938 **사형장으로의 초대**
블라디미르 나보코프 | 박혜경 옮김 | 23 |
국내 초역

1942 **이방인**
알베르 카뮈 지음 | 김진하 옮김 | 105 |
1957년 노벨 문학상 수상 작가

1946 **대통령 각하**
미겔 앙헬 아스투리아스 | 송상기 옮김 | 50 |
1967년 노벨 문학상 수상 작가

1948 **격정과 신비**
르네 샤르 | 심재중 옮김 | 128 |
국내 초역

1949 **1984년**
조지 오웰 | 권진아 옮김 | 48 |
1999년 모던 라이브러리 선정 '20세기 100대 영문학'
2005년 「타임」 선정 '20세기 100대 영문 소설'
2009년 「뉴스위크」 선정 '역대 세계 최고의 명저' 2위

1953 **엘뤼아르 시 선집**
폴 엘뤼아르 | 조윤경 옮김 | 121 |
국내 초역 시 다수 수록

1954 **이즈의 무희·천 마리 학·호수**
가와바타 야스나리 | 신인섭 옮김 | 39 |
1952년 일본 예술원상 수상
1968년 노벨 문학상 수상 작가

1955 **엿보는 자**
알랭 로브그리예 | 최애영 옮김 | 45 | 1955년 비평가상 수상

**저주받은 안뜰 외**
이보 안드리치 | 김지향 옮김 | 49 |
수록 작품 : 저주받은 안뜰, 몸통, 술잔, 물방앗간에서, 올루야크 마을, 삼사라 여인숙에서 일어난 우스운 이야기
세르비아어 원전 번역
1961년 노벨 문학상 수상 작가

1957 **호모 파버**
막스 프리쉬 | 정미경 옮김 | 113 |

**점원**
버나드 맬러머드 | 이동신 옮김 | 125 |

1962 **이력서들**
알렉산더 클루게 | 이호성 옮김 | 58 |

1964 **개인적인 체험**
오에 겐자부로 | 서은혜 옮김 | 22 |
1994년 노벨 문학상 수상 작가

**아주 편안한 죽음**
시몬 드 보부아르 | 강초롱 옮김 | 111 |

1967 **콜리마 이야기**
바를람 샬라모프 | 이종진 옮김 | 76 |
국내 초역

1968 **현란한 세상**
레이날도 아레나스 | 변선희 옮김 | 96 |
국내 초역

1970 **모스크바발 페투슈키행 열차**
베네딕트 예로페예프 | 박종소 옮김 | 36 |
국내 초역

1978 **노인**
유리 트리포노프 | 서선정 옮김 | 89 |
국내 초역

1979 **천사의 음부**
마누엘 푸익 | 송병선 옮김 | 8 |

1981 **커플들, 행인들**
보토 슈트라우스 | 정항균 옮김 | 7 |
국내 초역

1982 **시인의 죽음**
다이허우잉 | 임우경 옮김 | 6 |

1991 **폴란드 기병**
안토니오 무뇨스 몰리나 | 권미선 옮김 | 29, 30 |
국내 초역
1991년 플라네타상 수상
1992년 스페인 국민상 소설 부문 수상

1995 **갈라테아 2.2**
리처드 파워스 | 이동신 옮김 | 108 |
국내 초역

1996 **아메리카의 나치 문학**
로베르토 볼라뇨 | 김현균 옮김 | 17 |
국내 초역

1999 **이상한 물질**
테라지아 모라 | 최윤영 옮김 | 92 |
국내 초역

2001 **아우스터리츠**
W. G. 제발트 | 안미현 옮김 | 19 |
국내 초역
전미 비평가 협회상 브레멘상
「인디펜던트」 외국 소설상 수상
「LA타임스」 「뉴욕」 「엔터테인먼트 위클리」 선정 2001년 최고의 책

2002 **야쿠비얀 빌딩**
알라 알아스와니 | 김능우 옮김 | 43 |
국내 초역
바쉬라힐 아랍 소설상
프랑스 툴롱 축전 소설 대상
이탈리아 토리노 그린차네 카부르 번역 문학상
그리스 카바피스상

2003 **프랑스어의 실종**
아시아 제바르 | 장진영 옮김 | 95 |
국내 초역

2005 **우리 짜르의 사람들**
류드밀라 울리츠카야 | 박종소 옮김 | 69 |
국내 초역

2016 **망자들**
크리스티안 크라흐트 | 김태환 옮김 | 101 |
국내 초역

문학상 수상.

1948 『프랑시스 잠과의 서한문(*Correspondance avec Francis Jammes*)』. 『바티칸의 지하도』를 소극(笑劇)으로 각색함.

1949 『가을의 노트(*Feuillets d'Automne*)』. 『폴 클로델과의 서한문(*Correspondance avec Paul Claudel*)』. 1930년부터 1937년 사이의 글을 모아 편찬한 『참여 문학(*Littérature Engagée*)』 간행. 『프랑스 시선(*Antologie de la Poésie Française*)』.

1950 12월 13일, 『바티칸의 지하도』 코메디 프랑세즈에서 첫 상연.

1951 2월 19일, 파리에서 사망. 2월 22일, 퀴베르빌에 매장됨.

1952 『그대로 이루어지이다(*Ainsi soit-il*)』, 『게임은 끝났다(*Les Jeux sont Faits*)』 간행.

1955 『앙드레 지드와 폴 발레리 서한문(*Correspondance avec Paul Valéry*)』 간행.

1963 『앙드레 지드와 앙드레 쉬아레스 서한문(*Correspondance avec André Suarès*)』 간행.

1968 『앙드레 지드와 로제 마르탱 뒤 가르 서한문(*Correspondance avec Roger Martin du Gard*)』 간행.

# 새롭게 을유세계문학전집을 펴내며

을유문화사는 이미 지난 1959년부터 국내 최초로 세계문학전집을 출간한 바 있습니다. 이번에 을유세계문학전집을 완전히 새롭게 마련하게 된 것은 우리가 직면한 문화적 상황에 적극적으로 대응하기 위해서입니다. 새로운 을유세계문학전집은 세계문학의 역할이 그 어느 때보다 중요해졌다는 인식에서 출발했습니다. 오늘날 세계에서 타자에 대한 이해는 우리의 안전과 행복에 직결되고 있습니다. 세계문학은 지구상의 다양한 문화들이 평등하게 소통하고, 이질적인 구성원들이 평화롭게 공존할 수 있는 문화적인 힘을 길러 줍니다.

을유세계문학전집은 세계문학을 통해 우리가 이런 힘을 길러 나가야 한다는 믿음으로 만들어졌습니다. 지난 5년간 이를 준비하기 위해 많은 노력을 기울였습니다. 세계 각국의 다양한 삶의 방식과 문화적 성취가 살아 있는 작품들, 새로운 번역이 필요한 고전들과 새롭게 소개해야 할 우리 시대의 작품들을 선정했습니다. 우리나라 최고의 역자들이 이들 작품 속 한 문장 한 문장의 숨결을 생생히 전하기 위해 심혈을 기울였습니다. 또한 역자들은 단순히 번역만 한 것이 아니라 다른 작품의 번역을 꼼꼼히 검토해 주었습니다. 을유세계문학전집은 번역된 작품 하나하나가 정본(定本)으로 인정받고 대우받을 수 있도록 최선을 다했습니다. 세계문학이 여러 경계를 넘어 우리 사회 안에서 주어진 소임을 하게 되기를 바라며 을유세계문학전집을 내놓습니다.

**을유세계문학전집 편집위원단**

신정환(한국외대 스페인어과 교수)
최윤영(서울대 독문과 교수)
박종소(서울대 노문과 교수)
김월회(서울대 중문과 교수)
신광현(서울대 영문과 교수)

에서 발레리와 만남.

1891 『앙드레 왈테르의 수첩(*Les Cahiers d'André Walter*)』 간행. 바레스, 말라르메 (Stéphane Mallarmé), 와일드(Oscar Wilde)와 만남. 『나르시스론(*Le Traité du Narcisse*)』 간행.

1892 『앙드레 왈테르의 시(*Les Poésies d'André Walter*)』. 11월, 낭시(Nancy)에서 군복무. 결핵으로 곧 퇴역.

1893 잠(Francis Jammes)과 만남. 『위리앵의 여행(*Le Voyage d'Urien*)』. 『사랑의 시도(*La Tentative Amoureuse*)』. 1893년 10월부터 다음 해 봄까지 북아프리카 여행.

1895 『팔뤼드(*Paludes*)』. 5월 31일, 지드 모친 사망. 6월 17일, 마들렌과 약혼. 10월 7일 결혼. 1895년 10월부터 1896년 5월까지 신혼여행(스위스, 이탈리아, 북아프리카).

1896 라 로크에 돌아오자 지드는 자기가 라 로크의 시장으로 선출된 것을 알게 됨(프랑스 최연소 시장). 피에르 루이와 결별.

1897 『지상의 양식(*Les Nourritures Terrestres*)』.

1899 『사슬 풀린 프로메테우스(*Le Prométhée mal Enchaîné*)』. 『필록테테스(*Philoctète*)』. 『엘 하지(*El Hadj*)』. 『이동 명령서(*Feuilles de Route*)』. 1895년에 만난 클로델(Paul Claudel)과 서신 왕래 시작.

1901 『칸다울레스 왕(*Le Roi Candaule*)』.

1902 『배덕자(*L'Immoraliste*)』.

1904 『사울(*Saül*)』. 『변명(*Prétextes*)』. 『오스카 와일드론(*Oscar Wilde*)』.

1906 『아민타스(*Amyntas*)』.

1907 『탕아의 귀환(*Le Retour de l'Enfant Prodigue*)』.

1908 『서한문에 의한 도스토예프스키론(*Dostoïevsky d'après sa Correspondance*)』. 코포(Jacques Copeau), 쉴룅베르제(Schlumberger), 제옹(Ghéon), 리비에르(Jacques Rivière) 등과 함께 『신프랑스지(*N.R.F.*)』 창간.

1909 『좁은 문(*La Porte étroite*)』.

1911 『이자벨(*Isabelle*)』. 『새 변명(*Nouveau Prétextes*)』.

1913 타골(Rabindranath Tagore)의 『기탄잘리(*Gitanjali*)』 번역. 11월, 마르탱 뒤 가르(Roger Martin du Gard)와 교유.

1914 『바티칸의 지하도(*Les Caves du Vatican*)』. 클로델과 결별. 10월, 제옹와 함께 터키 여행. 『중죄 재판소의 회상(*Souvenirs de la Cour d'Assises*)』. 샤를 뒤보스(Charles Du Bos)와 테오 반 리셀베르게(Théo van Rysselberghe) 부인과 함께 독일 점령 하의 프랑스 및 벨기에 영토 피난민들을 위한 단체인 프랑스 벨기에 회관(Foyer franco-belge)에서 매일같이 일함.

1915 종교적 위기를 겪음(~1916).

1917 알레그레(Marc Allégret)와 함께 스위스(1917년 8월)와 영국(1918년 여름)에 체류.

1918 11월 21일 퀴베르빌(Cuverville)에 돌아오자, 아내 마들